阮大仁 著

放聲集

臺灣學生書局印行

非是不知默而是不
放聲放聲猶不
足書生誤蒼生
余讀賈誼事哀其
志未伸再讀臨川傳
方知漢文仁長沙雖
博學終是讀書人
仁五·二十

年擾擾經世意粗聞方外語便釋形骸累吾衰久捐書放浪無復事尚自不見我安知汝爲異憐汝好毛羽言音亦清麗胡爲太多知不默而見忌楚人既憎汝彈射將汝利且長隨我遊吾不汝羹哉

跋黃魯直畫

江南黃鶴飛滿野徐熙畫此何爲者百年幅紙無所直公每玩之常在把

過楊德逢莊

攜僧出西路日晏昧所投循河望積穀一飽覺易謀稚子舉桉出咄嗟見盤羞飯新秔有香煑菜旨且柔暮從秀嵓歸秣蹇得少留捧腹笑相語果然無所求

作者於一九六五年批點王安石詩，時年二十三。

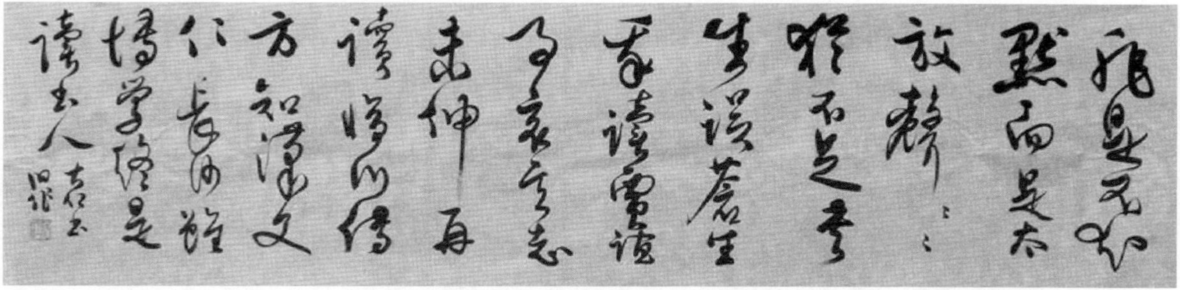

作者批點王安石詩題字：非是不知默，而是太放聲，放聲猶不足，書生誤蒼生。
我讀賈誼事，哀其志未伸，再讀臨川傳，方知漢文仁，長沙雖博學，終是讀書人。

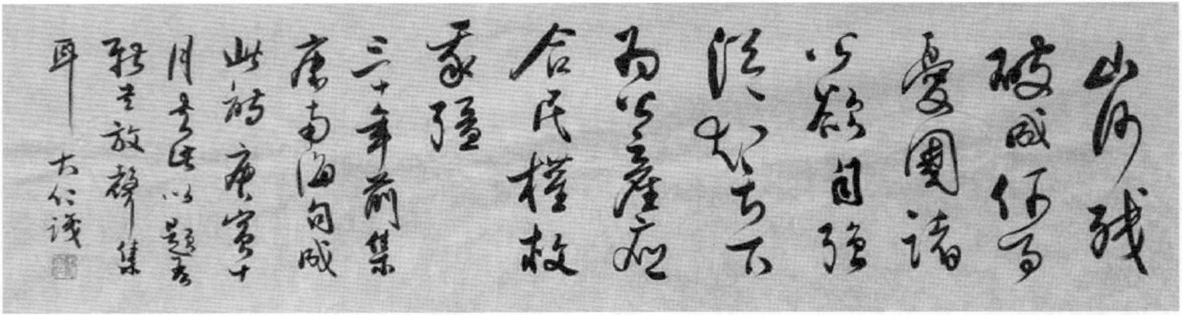

作者集康南海詩，為放聲集題字：山河殘破成何事，憂國諸公欲自強；從知天下為公產，應合民權救我疆。

君子之言——代序

胡菊人

本書作者阮大仁兄與我是數十年來的朋友，在明報月刊認識的，在本集子裡面的文章，有些是在明報月刊發表的。阮大仁兄能文，經常為明報月刊撰稿，尤其對台灣的政治冤獄，經常仗義執言。這在當時是極之不容易的。

本集子裡的文章，大都是寫七十年代的台灣的政治冤獄，當時是蔣經國先生在統治大局，在走向開放的前夕，主要是在美國的《星島日報》發表的。其次，是於七八十年代在《明報月刊》及《中報月刊》等刊物面世。這些文章都著重於為無辜受刑的人說話，都是說理而平實的，具見一個「君子」的氣魄。

大多數人都知道，這些案件多半是構陷的，沒有公開的、平實的辯護，清清白白的說理，因此而獲罪，是不公平的，但都沉默不語，不關己事，聽之任之。而祇有阮大仁先生為他們仗義執言，亦有美洲的《星島日報》及香港的《明報月刊》等刊物刋出。這類文章，在當時的台灣是不可能刊載的，一旦刊載，編輯及作者可能就祇有被捉將官裡去，這是當年台灣的實況。

因此，台灣今天的開放，實行民主政制，是得來不易的。這在蔣經國時代開始，容許組黨，和平競爭，是了不起的成就。在蔣經國死後，終而至於民進黨競選得勝，上台執政。然後民進黨下台，國民黨上台，從此實現了民主政治。這在中國人社會，是數千年來從未出現過的。它打破了中國人不能有民主的神話。從而催促中共，也實行民主。祗有這樣，中國才能說踏上康莊幸福的大道。

然而我們回顧歷史，台灣的民主是由各種力量而促成的，蔣經國先生不過是採取寬容的態度而已。沒有各方的努力，島內和島外眾多人士的奮鬥，是不能有所成就的。阮大仁兄的文章，無疑是其中之一。如果沒有海外的聲援，沒有像阮大仁兄以及其他島內外許多人的努力，台灣的民主是沒有這麼容易達成的。因此，本集子的出版，乃有讓讀者記起台灣在過去沒有民主的日子，是如何艱辛地渡過的，從而更珍惜現在的民主制度。這是我們深為警惕的。

二〇一〇、十一、廿二

序文

康寧祥

一九四九年，中國國民黨自中國退守台灣，結合美日強權強力統治台灣，力圖奮起。

一九七一年，以中國國民黨代表中華民國的國民黨政權，被迫撤出聯合國。從此，國際社會的中國代表權遂由中國共產黨政權取而代之。接著，日本自民黨的田中政權與中國共產黨建交，與台灣的中國國民黨政權斷交，又加以美國民主黨的卡特政權與中國共產黨政權建交，與台灣的國民黨政權斷交。因此，中國國民黨在中國的法統地位、在國際社會的代表性，以及在台灣的統治正當性，日漸腐蝕，備受挑戰。

台灣社會在此背景下，人心思變，掀起推動民主改革的風潮，於此期間，來自中國的政治、社會精英，資深者如雷震、齊世英、成舍我、陶百川，年輕者如張忠棟、呂亞力、楊國樞、黃默、胡佛和阮大仁等胸懷自由、平等、人權的普世價值，堅持民主、共和、憲政的現代政治基本制度，台灣有他們智慧的奉獻和心靈關注，才能有今天的自由社會和民主基礎。

阮大仁先生，筆名夏宗漢，在我創辦、江春男(筆名司馬文武)擔任總編輯的《八十年代》、《亞洲人》、《暖流》寫過不少文章，不過，雜誌社同仁或讀者群多半只知道「夏宗漢」，不知道他就是阮大仁。

大仁兄出身中國國民黨官宦之後，也就是當時台灣社會大眾眼中的黨國既得利益階級，他以「夏宗漢」筆名發表的文章一出現，讀者奔相走告，雜誌社同仁經常接到讀者來電詢問「夏宗漢」的背景身世，因為他不只文筆典雅，流暢中又帶感情，且文史根基深厚，博古通今，論述常見人所未見，是那個時代少見的政論家。

大仁兄在一九七〇、一九八〇年代的台灣自由、民主、人權社會運動裡，曾經對不少重大事件振筆疾書，奔走聲援，這些事件包括㈠一九七五年十二月的《台灣政論》停刊事件；㈡一九七九年一月余登發父子被捕事件；㈢一九七九年十二月高雄「美麗島事件」；㈣一九八一年七月陳文成博士命案；㈤一九七七年營救作家柏楊被遞送綠島管訓、延長出獄事件。

大仁兄在上述這些政治案件中聲援的對象，有主張台獨，有主張統一，有的信仰資本主義，有的崇尚社會主義，為何一個身在海外的國民黨既得利益階級會如此關注兩岸人民的民權與人權問題？大仁兄說：「因為執政者過於壓制其內部人民的言論，使批評之責任落在我們身上。若內部有言論自由，以其人民切身之了解，根本輪不到我們說話，而他們的批評也一定比我們要中肯與高明。」

大仁兄進一步解釋：「我認為只有在台灣人民能享有完全的民主自由，華人能在台灣建立起一個完全民主自由的社會，而且在長遠的將來，能替大陸人民提供一個民主自由國家的榜樣的情況下，台灣獨立於大陸之外，才是對中華民族利多於害的。……」

進入二〇一〇年，台灣人民已享有相當的民主和自由，在政治方面的人權與民權也有長足的進步，但是得到諾貝爾和平獎的中國民主人權運動者劉曉波先生卻被關在監牢裡，中國共產黨政權不允許他出席挪威的頒獎典禮，在這樣的對比下，台灣社會的全體人民更應該珍惜已經擁有的自由、人權普世價值，堅守民主憲政的基本制度。

因為草擬「零八憲章」的劉曉波先生說：「一九四九年建立的『新中國』名義上是『人民共和國』，實質上是『黨天下』。執政黨壟斷了所有政治、經濟和社會資源，製造了『反右』、『大躍進』、『文革』、『六四』、打壓民間宗教活動與維權運動等一系列人權災難，致使數千萬人失去生命，國民和國家卻付出了極為慘重的代價。」這種「一黨獨裁」、「人權災難」和「恐怖統治」與二十五年前國民黨政權統治的台灣社會比較起來，可能更為殘酷與悲哀。

「中國做為世界大國，做為聯合國安全理事會的常任理事國之一，和人權理事會的成員，理應為人類和平事業和人權進步做出自身的貢獻。……但令人遺憾的是，在當今世界的所有大國裡，唯獨中國還處在威權主義政治生態中，並由此造成連綿不斷的人權災難和社會危機……，這種局面必須改造！政治民主化變革不能再拖延下去。」

大仁兄要出版《放聲集》的台灣學生書局來電，邀我作序，希望大仁兄可以接受，還請讀者們指教。

二〇一〇、十一、廿五

自序

壹、前言

把文章印成作品發表，我是從十多歲在讀師大附中時開始的。那時大多數是在校內刊物——《附中青年》上刊載的，偶而也有在校外的報章雜誌上，例如在唸初三時用我的名字代替父親所寫的「杭州一師毒案」一文，刊載於台北的《法令月刊》上。

二〇〇三年我重新拾筆時，當時的《法令月刊》發行人虞彪兄邀我寫作專欄，便是拿出那篇舊文作為再續香火緣的理由。五六十年前的《法令月刊》則是虞兄的尊翁，也是先父的好友虞舜先生所創辦的。

不過大量發表拙文，應當是從我在台大唸一年級時，寫作武俠小說開始的。即從一九六一年起，至今大約五十年，總數已超過了兩三百萬字以上了。

貳、五十年寫作生涯可分三個階段

我的寫作生涯可分三個階段，以時間次序排列如下：

一、一九六一至一九六三年（即十九歲至二十一歲）

㈠一九六一年我唸台大數學系一年級時，與劉兆藜、劉兆玄兩兄弟合作，共同使用「上官鼎」的筆名寫作武俠小說，到一九六二年暑假完，要升二年級時停止。

㈡在一九六三年唸三年級時，又重新拾筆，再以「上官鼎」的筆名寫了一套書。

以字數計，此大約在一、兩百萬字之間。

二、一九七二年至一九八二年（即三十歲至四十歲）

當時我住在美國，用本名或不同的筆名，分別在紐約、舊金山、香港、台北等地的中文報章雜誌上發表政論文章，以字數計，大約在一百萬字以上。

三、二〇〇三年至今（即在六十一歲以後）

我在一九八二年因為參加了台北的慶豐集團工作，乃擱筆不寫政論，一直到二〇〇三年，我已從台北搬回美國，自商界退休之後，才又重新拾筆。不過我也不再寫作政論，作品的題材以研究書法、論史談文、近代典故等為主體。前三年是替《法令月刊》用夏宗漢的筆名寫「如是我聞」之專欄，每月一篇。後來則改為向《傳記文學月刊》投稿。

以字數計，此大約已有四五十萬字。

承學生書局之青睞，替我出版這套《放聲集》，是選取前述第二及第三段中的拙作而成書的。

這本書是《放聲集》的第一輯，因為篇幅的限制，選了總數大約十七萬字的作品，題材限於討論台灣民權與人權的文章，共有三十八篇。這些文章除了一篇之外，都是已經發表過的。那一篇新作，即是台灣政治案件單元中的〈陳文成案新的推論〉，那是因為該文所依據的資料雖是舊聞，卻是在一九八二年擱筆之後，我才取得的，因之始終沒有機會寫出來，所以才利用出版此書之機會撰作此文的了。

叄、小談「上官鼎」

因為劉兆玄兄曾經擔任行政院長，所以「上官鼎」這個名號受到了大家的注意。其實在一九六〇年代，曾經有六個人先後使用過這個筆名去合作寫作武俠小說，此六人都是從台北師大附中的高中畢業的，都唸了台大，專科分別是電機（二人）、地質（一人）、化學（一人）、植物（一人）與數學（一人）。此後大家都去了北美洲留學，其中五位去了美國，一位去了加拿大。後來五位拿了博士，一位只唸了碩士後即經商創業，現在卻是台灣可說的上為富可敵國的大企業主，也就是說此君最為聰明，不去浪費時間唸個博士也。

這六個人寫作的階段，如果以我在一九六一年參加的時間作劃分，可分為：

一、在我之前，是劉兆藜、劉兆玄及許元正。

當時兆藜唸台大地質系，兆玄與元正是附中高中三年級的同班同學。

元正因為要考大學，課業忙，有時請張虔生代筆，虔生則比他低一屆，唸高二。

二、一九六一年，我重考入台大數學系，兆玄則入化學系，元正要重考，我乃應邀參加而代之。在大一升大二時，我的微積分課被沈璿教授「當」掉了，父親乃令我擱筆。

三、我停筆後，兆凱參加。

今製表說明我們六人在台北師大附中的班級與畢業時間，以及在台大的系別如下：

姓名	班級	高中畢業時間	在台大的系別
劉兆藜	實驗六班	一九五八年	地質系
阮大仁	實驗十班	一九六〇年	數學系
劉兆玄	實驗十二班	一九六一年	化學系
許元正	實驗十二班	一九六一年	植物系
張虔生	高六十八班	一九六二年	電機系
劉兆凱	實驗十六班	一九六三年	電機系

不論以時間之長短及作品之數量去計算，劉家三兄弟合起來都居冠軍，因此「上官鼎」這塊招牌的「智慧財產權」應當屬於他們三位，至於元正、虔生及我這三個人可以說是小包（subcontractor）吧。

當時大家都是二十歲左右的毛頭小夥子，各自分別在唸中學或大學，而且都是不久就要出國留學的人，可以說沒有一個是打算久於此業的了。因此當時也沒人注意這塊註冊商標的

「智慧財產權」是屬於那一個人的，反正大家同工同酬，分工合作，有稿費拿便可以了。

原則上，在同一時段裏，是只有三個人同時使用「上官鼎」這個名字的，此即鼎三足也。

肆、那動盪的一九七〇年代

這本書所收集的政論文章，大多是寫成於一九七〇年代的拙作，那真是一個動盪的年代。

當時大陸先是在鬧「文化大革命」，後來在文革結束之後，「撥亂反正」、「療傷止痛」，還來不及全面展開由鄧小平先生所主導的「改革開放」。

至於台灣內部，在當時有兩件大事，可以看成政局的分水嶺，此即：

一、一九七五年四月蔣中正先生逝世。

二、一九七九年十二月的高雄事件。

蔣中正先生的去世，使得其子經國先生能名實相符地出主大政，而去推動他的「革新保台」——國民黨的本土化。

因為這第一冊只是限於有關台灣內部政局的拙文，所以在此只談這方面，至於大陸、兩岸之間等題材，留待將來再談好了。

經國先生在接班之初，並未定於一尊，三個國會不能改選，而黨政軍的元老多有在位者。因此在他父親生前力主的整軍經武準備反攻，與他心中想要做的在台生根這兩條路線之間，他必須取得平衡。因此他在推行改革開放「革新保台」的過程中，成了進兩步、退一步的搖擺不定。

可是在一九七〇年代中期以後，國府遷台已長達二十多年，上距二二八事變亦已有三十多年，也就是說許多青壯年的民眾並沒有經歷過這種血的教訓，再加上省籍因素，就使得台灣的新生代對經國先生所領導的革新之步伐，感到既為不夠全面也不夠快速。

高雄事件就是這股要求急速改變台灣政局的民間力量，與執政的國民黨內力主 Law and order 的保守力量，兩相激盪而造成的。

我當時正好人在台北，經歷了事件前後的政局急變，也參與了事件後國民黨內開明派援救被捕的黨外人士之努力，在本書中有詳細的記述。

至於其他的政治案件，如台灣政論停刊事件、余登發案、陳文成案、白雅燦案、陳明忠案等等，在此也就不多提了，請大家在本書中去按圖索驥可也。

伍、感謝

在《放聲集》這套書中，包括這本第一輯在內，大多數收集在內的拙作，是在三十多年前就已經發表了的，本來早已束之高閣，並沒有出書的打算。

大約是在三年前沈克勤大使見到了一些我的舊作，乃鼓勵我將之再版出書，並承大使向台北的學生書局推介，又蒙前後兩位總經理，即鮑邦瑞先生與楊雲龍先生之青睞，並邀請淡江大學之陳仕華教授代為主編，以及書局的陳蕙文小姐負責編務，經過兩年多之努力，才能出版此套書，令我實為深深感謝。

此外，在這數十年的寫作生涯中，拙作承蒙下列報刊當時主事者之看重而得刊出，其中或猶在世，或已仙去，不論存歿，容我在此一並致謝：

台北及美國之中國時報：余紀忠先生及各位同仁。

台北自立報系：吳豐山先生。

台北八十年代及亞洲人雜誌：康寧祥先生、江春男先生。

香港明報月刊：查良鏞先生、胡菊人先生、孫淡寧女士。

香港中報月刊：傅朝樞先生、胡菊人先生。

美國野草雜誌：張系國先生及各位同仁。

美國星島日報及北美時報：蘇國坤先生、嚴昭先生及張顯鍾先生。

美國遠東時報：吳基福先生、許世兆先生、俞國基先生及吳嘉昭先生。

台北法令月刊：虞彪先生及各位同仁。

台北傳記文學月刊：成露茜女士、成嘉玲女士、簡金生先生及各位同仁。

最後在此也向為本書作序的胡菊人兄與康寧祥兄致謝。

以上的名單如有遺漏之處，請相關的人士賜諒，因為事隔幾十年，有些事實在記不太清楚的了。

陸、這套書的書名之由來

我的本行是數學、電腦及商科，本書中所收集的文章中卻沒有一篇談的是這些項目，只能說是一個事事關心的讀書人之管見罷了。

宋朝的王安石有二首〈車載板〉詩，收在《王臨川全集》卷三。車載板是一種鳥，其啼叫的聲音似此三字，故楚人（湖南人）以此名之，王詩中有句云：

憐汝好毛羽，言音亦清麗，
胡為太多知，不默而見忌。

我在一九六五年評批《王荊公詩集》時，曾作一詩評之如下：

非是不知默，而是太放聲，
放聲猶不足，書生誤蒼生。
我讀賈誼事，哀其志未伸，
再讀臨川傳，方知漢文仁，
長沙雖博學，終是讀書人。

陳仕華兄在主編這套書時，選用我這首舊作的詩句以為命名，實在是深獲我心。少年時我作此詩時是反對書生論政的，出國後因為釣魚台運動，受了張系國兄之感召而始作政論文章，到了一九七九年底因為高雄事件而決定棄筆從商。我雖然在一九八二年才擱筆，然而在八一與八二年間以替舊金山的遠東時報與在紐約的中國時報撰寫社論為主，比較少用個人的身分寫文章了。

在二十年後的今天，出版本書時，重讀舊作，有感於今日台灣政局雖見百花齊放，但卻未能果實豐碩，不禁暗思，讀書人如我，當年是不是太多知了呢？

二〇一〇年十月於北美

放聲集

第一輯：台灣民權與人權

目次

台灣政論月刊停刊事件

余登發案

高雄事件

陳文成命案

其他有關台灣的政治性案件

引言

壹、一九七〇年代台灣的幾個政治案件

論政的讀書人之天職是在幫助弱者說話，至於海峽兩岸的執政當權者，固然也有值得我們稱讚的言行措施，不過在我寫作政論的十年間，即自一九七二年到一九八二年，我很少發表這種歌功頌德的文章，為甚麼呢？那是因為：

一、當時這兩個政權都各自擁有甚多的忠誠擁護者，他們雖然分成左、右兩派，而且相互攻擊，但是他們各為己主，盲目吹捧己方，謾罵詬責對方的態度卻是一模一樣的。也就是說雙方都不缺少我這一個人去幫他們講話的了。

二、當時能置身海外，可以安全地自由發言的讀書人，我認為應當忠於見聞所思，替兩邊在政治上居於劣勢者說話。

那時大陸先是處於文革風暴之中，後來是在清算了四人幫以後療傷止痛的階段，台灣則是在國民黨長期執政的威權時期。因之在這十年中我的文章是：

一是替大陸上的周恩來與鄧小平所領導的集團說話，以及二則支持台灣的黨外人士與國民黨中的開明派。

在這套放聲集的第一輯中，所收集的拙作僅限於討論台灣內部的政局者，因之沒有涉及中國大陸或海峽兩岸關係者，此則留待後輯發表。

在這十年中間，台灣的政局之逐步走向開放，是在國民黨內開明與保守的兩條路線纏鬥之下去進行的。因之就像跳探戈舞一樣，有快有慢，是為進兩步退一步。此時主持大政的蔣經國先生，在原則上是採取了「革新保台」，把政權逐步開放給本省人的。

這個漫長的過程是經過許多次各級選舉去達成的，到了一九九五年冬天的總統直選，終於做到了完全的民主自由。可是在一九七〇年代，長期執政的國民黨為了確保其在各次選舉中獲勝，前後採取了許多高壓手段，因而造成了多次的政治冤獄，更且有時因為擦槍走火，並非預謀而起風波。這一個專輯中所收集的拙文，即是在評述這些大大小小的政治性案件。其中有四個比較著名而且引人注目的案件，今依發生的時間來分別，即：

一、台灣政論月刊停刊事件（一九七六年）

《台灣政論》月刊創刊於一九七五年（民國六十四年）八月，一共發行了五期，在同年十二月被國府查禁，予以停刊一年的處分。並在停刊期間，於一九七六年十月被國府撤銷登記，亦即永久停刊。

《台灣政論》的發行人是黃信介先生，社長為康寧祥兄，總編輯是張俊宏兄，副總編輯是張金策與黃華兩位先生。當時我並不認識他們之中的任何一位，到了四年後，即一九七九年我才認得了康兄及張俊宏兄，至於另外三位則至今猶不相識。

在這個團體中我的熟人是《台灣政論》的駐美代表賴義雄博士，他是我在附中及台大的學長，當時我們兩人都住在美國威斯康辛州的密窩基城。

在台灣政論被迫停刊後，由賴兄帶頭，我們十八個人共同署名發起了一個簽名運動，寫了一封公開信給當時的行政院長蔣經國先生，替《台灣政論》請命。這十八個發起人中，有四位外省人與十四位本省人，並以賴兄排名為第一位，自第二位之張系國兄到第五位的張顯鍾兄，包括我在內，四位都是「中華人權協會」的成員。這是一個由系國兄創辦及領導的人權團體，當時我們在紐約的美東版星島日報上，分別以個人的名義輪流撰寫「沙上痕爪」的專欄。

在這一個單元中搜集的十一篇拙作，除了最後一篇的長文，即〈從台灣政論停刊事件看台灣政局兩條路線的鬥爭〉，是在香港的明報月刊上發表的之外，其餘十篇短文都是在「沙上痕爪」這個專欄中刊載的。

這個簽名運動有兩點可記，即：

㈠一共有兩千兩百位來自歐、美、澳、亞等地的中外人士簽名，不但每一個人都是用真名簽的，並且寫上了姓名、地址及電話號碼。

㈡我們直接往來的對象是時任國府駐芝加哥的總領事歐陽璜（佩君）先生，他是發起人之一的張顯鍾博士之連襟，因此事與我締交，成為終身的好友。現在佩公大使及張兄均已去世，展讀舊文，迴顧往事，實為惘然也。

二、余登發案（一九七九年一月）

在一九七七年底的中壢事件與七九年底的高雄事件之間，在七九年一月發生了國府拘捕了余登發先生的冤案，我曾寫了兩篇文章評論此事，都是發表於香港的明報月刊。

第一篇是分析此案之成因，第二篇則是逐條批駁國防部軍法庭對余案所作的判決文。

第二篇文章的標題為「台人號泣秦檜歌」，是取自康有為先生的詩句，康先生說的「秦檜」指的是在簽訂馬關條約時割讓台灣給日本的李鴻章，我則借用暗喻此次用冤獄構陷余登發的國府人士。這篇文章用的筆名是「周殷華」，與我平常在明報月刊上所用的「夏宗漢」不同，因此知道此文是出於我手者並不多。陶百川先生在此文發表後，當時曾告訴我，說余先生的媳婦余陳月瑛女士曾問他，周殷華是何人？陶先生要徵求我的同意，讓他告訴她我的名字。我當即婉拒陶公的好意，請他不要向陳女士透露周殷華就是我。

至今三十年來，我與余先生的家人，包括陳月瑛女士在內，沒有一位相識。

我在明報月刊上面用過三個不同的筆名，即夏宗漢、周殷華與阮一言，都是時任明報月刊總編輯的胡菊人兄所代取的，而且事先都沒有徵求我的同意，至於在發表拙作時使用這三個筆名中間的哪一個，也全由胡兄代為決定，我也從不過問。因此〈台人號泣秦檜歌〉這篇文章用了周殷華的名字去發表，對我來說，只是一件偶然湊巧之事也。

三、高雄事件（一九七九年十二月）

發生在一九七九年十二月的高雄事件，是台灣政治史上的大事。當時我因緣際會，正好在台北參訪，因此有機會參與了以余紀忠世伯為主體的援救黨外被捕人士之活動。此即安排名作家陳若曦女士回台，面交一封海外二十七位讀書人簽名的信函給蔣經國總統，使得蔣先生從寬處理高雄事件。

為了高雄事件我寫了許多篇文章，今以尚為保存的五篇，即一短文與四長文，合成此單元，其中除了發表在傳記文學月刊，於高雄事件三十週年紀念，即二〇〇九年十二月的一篇長文之外，都是在事件發生後不久，即一九八〇年代上期發表的。其中有兩篇，即〈東晉南朝僑人政權盛衰之觀察〉以及〈廠衛亡明論〉則是以古證今，通篇沒有提到高雄事件，這是因為要將此二文在台灣發表，分別引史事去主張東晉南朝僑人政權必須本土化方能長治久安，以及晚明之特務機構濫權酷刑，官逼民反，以致亡國之史例，暗喻國府在台政局應有殷鑑之處也。

因為少年時讀了一些史書，所以在中年寫政論時我多所引述史事。可是我毫無興趣成為歷史學家，只是引古證今，古為今用而已，因此其中若有不夠謹嚴之處，尚請讀者諒察。

四、陳文成命案（一九八一年七月）

陳文成先生是台大數學系低我五班的學弟，我與他並不認識，但是有些共同的朋友。他的命案發生於一九八一年七月初，我在同年十月的香港中報月刊即發表了〈陳文成案疑雲重重〉一文，提出了當時我的看法。

一九八二年擱筆從商之後，對陳案的後續發展我獲得了一些訊息，至本書出版之時為止，二十多年來我一直沒有機會將之寫出來，因此藉此機會補寫了一篇文章。這是除了各篇「引言」之外，本書（即第一輯）中唯一沒有發表過的新作品，即本單元所含的〈我對陳文成案「新」的推論〉。

五、其他有關台灣的政治性案件

此外我把有關一些其他案件的拙文合成第五部分，這些案件較諸前述四案並非不為重要，只是因為拙作的篇幅較短，難以自成單元之故。

在本輯所收的文章之外，我也曾為有些政治犯或思想犯寫過其他的文章，例如柏楊先生、陳映真兄等，因為篇幅的限制，有關為這些人士所寫的非政治性案件的其他文章各有其特性在焉，當留待後冊發表。

在此容我解釋及敘述兩點，即：

㈠當年我為甚麼要特別關心台灣人民的人權與民權問題？

這部分所收集的拙作，是有關一九七〇年代台灣內部發生的一些政治性案件者，我所聲援的對象是主張台獨或統一，資本主義或社會主義者，都是兼而有之。

在此我引述兩段文字，以說明我在海外為甚麼要如此關注兩岸人民的民權與人權問題：

因為執政者過於壓制其內部人民之言論，使批評之責任落在我們身上。若內部有言論自由，以其人民切身之了解，根本輪不到我們說話，而他們的批評也一定會比我們要中肯與高明。

我們很少看到英、美、法等國家的人在外國僑居而評論其祖國政治，更不會在外國發表高見。（摘自本輯〈希望國府不是在唱戲——欣聞陳映真等政治犯出獄〉一文。）

在出版本書之時，即二〇一〇年的冬天，我很高興台灣人民已經享有充分的民主與自由，其政治方面的人權與民權已得到充分的保障了，至於大陸方面則猶待努力，只是我個人對大陸的情形不夠瞭解，實為難以多加置評的了。我曾說台灣與大陸若能分治，對中華民族的好處之一：

是在能保留一塊土地，不受毛式共產主義的控制，能使華人社會有機會實行一種不同於中共的政制體系。因此我們不能說國府比中共民主，比中共更重視人權、民權就夠了。因為如果兩者都是獨裁專制，只是五十步與百步的分別，那麼我們為甚麼要繼續維持台灣廿八年來的獨立狀況？難道只是為了使台灣人民比大陸人民能多享受一些非常有限的人權與民權，我們就應該干冒民族長期分裂，國際勢力控制台灣的危險？我認為只有在台灣人民能享有完全的民主自由，華人能在台灣建立起一個完全民主自由的社會，而且在長遠的將來，能替大陸人民提供一個民主自由國家的榜樣的情況下，台灣獨立於大陸之外才是對中華民族利多於害的。因為有了這種認識，我們才會對台灣的人權與民權問題求之較切，而且並不以國府比中共較為重視人民民權與人權而滿足。（摘自本輯〈談談台灣人民的人權問題〉）

在寫此引言之時，台灣的民主自由之政治制度，其硬體已經確立，只是軟體方面的操作系統（Operating System）仍為中國式的，與來自西方的硬體互有扞格之處。我判斷大約須要三十年，即經過一個世代，等到下一代長成而成為社會主體之後，才能完全相互磨合而告運作順暢。

在兩岸三地中，香港因為長期為英國殖民地，因此港人在軟體的操作系統上反而比較能配合英國式的議會政治。只是目前在一國兩制的框架下，香港無法全面移入英國政治制度的硬體，此與台灣目前硬體全備而軟體與之不合，恰巧相反。若以中國對香港之控制程度去看，我看大約也要三十年後才能完全鬆綁也。

以本人在美國長期居住了四十多年之體驗，民主、自由與法治，都是要大家在生活中去實踐的，而且是要大多數的人民都有這種生活體驗，其群體之政治狀況才能到達此種境界的了。

㈡我幫助了柏楊從綠島脫困之經過

我在海外發表了那麼多篇文章，為了台灣內部的政治犯請命，究竟有沒有發生過作用？就我所知的只有兩次，即

1.一九七九年十二月，為了聲援因為高雄事件而被捕的美麗島集團人士，由我負責起草，海外二十七位讀書人簽名，請名小說家陳若曦女士面交給蔣經國總統的一封陳情書，有關此事之經過，詳見本書所收的拙作——〈有關高雄事件的見聞與經歷〉。（二〇〇九年十二月發表於台北傳記文學月刊）

2.幫助了柏楊先生自綠島脫困而回到台北定居

柏老在一九七六年刑滿出獄之後，因為找不到合格的保人而被羈留在綠島，他只是從牢牆之內的犯人改為住在牢牆之外的教官，依舊困居在綠島。

那時我尚未拜識柏老，與我同住在威斯康辛州密窩基城的賴義雄博士，從柏老前妻倪女士的兄弟，一位倪博士處聽到了此事，轉告給我。

我便在紐約版的星島日報「野草集」中發表了〈柏楊、柏楊，君在何處〉一文。

以下是後來柏老夫婦告訴我的故事。

當時住在紐約的司馬晉博士，是一位精通中文的白人，他把拙作翻譯成英文，交給了美國國務院，請他們代向國府查詢柏老的下落。

說起這位洋教授，可以說是此馬來頭大，他是艾森豪總統時代名國務卿杜勒斯的外甥，他的家族在三代中間每一代各自出了一位國務卿，即福斯特、藍欽與杜勒斯，到了他已是第

四代的名人了。

當時美國是卡特總統主政，此公一向主張人權外交，而且美國尚未與台灣斷交。因此在美方向國府查詢柏老下落之時，國府乃即日派專機去把柏老接回台北，並立刻召開記者會，由柏老自己宣佈他已回到台北，並且在政治大學的國際關係研究所上班，時在一九七七年。

後來柏老還告訴了我一個趣事。他說國關中心的圖書室把中共的報刊雜誌公開陳列，任由職工閱讀，卻把香港出版的《明報月刊》、《七十年代》等刊物鎖在櫃中。柏老問圖書管理員，為甚麼可以任意讀「匪」報，而不能看香港的刊物，那位管理員理直氣壯地說：「匪報是罵共匪的呀！那些香港雜誌是罵我們的呀！」

按當時多年來中共的文革一直鬧得轟轟烈烈，中共的報刊盡是刊登些批鬥劉少奇、鄧小平等「走資派」的文章。後來在文革結束，中共清算了四人幫之後，這些報刊仍是「罵共匪」的，只是反過來，從批鬥「走資派」，變成批鬥文革。

我能幫助了柏老脫困，當然甚為欣慰，可是卻非我一人之力，還是沾了司馬晉教授洋人之光，說起來也真令人生氣。

當時國府的主政者之輕視本國輿論，卻一味看洋人臉色辦事，真是可恥。

貳、當年黨外人士可分三派——自決派、獨派、左派

在本書出版之時，即二〇一〇年冬天，台灣的政局分別為國民黨所領導的藍營，以及民

進黨所領導的綠營。而且在統獨的光譜上，藍傾向於維持現狀或統一，綠則傾向於維持現狀或獨立。可是在三十多年前，即一九七〇年代，國民黨與黨外在這方面的分劃並非如此一目瞭然。

當時的黨外運動，以年齡層去劃分，老一輩的外省人如雷震、齊世英等人，並不主張台灣獨立，與他們同輩的本省人中甚至有站在民族主義立場而主張統一的，例如陳逸松、黃順興等人，即使余登發，也是一個統派。

至於年青一輩的，與我同輩的，即目前在五十多到七十多的人士，可分三派：

一、主張公民自決的。

二、明白主張獨立的。

三、左派。

主張公民自決的人，著重的是一個過程。他們主張台灣人民投票的結果，不論是統還是獨，都應予以尊重，不論在三十多年前或今日，我判斷公民自決的結果以維持現狀的實質獨立，即保留中華民國的國號，不與大陸在政治上結為一體，最為可能。在當時海外左派稱此為「蔣獨」，今則名之曰「獨台」。

當時我是公開主張公民自決的，紐約的左派加給我的「罪名」是「不論蔣獨、台獨，只要獨就好。」其實我並不在意於統獨，而是認為台灣前途應由台民公決，是強調公民自決的過程。關於這方面的拙作，留待後冊發表。

明白主張台獨的人當時是黨外的急進派，在今日可名之曰「深綠」，是黨外的主流派。

台灣的民主化有兩個意義，即本土意識的抬頭，以及政黨政治之形成。因為自一九四九年遷台以來，國民黨的黨權長期操縱在外省人手中，因而此兩者在國民黨內是造成本土化，在黨外則是產生了福佬沙文主義所形成的狹義台獨思想。

廣義的台獨思想是台灣要獨立於中華人民共和國之外，可是這只是一時的政治權宜之計，並非主張千百年後亦為如之。狹義的台獨思想則聲稱台灣人不是「中國人」。兩者的民族不同，他們追求的是「終極獨立」。

至於當時的第三類黨外人士，即左派，他們主張在台灣實行社會主義，要反帝、反殖民，即反美、日。

如果說自決派多為暗中的台獨，利用公民自決去實現台獨，那麼左派則多為暗中的統派。

對於我這個想在台灣推行政黨政治的外省人來說，必須寄望於台灣實現民主自由，然而也因之使得本土意識抬頭，這是一刀兩面，難於避免的事。

在本輯所收集的拙作中，各有替上述三種人士說話的例子，即

一、替自決派發言者——為了台灣政論停刊事件所寫的多篇文章，此是康寧祥兄主辦的刊物。

二、為了左派人士者——支持王曉波兄、陳映真兄、陳明忠先生的文章。

三、為了獨派人士者——有關高雄事件的文章。

我長期住在美國，接受了西式教育，因此我採信西方人對言論自由的基本原則——即使我不同意你的話，我仍是絕對維護你發言的權利。

當年同輩中許多批評我的人，其中主張左右台獨者皆有，每當我替與之意見相左者說話，他們就會尖銳指責我「沒有立場」。三十年後的今天，重讀舊文，知我罪我，當可付一笑耳。

二〇一〇年九月於北美

台灣政論月刊停刊事件

籲請尊重出版自由與人權

——十八人發動簽名上書蔣經國為《台灣政論》請命——

蔣院長勛案：

我們是關心台灣前途，愛護民主自由的僑胞與留學生，在外交失利，亟須無分地域，精誠團結的今天，竟然發生了《台灣政論》被勒令停刊的不幸事件，令我們深感惋惜。

《台灣政論》雖然僅出版了五期，不過短短五個月的時間，已經產生了很大的影響，繼《自由中國》與《文星》之後，成為國內言論自由的象徵，民眾表達心聲的園地。

我們認為：

一、以出版法來限制人民的出版自由，有違中華民國憲法。

二、以邱垂亮〈兩種心向〉一文中所引他人言論，作為邱文的結語，因而指控《台灣政論》煽動人心，是斷章取義，不能令人心服。況且邱垂亮本人已有意回國澄清事實，足證其寫作該文動機純正。

三、此次增補選立法委員，因為郭雨新落選，海內外輿情嘩然，而《台灣政論》又突然被勒令停刊，難免造成政府有意壓制輿論，掩蓋選舉弊病的不良印象。

四、「防民之口，甚於防川」，「口惠而實不至，怨讟入於其身」。政府近年來以四大公開，民主自由法治為號召，宜言行一致，否則必然使民情更為不安。

五、幾年前釣魚台運動時，由於有關方面處理失當，已使部分僑胞與留學生離心，此次政府如果不立刻取消對《台灣政論》的停刊處分，則海外人心將會喪失殆盡，自由民主的維護，有助於中華民國的安定與人民的向心。

一個開放的社會，能容納不同的竟見，聚沙成塔，集腋成裘；一個有為的政府，能善於聽取批評，求取進步。《台灣政論》對社會及政府的建議與批評，有益於社會的進步與政府的施政。

本著風雨同舟，精誠團結的精神，我們慎重的籲請：

一、立刻取消《台灣政論》的停刊處分，准予繼續出版。

二、尊重《台灣政論》有關人員及寫作者的人權與憲法所賦予的權利，不得藉故予以拘捕或迫害。

中　華　民　國　六　十　五　年　二　月　九　日

副本分送

中華民國嚴家淦總統　中華民國監察院　行政院新聞局　台北市議會

中華民國立法院　　中華民國司法院　　台灣省議會　　台灣政論社

各位朋友：

為了籲請中華民國政府取消對《台灣政論》的停刊處分，並且保障有關人士的人身安全，我們發起了簽名運動。附上一份寫給蔣經國先生的公開信，請簽名支持，並轉告貴親友，一齊響應。

《台灣政論》創刊於一九七五年八月，發行人是黃信介，社長是康寧祥，總編輯是張俊宏。創刊號在一個月印行了三版，銷數達三萬份，而且日有增進。停刊時在北美已有一千名訂戶，因此在海內外都已產生了巨大的影響。

以內容的重點去看，第二期與第三期在批評台灣社會的不良風氣，第四期要求台灣政治制度化，第五期是選舉專號。五期先後刊用了一百五十五篇文章，其中不少論點已經產生實際效果，為人民及政府注意。例如高考錄取名額受到省籍限制，軍眷村生活亟須改善等等，因此《台灣政論》對國內民生及民權之促進都有正面的功效。

現在《台灣政論》已遭受停刊打擊，有關人士的人身安全已受威脅，他們亟須我們在海外的支持。處此緊急關頭，我們必須以行動來表達對台灣前途的關懷與愛護，不分省籍，精誠團結，共同為在台灣建設民主自由的社會而努力。

敬請簽名！踴躍支持。以團體或個人名義簽名均為歡迎，請簽名於附單上，並於二月十四日之前寄到：Mr. Robert Y. Lai 9274 N. 70th Street Milwaukee, Wisc. 53223

發起人：賴義雄　張系國　黃　默　阮大仁　張顯鍾　許台榮　陳　隆　張逸勢

陳　郁　鄭　吉　胡勝正　韓興文　林高峰　黃榮貞　林就雄　蕭應忠

陳慶霖　姚永榮

一九七六年一月十五日

——紐約美東版《星島日報》，一九七六年一月三十一日

敬請簽名

——沉默的大眾拿出力量來——

我們十八個人發起簽名運動，寫公開信給蔣經國先生的原因，已在公開信及呼請大家簽名的信函中說明白了。《台灣政論》在七五年十二月廿七日被勒令停刊，到七六年一月中旬，我們在海外者只是以文章為工具，呼求國府准予復刊。但是在陳顧遠等三十五名立委提請質詢，要求行政院處分《台灣政論》的有關人員，加以刑責之後，我們擔心國府假民意為主，以這批「官意代表」的要求為藉口而大興文字獄，因此覺得有行動的必要，以聲援《台灣政論》的有關人員。

在《台灣政論》發刊之時，我曾在七五年十月十五日的本欄發表了〈是勇者言〉，結語是「其文章未必皆是智者言，然而多是勇者言。」

對這五期中的一百五十五篇文章，我並非贊成其每一篇的立論，然而民主的真諦是在「我不同意你的話，但是絕對維護你說話的權利。」

我們聲援《台灣政論》，並不是有厚愛於這本雜誌，也非與其主事人黃信介、康寧祥與張俊宏等有私交。拿我個人來說，我與這幾位先生不但沒有一面之緣，連信都沒有寫過一封。我們所要維護的是民主自由的原則，使人時地有所變遷，我們仍會挺身而出，為被壓迫者聲援的。

各位身在海外，當能體會到言論自由與出版自由的可貴，以及心無恐懼的欣喜。同是一個人，為什麼在不同的地方，就應該喪失這份可貴的自由，不能享受你我所有的欣喜呢？我們目睹水門案的發展，能不替台灣與大陸的政治環境感到慚愧嗎？難道我們就應該是天生的奴才，任憑執政者濫用權力，壓制言論，愚民而自得？

美國人的言論與出版自由，並不是由生俱來的，是他們的祖先爭取來的，我們歷史雖然悠久，卻對民權與人權的爭取與維護甚為落後，如果你我不願意被我們的子孫怨恨，就應該及時為我們，也為了子孫們爭取應有的權利。

如果你還關懷故鄉家國的人民，關懷台灣未來的前途，而且又愛護民主自由，請簽名支持。眾志成城，大家的力量匯合起來，比默默而各自為政，效力遠為巨大。請不要低估你一個人的力量，還有上千上萬個與你有同感的人存在著，只是大家散處四方，無法同聲相應，同氣相求而已。

一個人簽，全家簽；中國人簽，外國人也簽；只要是愛護民主自由而關心台灣前途的人，不分年齡、性別、地域、國籍、我們都歡迎也亟需你的參加。

——紐約美東版《星島日報》沙上痕爪專欄，一九七五年六月二十三日

兩千兩百人的贊成與某些人的批評

——為《台政》停刊事件簽名運動結束而寫！

這次為了《台灣政論》被勒令停刊事件而發起的簽名運動，已告結束。關於此運動之經過及結果，賴義雄先生以《台灣政論》駐北美洲總代表及發起人的身份所寫的報告，已作了簡短的說明。

為了參與此運動，我還被阿修伯先生送了一個綽號——「開明中國人」。此雖是戲語，但是他所指出來的《台政》有鼓吹台獨之意，要我本著民族主義的主場予以評析，卻是不少朋友不約而同向我提出來過的。

其實在草擬公開信的時候，有關民族情感的字句，在場者即有不同程度的看法。只是既然要發動群眾參加，必須大家都作讓步，相互妥協，用字造句儘量求取調和，能為各種不同立場人士所接受。觀乎此次在兩個月內能有遍及南北美洲、歐、亞、澳地區，為數達二千二百零四位華人之簽名支持，則當時起草人間之互相讓步是正確的決定。當然，妥協的結果，使某些立場堅定，成見甚深的人士覺得不滿意，因而提出批評者亦有，但是我認為若在字裏行間，正本應遞送給嚴家淦或蔣經國等枝節性問題上講求，因而忽略了維護民主自由的根本問題，是不對的。如果有人因為枝節問題，雖然同意國府不應該勒令《台政》停刊，竟然拒簽公開信，是犯了見木不見林的錯誤。如果他另外有言行聲援《台政》，雖然使力量分散，相互抵消，猶有話說。若只是對簽名的群眾冷言相譏，因公開信文字或程序不合其意而始終袖手旁觀，則是輕重不分，本末倒置了。

我們草擬此信時，已明瞭不能儘合人人之意，只能在群眾間儘量異中求同。但是對於像陳侗伯先生的批評，倒是未曾料到的。我在二月九日的本欄寫了〈民意代表乎？官意代表乎？〉，其間曾指出發起簽名運動是因為陳顧遠等三十五名立委，聯名向行政院提出質詢，要求以刑責處分《台政》有關人員。此是我們感覺到《台政》有關人士人身安全受到威脅，而有予以公開支持的必要。

自停刊以來，《台政》主要負責人中間，只有副總編輯張金策先生被政府控告其在四年多前，宜蘭縣礁溪鄉長任內，貪污了五千元新台幣。初審他被判十年徒刑，現在正在上訴中。其他骨幹人物，如發行人黃信介、社長康寧祥、總編輯張俊宏及另外一位副總編輯黃華則未被干擾。張金策案因其與《台政》有關連，還是因為他在宜蘭有潛力，此次立委增補選，曾大力支持郭雨新，擔任郭的助選員，言行遭忌，我們無法分清兩者之比重，但是以此時此地來清算他四年多前的芝麻小賬，而且量刑奇重，則張金策案之政治意義甚大。

即使張案與《台政》無關，陳侗伯先生以有關人士人身安全未受威脅而來批評我們的公開信，是於理有虧的。因為我們無法知道國府之不接受陳顧遠等三十五名立委之要求，不以刑責處分《台政》有關人士，是否因海外輿論之注意，以及此簽名運動之推行，使國府投鼠忌器？當此運動初起時，國府的外交人員即曾私下表示，若不抓人，可否取消此次公開信，則可見國府是注意及拘捕《台政》人士在海外可能引起之巨大反應的。

我所知道的批評，以《台政》有台獨傾向最為中肯與普遍。我的看法如下：

一、《台政》發行了五期，共刊載一百五十五篇文章，其立場並非完全一致。例如堅決反共及反台獨的吳延環先生，也曾在《台政》發表過好幾篇文章。而大多數的文章是只談問題，不談主義的。現在被人提出來攻擊的，是張俊宏寫的幾篇文章。我認為與其說《台政》鼓吹台獨，不如說在一百五十五篇文章中間，有幾篇是有台獨傾向的。

二、攻擊《台政》有台獨傾向的人士，其基本假設是台獨的作為一切都是錯的，這一點我不能同意。我認為對任何政治、宗教、鄉親等團體，我們應該就事論事，對事不對人，不應該全面否定或贊成某一團體。

三、我們抗議的是政府控制言論，妨礙人民的出版自由，而不是贊成或反對《台政》的言論。我們若不同意張俊宏的觀點，應該堂堂正正地說之以理，不應該認為他不對，政府就應該查禁他的文章或主編的雜誌。

四、目前台灣部分人民有意希望台灣與大陸長期分離，至少維持現狀，我們稱之以台獨與否，並非關鍵，關鍵是在這些人民有否權利表達他們對台灣前途的看法。此以民族主義與民權主義去看，難以兩全。此次《台政》停刊事件，我們在海外向國府提出抗議者，多以民權觀點著眼，何修伯先生提出應以民族主義去看，確是別具隻眼。但是我認為我們儘可與張俊宏等辯論其觀點合乎民族主義與否，而政府卻不能在邱垂亮君文章中斷章取義，曲解文意去入《台政》之罪。易言之，我們批判張俊宏思想與政府查禁《台灣政論》是兩件截然不同的事，前者是不同意見的人民均享有言論及出版自由，後者是政府違憲干涉人民。我認為在《台政》復刊之前，我們應該致力於維護人民的出版與言論自由，待《台政》復刊後，我們再與張俊宏等研辯民族主義，目前為之，乃乘人之危，勝之亦為不武。

這次簽名運動，能使關心台灣的人士，不分省籍，共同參與，最有意義。現在西雅圖的僑胞有意發起籌措「台灣政論基金」，以支援《台政》渡過停刊期限內的經濟危機，是切實際而有意義的事。中華人權協會決定支援此事，代收捐款，因該會是非營利機關，捐款者可享受免稅優待，希望有心支援《台政》者慷慨解囊。

我們在海外者雖然關心國事，總覺得空有一身精力，滿腔熱血無處可使，如果我們能在精神上與經濟上支援國內為民權奮鬥的人士，所費不大而於心有安，且於國家，於人民，甚至於政府，皆有功利，總比在海外空自吶喊與徬徨來得好些。願大家多捐款。

——紐約美東版《星島日報》沙上痕爪專欄，一九七六年四月十四日

中國、中華、華裔

—新朋友的新看法之一—

因為簽名運動，與許多新認識的關心台灣前途的華僑與留學生們來往，在交換意見的時候，發現了在用詞方面幾個大家不曾留心的問題。

例如「中國」一詞到底指什麼？在政治方面，左派是指中華人民共和國，右派是指中華民國。這一點，我們平時常寫文章的人已注意到。我是用中共，國府來作區分，其實這兩個名詞都不恰當，因為中共只是中國共產黨的簡稱，並非國家，而國府是指國民政府，在中華民國行憲之後已不再使用此名詞。另有些人是用中共大陸與台灣來作區分，這也不是十全十美，因為此乃地理名詞，並不指國家或政權。至於毛共、毛匪、蔣幫者，則不但名實不符，而且誣人為盜匪，反見論者立場偏袒與漠視一方之治績。曾有左派及右派的朋友分別向我提起過，使用中共與國府之不適宜，要我正名。但是為了避免混淆，使讀者與作者有同詞異義，發生誤會的地方，我們也只有再引用下去，一直到能找到更適合實情而且易於相互區分的名詞為止。

最近有人對我說起，各地的中國同學會，名字不太妥當。因為此處的「中國」是指中華民族，各地同學會的成員包括了不同國籍的華裔人士，因此「中國」在此處不是政治性名詞，若硬要解釋為中華人民共和國或中華民國均不妥當。進而言之，有許多台灣籍人士覺得中國一詞過於政治性，若改為華人、華裔或中華，則較好。說實話，到處都有中國同學會，卻很少聽到中華同學會、華人同學會、華裔同學會的，但是此說不無道理。若同學會的成員包括各種國籍的華僑或華裔，而且活動與宗旨均無政治性者，為了避免政治糾紛，增加對台籍人士號召及名實相符，我認為不妨考慮將中國二字為華裔，華人或中華。

人與人之間有許多誤會是因為同詞異義，習性不同而造成的，用現代的術語說，是communication gap。這次因為台灣政論停刊及白雅燦事件，我認識了好些位台灣籍的新朋友，古人說友直、友多聞是益友，能由他們的看法中認識出自己未曾想到的地方，對我是有益的，願讀者們也能打破省籍的心鎖，在親友同學鄰居間大家交換意見。

——紐約美東版《星島日報》沙上痕爪專欄，一九七六年四月六日

打破省籍的心鎖

——評右派與台獨排斥簽名運動者之誤會——

這次發起寫公開給蔣經國，要求國府准予《台灣政論》復刊的十八人中間，有十四位台省籍，四位外省籍人士。這是海外關心台灣民主自由的僑胞與留學生第一次打破了省籍的界限，攜手合作。

因此在右派與台獨人士中間，簽名運動均受到部分人士之誤會。右派認為是台獨所策動的，而台獨則認為與大陸籍人士聯合，公開信中又有中華民國政府與要求等字眼，是妥協了立場。左派則嘲笑我們向國民黨要求民主與法治，無異是緣木求魚，過於天真，他們對簽名運動之排斥，倒並不因發起人省籍問題而有分別。那麼左右台獨均有不同意此舉的理由，為什麼還有好幾千人願意簽名，為什麼我們十八人要發起此運動呢？

我認為是非公理並不因省籍而異。我們不滿意於當政者之壓制人民言論與出版自由、濫用權力以鎮壓政治上的批評者，是個原則性的主張。用之於三十年代的大陸，我們批評國民黨鎮壓鼓吹抗日的知識分子；用之於中共建國後的大陸，二十多年來，自鳴放運動到李一哲的大字報；用之於光復後的台灣，從二二八事件到《台灣政論》停刊，這都是我們要批評的。

拿台灣來說，我們曾為了國府拘捕柏楊、李敖等外省籍人士，陳映真等本省籍人士而批評之，我們是為政治犯的人權與民權而批評國府，與政治犯的省籍無關。

右派與台獨之誤會簽名運動，是因為他們平時對省籍問題過於敏感，把是非與公理局限於他們所認同的對象，左派之嘲笑簽名運動，是因為平日用慣了雙重標準。他們認為國府無可救藥，絕不可能行民主法治，而中共之鎮壓異己，則是中國行革命，求強國，過渡到「共產主義天堂」的必要手段。不論左右派或台獨之排斥此次簽名運動者，都把政治觀點放在是非公理之上，寧可為了政治立場與公開信的文字而漠視國府取締《台灣政論》是否應當。

中國人爭取民主自由近乎百年而迄無所成，與其責怪各種統治團體之摧殘，不如歸諸民權運動者本身之缺陷。因為掌權者之摧殘民權運動，雖然非法，卻是人情之常，而從事民權運動者之相互排斥傾軋，有鬧小圈子主義，等到一旦推翻了統治者，取而代之，卻是寬以待己，嚴以律人。在野時爭取民權，在朝時則鎮壓之，是國民黨與共產黨共通之點，並非偶然。

以小團體利益為行動之目的，以鬥爭分裂為行動之手段，處處要劃清立場，寧可漠視是非公理，則所爭取者非全民之民權與人權，而是某一階級、某一省籍、某一宗教或某一政治信仰集團之利益。舉凡以此等階級、宗教、黨派、同鄉等含有排他性之小團體利益觀點為前題者，在原則上與其批評及鬥爭對象之素行並非不同，只是屬於不同的小團體而已。

幸而絕大多數的人民是以常識與是非公理來行事，而不自我囿限於某一宗派黨團之利益，因此爭取民權與人權的運動仍會受到人民不斷的支持，雖然民權運動往往是勞而無功或以暴易暴的。

這次簽名運動之受到有些人之歧視，因為《台灣政論》帶有地方色彩。我是列名於發起人的四位外省籍者之一，在我看來，即使我不同意《台灣政論》的部分言論，但是我絕對要維護其出版與言論自由的權利。何況《台灣政論》已顯露出台灣民權運動的一個新趨向——打破省籍的心鎖，為低收入的人民請命。例如郭雨新為軍眷村居民生活亟須改善而提出的呼請，我們不可以拿競選拉票的眼光看之，因為郭氏並非在台北市競選，其票源所在地的宜蘭縣並無大量的軍眷村居民，而其文章之主題則在台北市的軍眷村生活改善。郭氏以反對國府的台省籍政界領袖，肯為並非在其選區，又一向投票支持國民黨候選人，以大陸人居絕大多數的台北市軍眷村居民請命，而《台灣政論》亦為之鼓吹，即是台灣民權運動漸漸打破了省籍限制的證明。我認為這是反映出在台成長的下一代之心向。省籍的分別對他們言已不重要，而貧富不均，無充份的民主自由才是他們不滿現狀的主因。

回顧海外留學生運動，往往也有省籍阻梗的因素，例如釣魚運動是以外省籍者為主流，台獨則更以台省籍為標榜。這次能有台省籍與外省籍人士之聯合發起簽名運動，打破了省籍的心鎖，意義實深。在島內已漸無省籍隔閡的今天，希望海外愛護民主自由，關心台灣前途的人士，能藉著這次簽名運動而連繫感情，打破地域觀念，共同努力，持之以恒。而以簽名運動為台獨策動之右派，以及認為公開信過於向國府禮讓之台獨人士，均應該認清楚此舉之意義，不在此信或此時，而在好的開始，成功一半。《荀子・勸學篇》有云：「騏驥一躍，不能百步。駑馬十駕，功不在舍。」願大家心胸開朗，不為省籍所囿，則國人可望能享有民主自由矣。

——紐約美東版《星島日報》沙上痕爪專欄，一九七六年六月三日

是勇者言
——推介《台灣政論》給大家——

台灣的報紙因代溝及既得利益的原因，不能反映出社會對政治經濟等等改革的要求，報禁又使民意不能藉新報紙而發揮，於是，不受出版禁制，資本及人力均不須太大的雜誌乃取而代之。台灣反政府的言論重鎮，由《自由中國》、《時與潮》、《文星》到今天的《大學雜誌》與《中華雜誌》（在反日方面與政府對立，其他則不然），這一連串時封時起，連編不斷的輿論主力，並不是少數文人之譁眾取寵，而是在每一階段有社會的需要，才有知識分子挺身而出的抗爭。

這些雜誌的產生，是社會不滿現狀的結果，並不是造成不滿現狀的原因。國民政府始終不瞭解這一點，以為把雷震、李敖、陳映真、柏楊等抓起來，就可以解決問題，殊不知只要有此需要，便有供應，經濟學上固然如此，民心又何嘗不然。

以上兩段話是錄自拙作〈由報業論台灣的言論自由〉，發表於一九七三年九月的明報月刊第九十三期。

這兩年來，台灣的內外局勢均有變化，社會既有求變的需要，乃有新雜誌的產生。原先充任論政園地的《大學雜誌》，在內憂外患交加之下，產生一連串的分裂，目前只剩下陳少廷一人在支撐，原先大學雜誌社中的骨幹人士們，在脫出之後際遇不同，例如自由派的陳鼓應與王曉波等頗受禁制，右派的丘宏達等，則靠邊站了，傾向台獨的張俊宏在競選議員失敗後，與政界反國府的大將黃信介、康寧祥合流，創辦了《台灣政論》。

《大學雜誌》只是反映出台灣內部革新的要求，《台灣政論》則進而強調地方化，在台生根，是不說獨立的台獨。許多朋友頗加非議，我不同意。

以《台灣政論》創刊號在一個月之內銷了兩萬份去看，不說獨立的台獨——反對目前與大陸統一，是台灣一部分人民的願望。與其說《台灣政論》在提倡分離運動，不如說它是應運而生。它並沒有造成問題，而只是反映出某種思想。

《台灣政論》結合了政界人士與知識分子，並不是前所未有之事。《時與潮》的發行人齊世英也有立委身份，但這次是台籍人士的結合，意義實深。

國府明知康寧祥與黃信介在台北的群眾基礎，又知道張俊宏的政治思想，仍允許《台灣政論》的出版，比起以前之對付《自由中國》或《文星雜誌》之杯弓蛇影，庸人自擾，可見國府的自信心已增強了許多。

作為在海外寫政論的人，我是欣於見到《台灣政論》出版的，因為：

一、國府一直是過於壓制言論的，沒有群眾基礎，不與政界實力人士結合，知識分子無權無勇，容易被打倒。《台灣政論》既有台籍反國府的有力人士支持，希望能免於夭折，不被查封，而能替島內有心於改革政局者長期提供發言的園地。

二、我們在海外消息隔離，霧中看花，容易有隔靴搔癢，似是而非，流於空談的毛病，島內有一本敢予發言，一針見血的刊物，能使我們借鏡之處甚多。

三、只要能在岩石上打開一道裂縫來，民主自由之花就有生機。任何形式的反對，在缺少思想自由、言論自由的台灣，都是好的。至於《台灣政論》之傾向地方主義，固然非我所樂見，但是一來每一個人均有發表政見的權利，我們雖不同意他們的看法，仍須維護他們發言的權利。二來要避免該刊物之過於提倡地方主義，大家應該積極的參與，表達反對的意見，而不是消極的抵制，使之夭折。不論有無這本刊物，不說台獨的獨立思想，在島內是存在的。

目前《台灣政論》已出版了兩期，我讀了之後，覺得確是言之有物，許多事非個中人是不能看出毛病來的。例如已退休的元老省議員郭雨新之指出國民黨控制省議會，限制議員發言時間，與禁制黨籍議員連署非黨籍議員提案，使之不能取得法定人數而流產等等，我們在海外引經據典論國事者，實在無從得知。

我向關心台局的讀者們推介《台灣政論》，我們不一定同意他們的看法，但是國內人士在環境壓力下的發言，僅是這種勇氣，已值得我們尊敬而有彌足珍貴之感了。其文章未必皆是智者言。然而多是勇者言！

（註：該刊通訊處為：台北郵政信箱三〇一一六六號歐美地區全年訂費平郵美金八元，航空美金十五元。）

——紐約美東版《星島日報》沙上痕爪專欄，一九七五年十月十五日

防民之口甚於防川
——驚聞《台灣政論》被勒令停刊——

國府於七五年十二月二十七日下令《台灣政論》停刊。《台灣政論》創刊號出版於同年八月，一共發行了五期。國府予以取締的理由是第五期所刊載的一篇文章，即邱垂亮寫的〈兩種心向——和傅聰、柳教授一夕談〉。這是一個非常拙劣的藉口。因為：

一、第五期出版於十二月五日，距被勒令停刊，已隔了廿二天之久，海內外的讀者訂戶均已收到該雜誌。如果邱文真的有煽動人民反抗國府的言論，國府此舉並無助益於阻止邱文之傳播。

二、邱文並無渲染過實或立論怪異之處，更無煽動人民反抗國府之意，本報轉載此文後，讀者可自行評斷。

三、中央民意代表改選在十二月二十日舉行，在眾多候選人中間，海外最注目的黨外人士有兩位，即隸籍宜蘭縣的郭雨新與台北市的康寧祥。結果郭雨新落選，康寧祥在台北市五名立委中以第四名入選，列名只在婦女保障名額周文璣女士之前。島內外盛傳郭氏的廢票高達七萬張，康氏達兩萬張，聞者驚疑。因為許多立委當選人得票尚不及此等廢票數，尤其是職婦團體所選出者。在此輿情嘩然之際，國府突有勒令《台灣政論》停刊之舉，即使沒有壓制輿論，掩蓋選舉弊病的企圖，也因人時地的湊巧，難以洗脫此嫌疑，又何況國府的藉口如此拙劣，難令海內外心服呢？留居北美而關心台灣政局的僑胞及留學生們，決定為了《台灣政論》被令停刊事，向國府駐美使領館遊行抗議。我認為任何一個為中國爭民主自由的人，應該響應此事，我並且希望國府能做到，下列各點：

一、取消停刊令，允許《台灣政論》繼續出版。尤其是現已在印中的第六期，應批准其上市發售。否則必然會被國人批評，認為停刊與選舉有關。

二、公佈此次各候選人所得之廢票數，並解釋廢票之成因。

三、澄清海內外盛行的傳言——因郭雨新之落選，為數以萬計的民眾在宜蘭縣暴動之傳聞。

國府自可不理會海內外的抗議，封閉台灣政論社，也可以不予澄清海內外所指責的選舉舞弊的流言。但是請國民黨的要人們溫習一下辛亥革命史。如果諸君不想逼迫力求溫和改革內政者走上革命的極端，就必須洗清聲名，別使人民認為政府在欺騙人民。辛亥革命時各省都督多為立憲黨人，例如江蘇之程德全、浙江之湯壽潛、湖南之譚延闓、四川之蒲殿俊等，即因清廷搞假立憲的把戲，失去了主張在安定中求改革者之擁護。這些為數眾多而且是社會領導者的溫和人士，乃轉而與人數甚少的暴力革命者合流，一舉而社清屋。

不論就人民的教育程度、生活水準與求取民權心理之急切來看，今天的台灣遠高於六十多年前的滿清。國府如果還想用封報社，禁雜誌、抓知識分子、操縱選舉等清廷慣用的手法來加強控制，就像是用堤防圍堵來治水，只能防患於一時，然而水越堵越多，把革新人士與革命人士迫得合流，其勢必不可禦，則堤防崩潰，亡無日矣。

古人說：「防民之口甚於防川。」又說：「水能載舟，也能覆舟。」民心猶如流水，聚而得之甚難，而散失又何其易也。

辛亥革命之成功，主因之一即在清廷迫使革命與立憲兩派之合流，願國府主政者三思此言。

——紐約美東版《星島日報》沙上痕爪專欄，一九七六年一月三日

惡法不足法

——評國府之取締《台灣政論》——

《中央日報》社評標題〈評《台灣政論》依法被停止發行一年〉，點出了問題的核心——不合理的法律。這個法是指出版法，其立法精神與憲法違背。

中華民國憲法第十一條「人民有言論、講學、著作及出版之自由。」出版法是普通行政法規，並非「戡亂時期」之特別行政法規，則出版法仍受憲法第一百七十一條「法律與憲法抵觸者無效」之限制，不得以戡亂時期為藉口而破例。因之，出版法是違憲而且無效的，《中央日報》所謂依法言者，實為可笑。

法律是要保障人民權利的，而不是用來作為政府統治的工具。以出版法給予政府權力之大，其文句之模糊，例如煽動二字，究竟應該如何度量，何等言辭方是構成煽動，應由誰來解釋等，均無明確規定，則平時徒然流於形式，而在必要時乃成為政府控制人民言論的工具，是惡法。

《中央日報》說「海外某些毛共爪牙或別有用心的人，如想藉了這個題目來興風作浪，來挑撥離間，甚至製造風波，勢必要受到海內外同胞一致的唾棄和嚴正的指責。」

「毛共爪牙或別有用心人士」當然要指責國府之取締《台灣政論》，但是逆定理並不成立，並不是凡因此事而批評國府者，必然是「毛共爪牙或別有用心人士」。此理在海外看去甚明，而國府主政者始終不能明瞭。從釣魚台運動到今天，國府在海外的宣傳是屢戰屢敗，這種非友即敵的「自台北看世界」的狹窄觀點是主因之一。

要在美國見到水門案發展經過的僑胞與留學生們，相信國府取締《台灣政論》是為了保障大多數台灣人民的民主和自由，同意國府利用出版法來限制人民的言論與出版自由是對的，而不是濫用權力，壓制政治上的異己，是極端困難的。

《台灣政論》只出版了五期，但是其主事人黃信介、康寧祥與張俊宏則是為眾所知的人物，他們並非主張和平統一的人，相反的卻帶有濃厚的台灣地方主義色彩，國府要說他們為中共作滲透，鼓惑人民與「祖國」和平統一，是令人覺得可笑的誣控。他們雖然有濃厚的地方主義色彩，卻不是主張暴力革命的人，他們不但參加了歷次選舉，其主張著重於求取台灣內部的調和，減低貧富差距，削減國防預算，推行社會福利政策等。他們的路線是通過選舉以逐漸推行點滴改良，是溫和的改革派，其反對國府的激烈還遠不如當年的李秋遠、郭國基等人。因此柳教授所提出的兩條路，明顯的都不是《台灣政論》及其主事人所標榜的路線。國府因之封閉該社，實難令海內外心服。

我認為邱文只是國府用以封閉《台灣政論》之藉口，在福特訪華無功而還之後，國府在國際情勢上稍為穩定下來，乃能轉而加壓力於內部，恰逢此次選舉，因郭雨新之落選而民情不安，國府為了避免《台灣政論》為郭氏呼請，並對選舉作總體性的批評，乃及時予以取締，使已在印刷中的第六期未能出版。

若國府真是因邱文而勒令《台灣政論》停刊，則該文既刊在十二月五日出版的第五期內，何以要等到選舉後的廿七日才下停刊令？何不立予取締？

即使因為公文旅行，層層請示而耽誤了時間，依出版法規定，在三個月之內仍可取締，則可遲至三月五日才予停刊，那麼國府不允許原定三月五日出版的第六期刊行，是不是害怕第六期中有批評此次選舉的文章呢？

目前我們希望國府准予《台灣政論》復刊，並且不要興文字獄，拘捕該刊的工作人員與寫作者。蔣經國在三年多來，處處以四大公開為標榜，以起用台籍人員、接近地方群眾為號召，這次《台灣政論》之被勒令停刊，加上選舉舞弊之傳聞，以及白雅燦之被捕，使其三年來努力建立的聲望，一日之間，付諸流水。我們希望國府有識於此，不要自毀長城——國府能比中共號召海內外的，只有在民權方面。封閉《台灣政論》對國府及台灣人民都是害多利少的。

——紐約美東版《星島日報》沙上痕爪專欄，一九七六年一月十九日

斷章取義難以服人

——駁《中央日報》評《台灣政論》停刊之立論——

「一、懲治戰犯；二、廢除憲法；三、廢除中華民國法統；四、依『民主原則』改變政府軍隊；」

這些文字「毫無疑問」的是違背了台灣出版法第三十二條第一款：「觸犯或煽動他人觸犯內亂罪、外患罪者。」

《中央日報》在七五年十二月卅一發表社論，〈評《台灣政論》依法被停止發行一年〉，指出國府取締《台灣政論》之依據，是因為邱垂亮在〈兩種心向〉這篇文章中有一段文字說：「他相信台灣人民要『當家作主』，只有兩條路可走，第一是台灣本土人民武裝起義，推翻國民黨的獨裁政權，第二是台灣人民團結起來奮鬥爭取早日和『祖國』和平統一。」《中央日報》認為這段文字顯然違背前述的出版法條例。

問題在國府是不是斷章取義，歪曲了邱文的文意？

與我所舉的例子比較，那四條文字是毛澤東在一九四九年一月十四日發的「時局聲明」，舉出國共和談共方的八項條件之前四條，是不折不扣的「匪方文件」。而邱垂亮所引言的「他」，是一位留美的柳教授，《中央日報》舉出的一段話，是柳教授個人的意見，尚非「匪方文件」，對國府言，自以前者罪行較為嚴重。

我們評斷一篇文章時，應該以全文的意思為主，還是截取一段文字去看？指控一篇文意時，應該指責作者的意思，還是指責文中所引用他人的文句？如果我們要截取章句，而且非作者的文字，而是所引用到他人的文句，那麼是否要考慮到該段文字與全文的立場是相合或違背？

邱氏在文中自言曾與柳氏激辯，而且其一貫立場素以革新保台著稱，則與柳教授之思想迥異。那麼國府斷章取義地以邱氏所引用的柳教授意見來指控邱文，是否公平？

如果這是公平合法合理的事，那麼我所舉出的例子，即引用毛澤東八項條件原文的文章，國府也應該取締。

這八條見於蔣經國著，黎明文化事業公司出版的《風雨中的寧靜》第一三一頁。

在研究問題時，大家慣於引述相反意見而予駁斥，邱文的毛病是其駁斥缺少強有力的理性分析，而只是說不予同意，但這並不是說邱氏因之同意柳氏觀點，為其鼓吹。以《風雨中的寧靜》言之，蔣經國在當天的日記內，也只是詳列毛澤東的八項條件後，說：「毛匪所提出的這些條件，不是要壓迫我政府作城下之盟，無條件地向匪投降，而且簡直是對於全體國民的愚弄和侮辱！」

蔣氏並未駁斥八項條件，更未說明何以八項條件是「對於全體國民的愚弄和侮辱」。其反擊對方之言辭，並不強於邱氏所加於柳教授者。那麼我們能不能說蔣經國是在變相地替「共匪八項條件」鼓吹呢？

蔣經國並未替毛澤東鼓吹八項條件，邱垂亮也沒有替柳教授鼓吹。《中央日報》社論中有言曰：「……法律之前人人平等，事事平等……」。請國府主政者三思之。

我認為斷章取義，摘取與全文意思相反的文字，尤其是作者所要駁斥的他人文字，作為對全文的指控，是歪曲事實而且不公平的，難以服人。

——紐約美東版《星島日報》沙上痕爪專欄，一九七六年一月二十日

民意代表乎？官意代表乎？
——評陳顧遠等三十五名立委之質詢——

中華民國憲法第十一條：

人民有言論、講學、著作及出版之自由。

第二十三條：

以上各條列舉之自由權利，除為防止妨礙他人自由，避免緊急危難，維持社會失序或增進公共利益者，不得以法律限制之。

有人認為以第二十三條之規定，得以現行的出版法來限制第十一條的出版與言論自由，我不同意這種說法。因為：

一、現行出版法所加之限制，有超出前述避免妨礙他人自由等四種理由者。例如出版法第九條規定新聞紙及雜誌之發行須先由各級政府批准登記，而在出版法施行細則第二十七條「戰時各省政府及直轄市政府為計劃供應出版品所須之紙張及其他印刷原料，應基於節約原則及中央政府之命令，調節轄區內新聞紙、雜誌之數量」規定下，國府聲稱目前台灣為戰時戒嚴地區，因而實行報禁及強迫限制各報的頁數，這是說不通的。新聞紙張的供應與憲法第二十三條所說的四點限制出版自由的理由毫無關係，又何況進口紙張，或增產國造紙張所費不大呢？

出版法規定事先強迫登記，經政府許可才能發行書報雜誌，在登記時須申報發行旨趣等，是違憲的限制人民自由。

出版法是普通行政法規、不能藉口戡亂時期而違憲。

二、以程序言之，出版法是由內政部擬定，立法院通過的，若因之而可限制人民的出版自由權，有過於其所依據的憲法第二十三條之規定者，則不啻是憲法的但書。立法院可以變相修憲了。

三、若出版法中詞意模糊而須解釋時，其既然是因憲法第二十三條規定而產生者，針對於憲法第十一條，則此類解釋實有關於人民的基本自由權，應視為憲法第二十三條與第十一條之衝突，當由大法官會議解釋之。

目前的出版法以處分權屬主管官署，承審訴訟權屬行政法院，則是以解釋權屬於政府。

則政府可以自行解釋出版法中所云之煽動、妨害風化等詞句，而自定取締之標準。

政治性刊物如《台灣政論》者，因為牽涉到人民言論自由權及政府權力之維持，其出版許可及取締規準絕對不應該由利害相關的政府片面決定。以此次停刊事件言之，應該由大法官會議解釋出版法中煽動二字的定義與度量標準，以及此次邱垂亮文章是否已符合了憲法第二十三條之四種限制，因此政府得援用出版法取締之。

《台灣政論》被勒令停刊後，立法委員陳顧遠等三十五人聯名向行政院提出質詢，促請國府追查「逾越法律範圍而遭行政處分的出版刊物，其有關人員是否負有刑責。」

立法委員的職責是代表人民監督政府，不是在幫助政府壓制人民。

立法院通過了現行的出版法這部惡法，給予政府違憲的權力來限制人民的出版與言論自由，已經造成了中國憲政史上的大污點，現在這三十五位立委竟然還要國府興文字獄，使我們痛心之餘，要向諸公請問一下，你們究竟是民意代表，還是官意代表呢？

——紐約美東版《星島日報》沙上痕爪專欄，一九七六年九月二日

不談主義的好壞

——再答阿修伯先生——

最近在海外論壇指名批評我的有黃興智、陳齡生、阿修伯和淩小鈴等，所論評者包括了南京屠殺責任問題、一二八淞滬抗戰史料研判、張俊宏思想批評與郭沫若的詩句等。其中除了阿修伯先生所提出的有關張俊宏與《台灣政論》言論方面的討論，對我來說是新的題材外，其餘都是已寫過幾篇文章的了，因此在此先答覆阿修伯先生。

題材的選擇實因作者之所好，亦受其學養、能力、才識等限制。以個人言，我自從一九七一年開始發表政論文字以來，無一字一句褒貶任何思想與主義者，不論是三民主義、共產主義、民族主義、資本主義、社會主義、台獨思想等等，均未曾置言其優劣。考其原因有四：

一、我是一個反主義者，我認為一切主義都是框框，自其不變者而觀之，均有不合理性與實際的地方。我認為主義與理論無所謂好壞，只有合不合用，切不切實際的分別。

二、或許受了數學訓練的影響，我認為不能度量的名詞與定義，沒有實質意義，容易流為空談。例如生活在共產主義社會的人民與資本主義社會中間的人民誰比較幸福？在我看來這是毫無意義的問題。因為幸福的定義是什麼？如何去度量？量出來的結果如何去比較？什麼樣的社會才是百分之一百的共產主義式的或資本主義式的？這些基本問題不能解決，怎麼能問實行那一種主義者比較幸福？

三、有自知之明的藏拙——因為我未曾接受過社會科學的訓練，觀點與看法（或perspective）均非完善。例如我前述以量化的觀點去看人民幸福問題，社會學者、政治學者與心理學者必不同意，但是我所讀過的此類著作中，亦未能提供一個令我完全同意的說法。可是我不反對他們用其專學的 perspective 去嘗試著解決這一類問題，因為我雖然認為此種不可度量的定義是空談，但是既然有那麼多人要為空談起爭論，有人能試著去求一個答案，雖然在我看來並非至善至妥的完滿答案，總比一無所有要好。這些嘗試著去求答案的人與我不同，他們是確信這些我所認為的空談是實質上可以解決的論爭。例如對有神論與無神論的爭執，我的看法是神的定義是無法度量的，即使神出現在我們的面前，我們亦無法證明他（祂）是神，所以我認為根本不應起爭論，信者自信，不信者不信，相安無事，互不干涉，尊重他人有信或不信之權利與自由。但是宗教家與某些哲學家當不同意淺見。

四、以中文寫作的人，不論古今，好言思想者多，尤以時人為甚。我既然覺得是空談，又非學有所長，有與眾不同的創說或高見，何必再去湊熱鬧，徒然浪費作者與讀者的精力與時間。

阿修伯先生指責我為什麼未曾批評過張俊宏思想。目前《台政》被查封，我當然不會落井下石地去開始批評張俊宏，即使他以往有發表文章機會的時候，他那些空談式的言論，我再不同意，也是一笑置之。何況我始終認為，要民主自由在台灣開花，就得先有勇士們在石頭上打開一條縫來。為了空談而去打擊張俊宏這一類在國內為民權奮鬥的人士，我認為是不值得的。

阿修伯先生或劉添財兄要批評張俊宏以及其他人的台獨思想，我無權干涉，但是我不會為了張俊宏而故意打破我不談思想，就事論事，切實際而不務空談的原則。任何一個人的言行如果違背了民族利益，我們自應針對該等言行而批評之，但是如果要籠統地含蓋全局去批評這個人的思想，我不認為是切乎實際而能輕易做到的，此非限於張俊宏一人而已。

——紐約美東版《星島日報》沙上痕爪專欄，一九七六年六月九日

評《台灣政論》之被撤銷登記

國府行政院新聞局於十月廿一日下令撤消《台灣政論》雜誌的登記。《台灣政論》在七五年十二月廿七日被台北市政府新聞局勒令停刊一年。

目前距復刊期還有兩個月，這次被撤銷登記，即是永遠無復刊之日了。

據《中央日報》十月廿二日之報導，國府撤銷《台灣政論》登記的法律依據是出版法第四十一條第一款，今錄之如下：

第四十一條：出版品有左列情形之一者，由內政部予以撤銷登記：

一、出版品之記載，觸犯或煽動他人獨犯內亂罪、外患罪、情節重大，經依法判決確定者。

依據《中央日報》之報導，「這項處分是因該刊副總編輯黃華利用《台灣政論》雜誌鼓吹叛國思想，煽動人民附從而引起。黃華在《台灣政論》雜誌歷次所發表的文章，已被認定有觸犯及煽動他人觸犯內亂罪的確證。」

黃華在《台政》所發表的文章是否有觸犯及煽動他人觸犯內亂罪，是見仁見智的，我建議海外論壇予以轉載，讓讀者們自作衡量。

即使我們不反對警總軍法處及國防部軍法局覆判所定黃華之叛亂罪名，我仍反對這次撤銷《台灣政論》的處分。我認為：

一、依據出版法，撤銷登記的處分應由內政部下達，而非行政院新聞局。

二、出版法第四十一條所云「依法判決確定者」，其判決之對象應該是出版物，而非撰稿者。黃華案的被告是黃華個人，而不是台灣政論社。例如李荊蓀以《大華晚報》董事長的身份在《大華晚報》撰寫星期評論，李氏因匪諜案而被判處無期徒刑時，罪證中有一條是說他所寫的星期評論文章有惡意攻擊國府處。柏楊長期在《自立晚報》及《中華日報》中南部版撰寫雜文，他入獄後，著作全被查禁。崔小萍長期擔任中廣公司導播，其作品中有與「匪」暗通消息處。但是李荊蓀、柏楊、崔小萍等雖經軍法判定有罪，作品悉遭查禁，《大華晚報》、《自立晚報》與中廣公司卻沒有被撤銷登記。台灣的各報館均發生過「匪諜」案，若比照國府此次之處分台灣政論社，以撰稿者或工作人員中有人犯了內亂罪而封閉出版物，那麼除了前述的《大華》與《自立》兩家晚報外，《新生報》、《中國時報》等都要為了記者或編輯中曾發現過匪諜而被撤銷登記了。

因此我認為國府利用黃華案而撤銷《台灣政論》的登記是不合法的，而且與往例比較，也是處分過嚴的，可以說為了阻止《台灣政論》的復刊，不擇手段地去羅織罪狀了。

海外關心台灣民主自由的人士間，對《台政》之被撤銷登記，有下述的反應：

一、張俊宏的安全——由國府所公佈的「黃華叛亂案的事實根據」（《中央日報》七六年十月二十日）去看，黃華進入《台灣政論》，擔任副總編輯後，曾擬具編輯大綱，「藉《台灣政論》為工具，以文字傳播叛國思想，使該刊為其叛國的言論中心。」這段「罪證」值得我們仔細推敲。《台政》既然採用了黃華所擬定的編輯大綱，那麼其散播叛國言論就不是黃華一人之罪，張俊宏身為總編輯自當負責。然而進一步言，編輯方針只由總編輯負責，社長康寧祥與發行人黃信介是否曾被牽入，則全由治安單位決定。一般人認為黃信介與康寧祥是增補選立委，雖然不會輕易拘捕之，國府如果拘捕了張俊宏、黃華、張金策等文人，剪去了黃信介與康寧祥的羽翼，他們也就無法再搞出版物。現在黃華已被判十年刑，張金策則被控告在礁溪鄉長任內貪污了四千元新台幣，被地方法院判刑十年，正在上訴中。正副總編輯三人中只有張俊宏還沒有被控訴，許多人推測下一步的發展，將是國府拘捕張俊宏了。我希望國府不要趕盡殺絕，失去了海內外主張和平改革台灣政局者的擁護，迫使他們改採暴力革命的手段。

二、黃信介最近的美國之行，來去匆匆，趕在黃華案宣判之前返台，是否已預測到《台政》被永久封閉的命運？黃氏此次在美之言行，使許多關心《台政》者失望。我未曾與黃氏謀面，因此只能多聞闕疑，不予置評。

三、《台政》既然無復刊之日，在台灣一時也無法再產生一份類似的刊物，有人建議在美國的華僑與留學生，不分省籍，只要是關心台灣的民主自由的人，一齊來辦一個刊物。我是贊成這個提議的，目前美國中文的政治性刊物雖然很多，但是還沒一份以台灣為重心，同時成員與對象是不分省籍的刊物。在台灣島內的新舊移民漸漸已經產生共同命運感的今天，我們也應該消除地域的隔閡，溝通意見。

總之，《台政》之被撤銷登記，使許多關心台灣而冀望中華民族能保有一塊民主自由樂土者灰心與沮喪。我認為國府此舉不但在法理上有問題，在政治上亦是手法拙劣的。如果黃華在《台政》所發表的文章確是如國府聲言之有罪，為什麼國府在七五年十二月勒令《台政》停刊一年時不引之為理由，當時的藉口是邱垂亮教授寫的一篇文章，可是國府又拒絕邱垂亮君回台灣「投案」。在《台政》行將復刊的今日，卻又忽然換個理由——因黃華的文章而予以撤銷登記，其阻止《台政》復刊之用心，路人可見，已使人心不平，若國府拘捕了張俊宏，將失盡海外人心。

許多人認為在中共忙於內爭，美國兩黨總統候選人均予保證支持台灣時，國府乃乘機在島內加強控制，才有撤銷《台政》登記之舉。如果此是事實，則足以反映出國府無意於走上民主自由的開放式社會，只是一個心有餘而力不足的獨裁政府，國府之所以偶而放鬆控制，乃迫於國際形勢而已。我並不同意這種說法，我認為國民黨內部有開明及頑固派，開明派採現實路線，主張在台生根，經濟掛帥，開放政權給台灣人，頑固派主張反攻大陸，國防為先，不信任台灣人掌權。現在大方向是走上開明派在台生根的路子，只是頑固派不停地在反對，因此才有進兩步，退一步，時鬆時緊的包小腳的民主之怪現象。

只要大方向是正確的，小逆流是不免的，左派說革命的道路是曲折的，其實那一條政治道路不是曲折的呢？希望關心台灣，愛護民主自由的華人不要灰心。

——紐約美東版《星島日報》野草集專欄，一九七六年十一月九日

從《台灣政論》停刊事件看台灣政局兩條路線的鬥爭

在台生根與反攻大陸

國民黨自從一九四九年遷台以來，老成凋謝，少壯崛起，加以國際局勢改變，中美由冷戰而趨和解，中俄由密友而生齟齬，美國撤出中南半島，中日建交等，均迫使國府走向在台生根的現實路線。但是極右派的大陸人，仍有反攻大陸的使命感，為了保有已得權力，也為了完成復國使命，他們反對在台生根的政策，而要整軍經武。

這兩條路線的鬥爭，並非始於今日。十多年前，雷震所主辦的《自由中國》雜誌便曾鼓吹反攻無望論，後來監委曹德宣也因之而被國民黨開除黨籍。然而截至今天為止，包括蔣經國在內的官方人士，對在台生根，是做得說不得的。當權派當中開始做在台生根工作的是陳誠，他力排眾議，決定興建石門水庫，是國府在台第一次建設的大型工程。蔣經國主持的榮民工作，繼之興建橫貫公路等，最近正在推行的十大工程則是經建的高峰。

其實因為早期之諱言在台生根，只作武力反攻的打算，乃忽略了交通、電力、重化、鋼鐵等基本建設，以致有百廢齊舉、十大工程齊頭並進的必要。

筆者在七五年十月為《明月》十週年紀念，寫了〈蛻變中的台灣〉，發表於《明月》一月二十期，在此用蛻變的角度，以《台灣政論》事件為焦點，來分析這一年多來台灣內部在台生根與武力反攻兩條路線的鬥爭。

《台灣政論》被勒令停刊一年之原因

《台灣政論》月刊創刊於七五年八月，至停刊時，一共發行了五期。七五年十二月廿七日，國府勒令《台政》停刊，理由是第五期所刊載的一篇文章，即旅居澳洲的丘垂亮教授所寫的〈兩種心向〉，被國府認為有煽動人心，反抗政府的罪名。然而因為停刊日緊接在七五年十二月廿日增補選立法委員之後，加以丘垂亮自動由澳洲到香港，申請回台，以負文責，而被國府拒絕入境，許多評者認為《台政》之停刊是因選舉結果，郭雨新落選，民情不安，政府不願意已在印刷中的第六期《台政》問世之故。

《台政》發行之初，第一期即印行了三版，真是一鳴驚人，而在短短五個月中間，銷數增至三萬份，在北美洲華僑及留學生中間也有了一千名訂戶，可見深受島內外關心台灣政治的人士之歡迎。

《台政》的發行人黃信介與社長康寧祥都是台北市選出的增補選立法委員，總編輯張俊宏曾主編《大學雜誌》，因被指「違紀」競選台北市議員而被民國黨開除黨籍。由第五期起，即是最一期，《台政》增聘了張金策與黃華為副總編輯，張金策原任台灣宜蘭礁溪鄉長，黃華則是七五年七月中被國府減刑釋放的政治犯，當時他已被國府以「台獨份子」的罪名監禁了八年。

筆者認為《台灣政論》之風行是基於島內外政治情形的需要。以島內言，台灣的中產階級需要代言人，他們與大資本家不同，在政治權力結構中沒有代表，但是與貧民也不同，他們衣食充足，教育水平高，有參政而自主命運的慾望。當時國際情勢對台灣甚為不利，中產階級有居安思危的恐懼而要求政府加速改革，以應付可以預見的外交風暴。對島外的留學生與華僑來說，在許多反共與長期反對國民黨一黨專政的人心目中，《台灣政論》繼《文星》與《自由中國》成為國內言論自由的象徵。

然而使《台政》夭折的因素，不在其言論之激烈程度。《文星》與《自由中國》對國民黨思想與政治制度的批評遠比《台政》要激烈的多，但是《文星》與《自由中國》處身於當年更為頑固的政治環境中，壽命卻遠比《台政》要長。我認為《台政》之夭折，實在是因為它集結了台籍的黨外年青人士漸漸會成為一股政治力量。除了早年李萬居曾掌握過《公論報》，使黨外台籍人士有發言地之外，多年來，只有吳三連的《自立晚報》與吳基福的《台灣日報》能替黨外台籍人士提供發表意見的園地。但是報紙在國府實行報禁的現況下，不但成為過度保障下的既得權利階級，而且更使其擁有者為了珍寶的發行許可證而慎言慎行，因此多年來政治性的雜誌乃成為批評政府施政的喉舌。《台灣政論》是第一家集結台省知青的政治性月刊，這是與以大陸人為主的《文星》與《自由中國》第一個不同之處。

《文星》純是知識青年的寫作場所，並未與實際政治有牽連。《自由中國》原本亦是坐而論道的刊物，等到雷震有意籌組新黨，與李萬居、高玉樹等台籍政客掛鈎時，就被查封了。《台政》從創刊起便是與現實政治掛鈎的，其發行人、社長與總編輯均是多次參加選舉的黨外台籍少壯派，這是《台政》與《文星》、《自由中國》第二個不同處。

《台政》的銷路高，國外影響力大，讀者以台省籍者多，這是它遭忌的地方。

由於缺少宣傳工具，黨外的台籍政客很難在全島樹立聲名，而台灣的地方政治又是派系縱橫，相互傾軋，因此黨外人士多半是地頭蛇式的據地為雄，以郭國基當年名頭之響亮，猶不免敗於楊玉城「台北人投台北人的票」，「郭國基滾回高雄去」之類的口號下，可見黨外政客受到地域限制之大。黨籍的政客則不受此限制，他們有組織及宣傳刊物之支持，能輕易地轉移根據地，張豐緒由屏東縣而順利出任台北市長，黃鏡峰由台東縣長而出任省糧食局長等，即是明顯的例子。

《台灣政論》的銷路遍及全島，使黨外政客得到了一個良好的宣傳園地，使之不再為地域所囿。例如郭雨新雖然是宜蘭籍的政壇元老，長期擔任省議員，但是因為報刊從來不登載他的言行，一般人並不熟悉他的政治主張、《台政》刊出了他為建設軍眷區，改進軍眷生活的呼請，國府被迫在《中央日報》以雜文答覆之，使得許多人知道郭氏並非只為宜蘭人民著想，他雖是台籍反國民黨的元老，仍會替大陸籍居多數而且多半支持國民黨的軍眷們說話。

《自由中國》捧紅了殷海光，《文星》捧紅了李敖，如果《台政》能長期出版，便能在黨外台籍政客中造成一批明星人物。他們一如殷李，能在不滿現狀的年青人中產生巨大的影響力。試想國民黨能容忍一個像殷海光或李敖這種有魅力的黨外台籍政客出現嗎？

因此以情理推之，《台政》停刊的命運是不可避免的。然而其壽命之所以如此短促，當然是湊巧遇上了七五年十二月下旬的立委增補選，因郭雨新與顏明聖之落選而使宜蘭與高雄地區民情不安，若《台政》已在印刷中的第六期能出版，則必然會有討論選舉的文章，而更刺激人心，國府乃先發制人，予以停刊處分。其實即使沒有選舉事，我認為《台政》驚人的銷路已決定其興也速，停刊也快的命運。如果《台政》只是像《大學雜誌》一樣，銷路少，讀者限於象牙塔中的知青，坐而論道，不與實際政治掛鈎，那麼國民黨也有欣賞言論自由盆景的雅量，讓它自生自滅。

因此《台政》之被停刊，原因是主持人的路線犯忌，其言論方向是在走群眾路線，以台籍人士為主體，拉攏外省籍次之，存心做新興的中產階級之政治代表，造成一股新的政治力量。然而我認為《台政》之所以採取這個犯忌的路線，固然是因為客觀上台灣已蛻變到了中產階級有參政慾望的階段，《台政》乃應運而生，但是也有其主觀因素——即主事人對國民黨內兩條路線鬥爭的進度判斷有誤，才會在時機尚未成熟時提出開放政權加速改革的要求。

國民黨內兩條路線的鬥爭

台灣由幻夢而轉向現實的過程是一波三折的，不時有逆流出現，以言論制度來說，大方向是日益溫和開放的，乃有《台政》之創刊，但是又隨即峰迴路折，國府在五個月以後查禁了《台政》。許多人不禁要問一句，國府為何出爾反爾？既然只能允許其出版五期，為何根本不予准許發行，豈不更為省事？

一般人的看法是，國府基本上是一個獨裁政權，只是因國際情勢逆轉，為了應付美國，以及島內外台籍人士之改革要求，不得已乃准發行，等到外交情勢稍為緩和，而島內又因選情而不安時，乃予勒令停刊。

這個說法是把國民黨當權派看成一體，只有壓制台灣人的一條路線，我不同意，因為《台政》發行與停刊是台灣政局的一個風浪，我們不可以只限於一隅，忽略了國民黨近年來所作在台生根的工作，以及逐步開放政權，大量起用台籍人士的事實。我認為國民黨內對在台生根，國府地方化，有贊成與反對的兩派，而贊成者對地方化的速度、幅度與重點，意見也並非一致。

用行為科學的觀點去看，我認為國民黨的決策過程是垃圾桶模式（garbage can model），即將許多因素摻雜在一起，並無確定的混合方式。好像堆垃圾一樣，同樣的垃圾，每次堆出的形狀層次並不相同。這種行為式便造成柏楊所說的「測不準定理」，也就是說凡事皆因人時地而異，結果非吾人可以用常運理作預測。

拿傳統的名詞來說，國民黨決策層處理事務，並無制度，一切均是政治解決，採協商方式，結果就要看眾多協商者個別的實力、態度與理由而定。因此國府的行為往往把手段與目標相混，而在一連串暫時性的手段交替使用時，又因情況改變，所須要的手段因之改變，以致有時竟然會前後矛盾。《台灣政論》之獲准發行到被勒令停刊，雖然只隔了短短五個月，但是因為選情使民心不安，因此只有不顧當時准予發行，以示政府有接納建議的雅量，以示民主的理由，而予以停刊。

另外一個例子是在政權地方化的過程中，在起用台籍人士時，國府並沒有長期的計劃，例如最近出任黨副秘書長的陳奇祿與青年工作會主委的連戰。陳氏原任台大文學院院長，毫無從政及黨工經驗，則其出任黨的高級職務，明顯的並非早就是在當局腹稿中的。連戰被外放為駐薩爾瓦多大使多年，如果當局早就有意栽培他出任黨的青年工作會主委，這幾年的外交官生活，對連戰及政府來說都不是不必要的浪費時間。

國府施政方面未有長期全面計劃的例子很多，農復會鼓勵農人養肉牛，經濟部卻批准大量的紐西蘭冷凍牛肉進口，使牛肉價格大跌，以致台灣的養牛者因為血本無歸寧願讓肉牛餓死，領取保險金；又如今年糧食豐收，政府所保證價格收買的稻米過多，糧倉不夠，卻又不肯減少小麥進口，以致糧儲更成問題。凡此種種，不勝枚舉。

李煥與王昇分別代表兩條路線

我們由國府近年地方化之進兩步、退一步，可以看出其決策層有兩條路線之鬥爭，但是究竟是那些人主張在台生根？那些人堅決反對？卻非我們局外人所能明瞭。

我們不能以省籍來分，因為如果所有外省籍當權派都反對在台生根，以目前台籍而參與決策者人數之稀少，則根本不會造成路線問題，只會有整軍經武、全心反攻的一條路線，也不會有台籍的中常委、部院長、省主席等出現。我們只能說，台籍的政要是一致主張國府地方化的，外省籍的政要則意見分歧。

我們也不能拿年齡來分，因為國府決策層中並沒有太多的年青人，以最近十一全代會廿二名中常委為例，平均年齡為六十八歲，最年輕的一位也已有五十八歲。而且七十六歲的黃少谷素來是黨內開明人士的領袖，七十四歲的谷正綱則以反共保守著稱，可以反證用年齡來度量一個人的思想，並非上策。

那麼我們應該拿什麼方法去測度一個人的路線呢？最好的方法是案其言，觀其行。但是在台生根，放棄反攻是能做不能說的，目前不會有政要高唱此調，因此只能觀其行。

本省籍政要有地方化的慾望，是合乎情理的，因此我們不必再予研究。而外省籍政要之所以意見分歧，並非因對台灣有鄉土感，而是對國內外局勢看法的不同，也就是幻夢到現實轉變的程度深淺之不同。愈是能瞭解中台力量對比，台灣外交失利，國內年青一代台灣人要求參政意念強烈的人，愈會因面對現實而採取實際的地方化路線。如果這種人曾接受過歐美教育，心儀民主政治，可能因而更傾向於台人治台。

目前外省籍政要中有一批人是專家學者，他們擔任的是政策的執行者，政府機構的管理者，以及決策時的顧問。這批人包括了李國鼎、孫運璿、費驊、蔣彥士等等，他們所推行的十大建設，行政科學化、制度化等等都間接地幫助了國府走向在台生根，但是並無任何證據顯示他們特別重用台籍幹部或主張開放政權，但也無證據顯示他們曾予反對，這批經理者對地方化是採取中立態度，他們只是搞好本位工作，並無跡象在培養實力，自成一系，以求奪取更高的權力。

國民黨開放權力，起用本省人，既然是因為客觀需要，那麼愈是在工作上要爭取群眾支持、接觸群眾的掌權者，就愈容易有此需求。例如掌握了黨部組織、各級選舉提名、輔選工作的李煥等，與負責青年組訓的宋時選等人，因為工作的需要而傾向於較為開明與實際的路線，是合乎情理的。反過來說，掌握了政工的王昇、特工的沈之岳等人，他們在工作上並沒有廣為吸引本省人的需要，而其工作單位的中上幹部也大多數是堅決反共的大陸籍軍人與特工，他們在工作上長期以匪諜台獨為對象，因此很難使之能安心地開放政權給台籍人士。這種因工作性質而產生的職業化心理，舉世各國皆然，並非限於台灣。例如各國右傾獨裁政府多由軍人政變而組成，即因軍人職業化訓練使之不能忍受沒有秩序的自由，他們重視的是紀律與服從，是團體的榮譽而不是個人的權利。

拿《台政》發行與停刊來說，海外盛傳是李煥的開明路線與王昇的保守路線鬥爭的結果，幾年前《大學雜誌》陳鼓應的風波，傳說中也是靠著李煥與宋時選之保護才過關的，這些不絕如縷的風風雨雨，反映出蔣經國集團中的內部分歧，李煥、王昇等要人已經在角逐蔣經國繼承人的地位了。

謝東閔被炸傷事件

七六年十月十日，台灣省主席謝東閔在家中拆閱郵件，被炸傷左手，據說黃杰的秘書與李煥都被類似的郵包炸彈所傷，其他如林金生、張豐緒、林永樑等要人則因收到治安機關及時的通知而告倖免。

謝東閔被炸傷後，人們的第一個反應是為什麼炸他？第二個反應才是誰炸他？

謝氏素有好好先生之稱，是台灣人出任省主席的第一人，他在大陸唸書做事，參加過抗戰，是可能被大陸人與台灣人共同接受的政治領袖之一。他的官聲很好。

台獨發出了公告，自認是：「本部直屬第十二行動隊於中華民國六十五年雙十國慶時，採取制裁蔣家幫的義舉，並已炸傷頭號台奸蔣家傀儡『台灣省主席』謝東閔及其他數人。」

台獨把謝東閔看成「頭號台奸」，意即他是目前國府任用的台籍官員中名位及實權最高的人物，但這只是被省主席虛名所眩惑的看法。省主席能否掌握實權，主要是看他有沒有班底，能不能控制中上層人事，若沒有班底，省主席只是一個高高在上的泥菩薩。謝東閔擔任省主席後，強調的是小康計劃之類的細枝末節，採取低姿態，大政非己出，而讓蔣經國獨佔聲名，我們並沒有看出任何他想培植實力，以求更上層樓的跡象。外間盛傳蔣經國的智囊團「五人小組」，其台籍成員並非謝東閔，而是現任台北市議長的林挺生。我認為未來最有實力的台灣人將是少壯派的軍人與黨官，例如曾任政工幹校校長，現任國防部總政治部執行官，王昇的左右手陳守山將軍；與曾任台中市救國團主任委員，現任陽明山革命實踐研究院副院長，李煥的重要助手李長貴博士等人。這些人目前並無大名，然而是深入國民黨權力機構，由核心工作做起的人。他們之於王昇、李煥，一如王、李之於蔣經國。以他們的年齡與台籍身份的條件去看，等到將來台灣人接管政權時，他們正好是在盛年，而在黨部軍隊中已有長久的工作經驗，掌握了班底，這遠比居於客卿地位的許多目前的台籍政要，名過於實者來得有潛力。

台獨既已明言謝東閔是「蔣家傀儡」，此示在他們心目中謝氏並無實權，那麼又怎能稱之為「頭號台奸」？炸傷他又有何用？海外台籍人士對台獨之炸傷謝東閔，即使反對國府者亦頗起反感，因為不論從何種角度去看，謝東閔是一個好好先生，島內台灣人擔任國府公教人員者極多，難道台獨一律視之為台奸？因此台獨不論官聲好壞，只看官位高低而下手的作風，很受物議。

國府對謝東閔被炸的反應是強烈的，《台灣政論》之被撤銷登記許可，我認為是受了池魚之殃。

《台政》受了炸彈案的牽累

《台政》在七五年十二月被勒令停刊一年，副總編輯之一的張金策又被控告在四年多前礁溪鄉長任內貪污了四千元新台幣，初審判刑十年，正在上訴中。另一位副總編輯黃華則在七六年七月底被國府以內亂罪拘捕。然而《台政》的社長康寧祥與總編輯張俊宏仍積極準備復刊事，他們為此曾與當局有所洽商，約會原定在七六年十月七日。屆時因為中共清算了四人幫，台方決策者無暇考慮《台政》事，乃將約會延後至十月十五日。不料十月十日發生了謝東閔被炸傷的事件，十五日的約會乃被取消。隨即國府處黃華以十年徒刑，並且藉口《台政》刊載黃華的文章而多以撤銷登記，永遠停刊。

十月十日以前，當局既已約談《台政》負責人，可見並未有永予停刊的打算，我認為局勢之急轉直下，實在是因為謝東閔被炸傷事，使國民黨決策層中的強硬路線者得勢，何況傳言中接到炸彈的國民黨要人甚多，還包括了開明路線的主將李煥在內，更會使強硬路線者振振有詞。

以法理及事實言之，國府取消《台政》登記許可是錯誤的。據《中央日報》十月廿二日之報導，府此舉是根據出版法第四十一條第一款，今錄之如下：

第四十一條：出版品有左列情形之一者，由內政部予以撤銷登記：

一、出版品之記載，觸犯、或煽動他人觸犯內亂罪、外患罪，情節重大，經依法判決確定者。

國府行政院新聞局認為「黃華在《台灣政論》雜誌歷次所發表的文章，已被認定有觸犯及煽動他人觸犯內亂罪的確證。」因此下令撤銷其登記許可證。

以事實言，黃華在《台政》發表的文章共有四篇，即七五年九月號的〈減刑人談國是〉、十月號的〈減刑人的信心〉、十一月號的〈相忍為國之道〉與十二月號的〈團結之道〉。這些文章都發表在國府勒令《台政》停刊一年之前，如果確是如警總認為的有觸犯及煽動他人觸犯內亂罪，為甚麼國府在七五年十二月廿七日下令《台政》停刊時不以之為理由，而要用丘垂亮君所寫的〈兩種心向〉為藉口，又拒絕丘君回台灣「投案」？

以法理言，我認為國府的取消《台政》登記許可是不合法的，因為前述出版法第四十一條所云「依法判決確定者」，其判決之對象應是出版物，而非撰稿者，黃華案的被告是黃華個人，而不是台灣政論社。例如李荊蓀以《大華晚報》董事長的身份在該報寫星期評論，他被國府以匪諜罪而被刑處無期徒刑時，罪名之一是他寫的星期評論有惡意中傷政府處。柏楊長期在《自立晚報》寫雜文，他入獄後著作全被查禁，崔小萍長期擔任中廣公司導播，被控其作品有與「匪」暗通消息處。但是李荊蓀、柏楊、崔小萍個人雖經軍法確定有罪，著作悉遭查禁，而《大華晚報》、《自立晚報》與中廣公司卻沒有被撤銷登記許可證。

《台灣政論》在七五年十二月被勒令停刊一年，是台灣民權運動的一大挫折，對國府的聲譽極有損害，使海內外寄望蔣經國領導台灣走上民主道路的溫和派人士大為失望。七六年一月中旬，《台政》駐北美洲總代表賴義雄博士等十五人發起了簽名運動，向蔣經國上書，在二個月之內，有二千二百多位海外華人簽名，地區包括了南北美、歐、亞、澳等洲。公開信有兩點籲請，一是立刻取消《台政》停刊處分，准予繼續出版；二是不要藉故拘捕或迫害《台政》的工作人員與撰稿者。在七六年底筆者寫此文時，第一點已失敗了，《台政》已被勒令永遠停刊，第二點則是成敗參半，黃華入獄，張金策正在上訴中，張俊宏、康寧祥與黃信介還是自由之身，簽名運動的十五名發起人，有四名外省人，十一名本省人，這是海外華人不分省籍，共同為華人民權奮鬥的創舉。在島內省籍隔閡日已減低，但今天海外華人仍有省籍之分，這是應該及早糾正的錯誤。

留學生歸國服務對政治路線的影響

留學生歸國服務，得風氣之先的是教育界，因為留學生通常是學有專長，有碩士或博士學位，以教職最相宜。最近十年間，因為美國與加拿大不景氣及移民日益困難，許多人才回流台灣，當時台灣經濟已漸漸走上起飛道路，教育界既然容納不下所有回國服務的留學生，工商界乃吸收了一部分。留學生從政的人數不多，一以國府多年來人事凍結，留學生的學歷太高，中下級職務不宜擔任，高級職務中數目既少，留學生又缺少必要的工作經驗；而且事務官須有銓敘資格，早期的留學考不能轉成高考，晚近雖然可以轉用，但是許多留學生是免試出國的，仍然沒有高考資格，因此使得仕路不通，留學生欲從政而無門，早期歸國從政的留學生，因任用資格而備受扼阻。以現任外交部次長錢復為例，他進入外交部後，不能列為正式部員，即因未考過外交人員特考，後來外交部為了他舉行一次特種考試，才算把資格問題解決。

目前的風氣是起用青年才俊，許多留學生一步登天，並未擔任事務官或經由科班升遷，有些從教職轉入政界，直接擔任單位主管，例如前任教育廳長許智偉，現任省新聞處長趙雅博等，有些是歸國之始，即入政界，而膺重任，例如現任財政部錢幣司長紀可渝。

政務官或黨團職務，並不須要銓敘資格，使得一步登天的留學生們可以避免掉通過高考的形式。

由於留學生自教育界、工商界而進入黨政方面，自然會影響國府的施政方向，較前開明。

然而特工與軍隊這兩個權力的支柱，有自己的訓練機構，不太吸收外來人材，升遷多由內部，他們自行保選幹部出國深造或進修，並不大量任用圈外人的留學生。因此今後教育、工商、黨政方面，因新人新事，與軍隊特工方面，在觀念上將更形分歧。

權力是由大陸人轉移到台灣人，在轉移的過程中發生了「反歧視」、矯枉過正的現象，因此台灣政界有句話語，說新貴必須是崔苔菁——吹台青——吹牛、台灣人與青年，而黨政軍等吸收新人的速度與多寡，就會影響到其成員中台省籍與外省籍的比例。十一屆全會後中央黨部人事改組，台籍中常委由三人增至五人，會處主管原來沒有台籍者，現在增至二人，此示黨方的台灣化已達到最高層了。

教育、工商、黨政等的台灣化，隨時俱增，特工與軍隊之抱殘守闕，仍由大陸籍幹部掌握的情形則一成不變，久而久之將造成兩極化，分別代表在台生根、從事經建的路線與整軍經武、國防第一的路線，對比會愈來愈明顯了。

即使黨政界的台籍人士也隱然有分野，一種是留過學的鍍金者，一種是由地方基層做起的人，近來這種矛盾已較前緩和，不少留學生也參加了各層選舉的角逐。

小結

多年來台灣政治的一個伊頓結是少數的大陸人居於統治地位，然而由於大量台灣人之湧入黨政工商界，這個矛盾已較前為緩和，只是大陸人中的右派，不忘復國使命的人，能退讓到什麼地步？

沒有政治權力的保障，財富並不可恃，大陸與中南半島的赤化，使台灣的資產階級記憶猶新。台灣人在控制了財經工商界之後，對自己的命運更生居安思危的感覺，進而有參政的慾望。然而沒有黨、軍與特工的支持，國民黨的權力就難以穩固，目前黨政權已有限度的開放了，雖然是挑選夥計方式的起用台籍才俊，忠誠可靠，不必擔心奪權，但是量變引起質變的趨向是有的。軍隊與特工作仍是由大陸人掌握，而且因為職業性的訓練與封閉的人事系統，軍隊與特工的台灣化不可能趕得上黨政工商界，雙方差距會愈來愈遠，等到未來黨政方面已轉化而為台人治台時，軍中的台籍幹部群恐怕還是以校尉級為多數，這會造成高級將帥群與部屬間觀念上的差歧，影響到指揮系統的功效，已非善局，而高級軍官，特工高幹與黨政領袖路線不同，更將使全局不安。

台灣在蛻變中。在抱殘守闕者的眼光中，是自其不變者而觀之，則物與我皆無盡也，又何必汲汲於求變？在求變者的眼光中看去，是天地曾不能以一瞬，焉能再不知時勢，固步自封？而在我們旁觀者看去，求變與守殘的力量交互沖激之下，使得國府台灣化的步調是進兩步，退一步，自相矛盾，舉棋不定，《台灣政論》之獲准發行，又迅速被撤銷登記，就是國府這種決策層不穩定平衡的表現。

我認為不論與大陸統一，還是繼續維持分裂狀態，未來的台灣一定是由居多數的早期移民的後裔執政，而政局的安定必然須要早晚期移民共同合作。台灣的建設是須要居中間的絕大多數溫和人士，不分省籍，共同努力的。不論是外省人中間的反攻大陸派，或台灣人中間的台獨，都是居於少數的極端份子，也都是昧於台灣實況的狂熱理想主義者。謝東閔被炸案，與國府因之而有的強烈反擊，處黃華、陳明忠等以重刑，禁止《台政》復刊等措施，是這兩個極端集團的交手。我希望居於兩端的少數人士應該明瞭，以牙還牙，殃及無辜的鐵腕政策，與亂投炸彈的恐怖手段，只有把台灣造成第二個北愛爾蘭，終致生民塗炭，兩敗俱傷。

台灣在蛻變過程中，是走向台人治台的道路，對於我們冀望民主政制能在中華民族生根的人來說，是一個好的改變。希望為民權奮鬥的人能瞭解爭取民主的道路是迂曲而漫長的，只要大方向是對的，進兩步，退一步，鍥而不捨，終可成駑馬十駕之功，不要為了小的挫折而氣餒。

一九七六年十二月六日於北美

——筆名夏宗漢，《明報月刊》一三四期，一九七七年二月

余登發案

余登發案

余登發案的來龍去脈

——余案與台美斷交的關係

余案雖然是一個突發事件，而且由吳泰安而入手則更非國民黨的長期預謀，但是自有其來龍去脈，而其發展則更牽涉到國民黨內兩條路線的鬥爭，與黨外人士中溫和及強硬兩派勢力之消長。七七年底的中壢事件造成了七八年黨內外強硬派勢力之同時上漲，把雙方推向衝突的道路。七八年內中央級民意代表增補選戰況之激烈，使雙方的敵意空前高漲。美國斷交雖然使選舉中止，但是雙方主流各走強硬極端的心態猶在。

中壢事件反映出新生代群眾支持黨外人士要求政治改革的力量很大；美國斷交以後台灣民心的表現，反映出社會要求團結應變，支持國府抵抗中共的力量也很大。這兩個事件所顯示的民心是背道而馳的，為什麼有這種矛盾？固然群眾中間本來就有全心全意支持國民黨或黨外的人，但是大多數的人民的意見是隨著境遇而變的，尤其是新生代更為熱情易變。

中壢事件使黨外的強硬派成為主流，在七八年內大力擴張勢力，但是美國斷交使他們頓失部分民心與美國支援之依據而暴露出黨外人士擴張過速與過度的戰略弱點來，因此使國民黨內保守力量有機會及能力去打擊黨外的急先鋒，在南部拘捕了余登發，北部彈劾了許信良。

然而國民黨保守派是否也擴張勢力過度與過快呢？如果民心又有了轉變，他們是否也會頓失依據而犯了兵法上的錯誤，千里趨利蹶上將呢？

在本章中容我們分析一下余案的來龍去脈。

一、中壢事件影響深遠

一九七七年十一月十九日的中壢事件，是國民黨內部兩條路線鬥爭的一個重要轉捩點。在此之前，因為蔣經國的台灣化政策，以及大量起用青年才俊，國民黨內的開明力量乃告逐漸成長，保守力量退守到軍隊與特工的專業範圍之內。

然而黨內開明力量的成長，趕不上社會要求改治改革的速度，因此國民黨雖然比以前進步，但是與人民的距離也比以前更遠。

因為新生代群眾的長成，使黨內黨外溫和與強硬路線的力量都有了消長；黨內開明派的戰略是用時間來解決改革問題，希望經過新陳代謝而在黨內推動改革。他們為了避免過於刺激黨內的保守力量，以免改革受到阻礙，必須設法使黨外放慢步伐，因此與黨外溫和派有了共同的看法與利益。

然而黨內的保守力量為了維護既得權力，黨外的強硬派為了爭取群眾的支持，都不會希望黨內外溫和開明人士並肩推動改革的。黨內外針鋒相對的兩個強硬派，利益固然難以調和，但是行事的方法與心態倒是相同的。他們都不希望黨內外能有確商，而寧為玉碎，不為瓦全，相互刺激對方，企求發生正面衝突。

理論上說，黨外與黨方的力量是互有消長，應該有敵進我退，敵退我進的情形。一般是說當民心傾向國民黨時，黨外人士應採取溫和的低姿態，反過來當民心傾向黨外時，國民黨應該採取開明的容忍態度。可是民心之趨向並非一目了然的事情，而且也很難作出長期的預測或控制，因此雙方都可能自以為得到民心的擁護，計算錯誤，同時採取高姿態的強硬路線，因而發生衝突。

更有進者，台灣中南部地區的人民比北部地區人民要來得反對國民黨些；反過來說，北部地區人民比較傾向於支持國民黨，尤其是以台北市的人民為然。在高雄市快速成長的今天，台北與高雄這一北一南二個大城市的政治氣候大不相同。因此國民黨當局可能有以台北看全島的心態，而中南部黨外領袖們則反過來有以高雄看全島的心態，雙方因之都有了過高的自信心，便自然導致衝突了。

國民黨開明派在黨內推動改革，受到黨內外強硬派的內外夾攻，本來便是事半功倍的兩面不討好。

國民黨政權的穩定多少要靠些治安力量的。由於職業化的影響，舉世各國的軍警特工都是由保守力量控制的，台灣自然不會例外。因此國民黨保守派可以用治安力量去迫害一小撮，逼反一大片，把黨外迫上梁山，使國民黨內開明派與黨外溫和派的合作難以成功，打斷了黨內外交換意見的管道，而達成孤立開明派的目的。

二三十年來國民黨鎮壓黨外人士的活動，由雷震案到余登發案，都反映出黨內開明與保守兩條路線鬥爭的形勢。

黨內保守派為何要出此下策？我認為勢所必然，其間固然牽涉到省籍、代溝與政策的分歧，即使是由年青一代的台籍人士去主持軍警特工系統，他們也會反對開明路線的。因為保守力量既然與軍警特工系統共安榮，如果採用了兩黨式的民主政治，軍警特工國家化，保守派不但在執政黨內會失去了強有力的權力基礎，無法問鼎黨權，而且其政治權力也會被限制在專業範圍之內，好像英美法德日等國家的軍警領袖一樣，受到文人政府與國會的監督與控制，這對久已極權慣了的軍警特工領袖來說，當然是個重大的挫折。

在中壢事件之前，群眾不參與政治，緘默而不表態。黨外強硬派既無群眾基礎，並不構成重大的威脅。因此黨內保守派也就能夠容忍黨內開明派的溫和改革，在台灣化與新陳代謝雙管齊下的時候，保守派雖然不斷地採取破壞黨內外溫和人士交通管道的手段，迫害一些黨外人士，但是保守派並未全面向黨外宣戰。

這固然一方面是因為蔣經國支持改革，使得保守派無法全面反撲，另一方面也是保守派深有自信，黨內外溫和派的改革只能做到表面的點滴改良，不會動搖他們的權力基礎。

但是中壢事件改變了黨內外的陣營與戰略。

黨內外都沒有預料到中壢事件，因此雙方第一次發現新生代群眾不再是一個緘默的常數，而成為具有重大影響力的變數。

在中壢事件之前，黨內保守派自信基礎穩固，社會希望在安定中求繁榮，支持政府，因此保守派企圖把黨外人士逼向強硬路線，是一石兩鳥之計，一方面孤立了黨內開明派，另一方面使群眾對黨外人士之破壞安定引起反感。所以當時黨內保守派的策略是迫使黨外人士與之正面衝突，以便一鼓殲滅。

然而中壢事件顯示，新生代的群眾要求民主改革的慾望，比黨外政界人士還要激烈，使得黨內外有識之士共同瞭解，不但國民黨的改革太慢，就是黨外人士也不能完全符合新生代群眾的政治需要。於是許多黨外人士自動轉向強硬路線，不必國民黨保守派壓迫，自己已走上了梁山。

由中壢事件到美國斷交的一年間，黨外主流轉向強硬路線，外有美國之支持，內有新生代群眾之參與，氣燄極盛。

黨外人士採取強硬路線，本來是黨內保守派久已等待的戰機，雙方正面衝突，使保守派有藉口一網打盡黨外人士，但是中壢事件使得保守派不敢輕舉妄動。在此之前，保守派的戰略是構築在群眾反對變動的心態上面，認為態度強硬的黨外人士必然受到群眾的排斥，因此可以一網成擒。然而由中壢事件到美國斷交的一年之中，民氣激盪，支持黨內外的改革要求，使得黨內保守派誘敵深入的袋形陣地穿了袋底，一時，進退失據，實為狼狽。

七八年選戰中，由保守派掌握的國民黨中央，沉著應付黨外強硬路線的挑戰，充分表現出成熟的政治智慧。尤其是擔任中央黨部秘書長的張寶樹與組織會主委的王任遠，他們以保守派鉅子的身份，卻能忍辱負重，在黨內開放提名，對黨外儘量減低干擾與鎮壓，使一九七八年選戰成為台灣民主潮空前的高峰。

雖然因為美國斷交而中止了選舉，以致功虧一簣，我們對國民黨在當時的開明行動仍然應予好評。

反過來看，七八年的選戰，以及黨外對余登發案的反應，不但顯示出黨外陣營政治手腕有欠圓熟，也暴露出黨外領袖間的矛盾。

今以陳菊的捉放與余案幕後交涉為例。

陳菊的釋放，是黨內開明力量以及特工系統中間比較開明的人士之勝利，但是陳菊在獲釋後的言行比被捕前更為強硬，毫不領情，遂使警總內部主張釋放陳菊的人士受到清算。據我們所知，警總因為陳菊案而有整肅，至少有一名將軍級的官員因為主張釋放陳菊而被逐出警總，我們對他們表示敬意。然而也必須指出，從此治安系統中更難有主張開明寬大的人了。

余登發被捕後，黨內外溫和人士曾在幕後奔走協調，雖然事未成功，但是黨外強硬派在協調失敗之前，不斷地透露內幕，對余登發實是雖曰愛之，其實害之的。尤其是黨外人士透露了台灣省主席、國民黨中常委林洋港在協調中間扮演了黨方代言人的角色，我認為是使余案無法政治解決的一個關鍵。國民黨保守派絕對不會樂見林洋港因為調停余案成功而政治聲望大增的，相反地，他們會希望林洋港調停失敗，以打擊他原來在民間上漲極快的聲勢。

我們並不認為透露協調消息的黨外人士存心是借刀殺人，希望林洋港聲望下跌，或余登發無法釋放。我們認為這些黨外人士是在逞一時意氣之快；一方面表示國民黨色厲內荏，暗地裏還是要與黨外陣營求取政治解決余案的方法；二方面是向群眾表態，黨外人士不與國民黨硬拚，是為了國民黨內開明人士的求和，如此則可保全黨外陣營的面子。

可是這種求一時之快，而妨礙了實際政治利益的手法，反映出黨外陣營的政治技巧有欠圓熟的缺點。

又如在美國斷交後，除了康寧祥之外，黨外陣營主要的候選人與助選人曾經聯名要求立刻恢復選舉。事過境遷之後去回顧，我們認為此乃黨外陣營的失算，斷交後如果立刻選舉，以人心之力求安定，與國府同赴國難的表現去看，國民黨將獲大勝。

再如余登發被捕後，黨外人士在第二天，就群集橋頭余宅前面遊行示威，匆匆組合，並未有大量群眾參與反而顯示出黨外陣營的弱點，沒有組織，不能掌握群眾，更且使許信良增添了不少麻煩，這是黨外陣營的一個失算處。

總之以中壢事件後的政治活動去看，黨外陣營的政治手法甚欠圓熟。七八年選戰中間，在群眾公開的參與與支援下，黨外人士在宣傳上大佔優勢，因此組織與手法的缺點便能遮蓋過去。黨外陣營初生之犢不怕虎，以國民黨外有美國讚揚民主與人權之壓力，內有民意上的顧慮，以及中壢事件所引起的黨政人事變動與政策之檢討，因此在七八年內採取守勢，讓黨外氣燄高漲。

可是美國斷交完全改變了黨內外的政治砝碼。群眾的熱情轉向仇外，使得一部分平素挾美國以自保的黨外人士受了池魚之殃，而國民黨在民權與人權方面所受的美國壓力不但減輕，更因有被美國出賣之感的黨政軍領袖們，也較前更為主張團結對外。而在保守派心目中，團結就是要消滅反對「國策」的黨外人士。

二、美國斷交使吳泰安案轉向

對國民黨保守派來說，美國斷交是不幸中的大幸。

黨外在七八年選戰中氣勢太高，名不符實，因此在斷交而使民心轉向的時候，部分黨外人士不懂見風轉舵，仍在不自量力的狂熱狀況，就容易受到保守派打擊了。然而在眾多的黨外人士中，國民黨保守派為甚麼要挑選余登發去開刀呢？余登發是黨外少數有實力的人物，並非名不符實的。

美國斷交後，某些平日依靠美國人支持的黨外人士，惶惶不可終日，一日三遷寓所，深怕國民黨乘機抓人。可是余登發這種平常反美的人，卻能坦然生活如常，與沖沖地籌備黨外大會。

因此許多人不明瞭國民黨保守派為甚麼不找個軟柿子捏，卻要挑個硬石頭敲？

其次，既然要抓余登發這種地位的黨外人士，為甚麼國民黨保守派會攏個烏龍，搞出一個莫須有的冤獄來，居然會以牽入吳泰安集團的理由，去抓余登發，手法何等拙劣！

我們認為吳泰安的矛頭原來並非指向余登發，只是因為臨時須要改變方向，所以警總才會弄出一個前言不對後語，使天下人心不服的案子。

吳泰安是在七八年十月中旬被捕的，時在斷交之前，隨後陸續捕捉了十多名「共犯」，其中沒有一個人與余登發有任何關係。

余登發是在七九年一月二十一日被捕的，時在美國斷交之後，也是在吳泰安被捕的三個月後。在這三個月之內，沒有任何跡象使任何人把余登發聯想到吳泰安身上。余登發被補後，唯一證明吳泰安曾經去看過他的證據，是余登發手稿的日記中有一條記載，說彰化人吳春發來訪，吳春發是吳泰安的本名，事實上余登發有三個月的時間去消滅這條他見過吳泰安的唯一證據，而他並沒有去淹滅這點，由此可證余登發根本沒有感覺到他可能被牽入吳泰安案之內的。

余登發被捕後，外省人還有認為他是知情不報，或參與吳泰安「叛亂」的。據我們的瞭解，以及中外幾個人權機構派員赴台調查的結果，包括在國民黨籍擔任高級黨政職位的本省人士在內，沒有一個本省人私下相信余登發是有罪的。甚至許多島內外的本省人士認為余案是外省人打擊本省人，帶有省籍歧視的成份。我不同意這個說法，在後文中會解釋我的理由。

可是我同意島內外台籍人士的另外一個說法，也就是說吳泰安案原來的目標不是余登發，而是黃順興。

這一個說法的理由如下：

一、余案共犯中有兩位是黃順興競選立法委員的助選員。

二、吳案的被告就是彰化、台中、台東等地區的居民，是黃順興的勢力範圍。黃氏本人是彰化縣選出來的立法委員，又曾經擔任台東縣長，被告中有些與他有社會關係。

三、黃順興的女兒黃妮娜因為「匪諜」陳明忠案而被判感化刑三年，這是使黃氏與國府正面衝突的主要原因。黃妮娜判罪後，黃順興拒絕出席立法院院會，回到彰化養豬，而且經常發表文辭尖銳的文章批評國府。

四、黃妮娜曾經由日本去中國大陸，陳明忠集團被國府判定為中共駐日大使館所領導的集團，黃妮娜被判定為其成員。吳泰安被控告的罪名與之如出一轍，指稱吳泰安也是經由中共駐日大使館與共方聯繫的。

因此由吳泰安案去牽連黃順興，在邏輯與情理上比較說的通。反過來看，余登發與吳案唯一的關連，是吳泰安與其情婦去看過他。余登發與吳泰安原來並不認識，吳案被告中也沒有一個人與余登發有任何瓜葛，更沒有其他被告與之見過面，余登發與陌生人這樣子的合作造反，未免兒戲。我認為這是國府在拘捕時聲稱余登發參與吳泰安集團，而在起訴時改為知情不報（即是沒有參與）的原因，也就是因證據實在太不足了。

五、黃順興與余登發一樣地主張統一，反對台獨。國府也容易替他戴上一頂紅帽子。

綜合以上五點，我同意吳案原來目標是對黃順興的說法。但是，為什麼會改了方向，把余登發給牽連進去了呢？

以實力、財力與政治上的資望來說，余登發只有比黃順興更為堅強，國民黨為什麼要捨弱攻堅呢？既然要攻堅，佈置的為何如此匆忙，證據脆弱的如此不合情理呢？

我認為有內在與外在的理由。

內在的理由，是黃順興在斷交前後採取了低姿態，而余登發則採取了高姿態，因此使矛盾面有了轉移。

外在理由則是，因為美國斷交，群眾轉而支持政府，使保守派可以擇肥而噬，去做些平時不敢也不能做的事情，例如泰山頭上動土，用莫須有的罪名去拘捕余登發。

外在理由使國民黨冒險動手，但是促成動手的原因，是余登發在七八年選戰中，以及斷交後的某些言行。

三、余登發的北伐大舉

余登發在台灣目前的黨外陣營中有下列的特點：

一、他高齡七十有六，是黨外極少數仍活躍於政壇的元老人物之一。

二、他是光復後第一代的從政人士，屬於大地主階級，與以知識分子、中產階級為主流的新生代黨外人士大不相同。他有許多老觀念與老手法。例如他的家族觀念極端濃厚，個性非常倔強，鐵腕控制余家班。

三、他從政三十多年，擁有的土地由一百多甲減少到目前的二十多甲。但是因為地價上漲，他擁有的財力仍堅強。他是黨外陣營中少見的億萬富翁。

四、他自奉甚儉，但是肯為選舉花大錢，三十多年來一向賣地競選。

五、他公開反對台灣獨立，民族觀念極強。

六、他平易近人，毫無官紳架子，個性直爽，樂於助人，任何人都可以登門求見。

七九年三月號《綜合月刊》，曾刊登了一份余家班參加選舉的紀錄表，今附刊於下。

次數	主角	時間	競選項目	結果
1	余登發	民國二十年	橋頭莊協議會代表	當選
2	余登發	民國三十五年	第一屆岡山鎮民代表	當選
3	余登發	民國三十六年	第一屆岡山鎮長	當選
4	余登發	民國三十六年	第一屆橋頭鄉長	當選
5	余登發	民國三十七年	第一屆國大代表	當選
6	余登發	民國三十八年	高雄水利會主任委員	當選
7	余登發	民國三十九年	第一屆高雄縣長	落選
8	余登發	民國四十五年	第三屆高雄縣長	落選

9	余登發	民國四十九年	第四屆高雄縣長	當選
10	余瑞言	民國五十三年	第五屆高雄縣長	落選
11	余陳月瑛	民國五十三年	第三屆台灣省議員	當選
12	黃余綉鸞	民國五十三年	第六屆高雄縣議員	落選
13	余陳月瑛	民國五十七年	第四屆台灣省議員	當選
14	黃余綉鸞	民國五十八年	第七屆高雄縣議員	當選
15	余陳月瑛	民國六十一年	第五屆台灣省議員	當選
16	黃友仁	民國六十一年	第七屆高雄縣長	落選
17	黃余綉鸞	民國六十二年	第八屆高雄縣議員	當選
18	余瑞言	民國六十四年	增額立法委員	落選
19	余陳月瑛	民國六十六年	第六屆台灣省議員	當選
20	黃友仁	民國六十六年	第八屆高雄縣長	當選
21	黃余綉鸞	民國六十七年	增額立法委員	未定

我要補充說明四點：

一、表中所列，除了第一次是在一九三一年（民國二十年）的日據時代之外，其他二十次都是在台灣光復之後。

二、表中余瑞言是他兒子、余陳月瑛是余瑞言的太太；黃友仁是他女婿，黃余綉鸞是他女兒，也就是黃友仁的太太，因此一般人戲稱之為余家班。

三、余家班在光復後所參加的二十次選舉，都是以黨外人士的身份與國民黨對抗，三十多年如一日，抗戰到底。

四、除了最近的一次，也就是黃余綉鸞在台北市競選增額立委之外，其他二十次，包括日據時代的一次在內，余家班都是在高雄縣競選。

台灣政壇本來就有南北的地域觀念，黨外黨內皆然。余登發一向在高雄縣據地自雄，三十四年來，大小二十戰，國民黨雖然把他縣長免了職，終身國大代表也取消了，余家班抗戰如故，國民黨也只有認了，容忍他稱霸一方。可是在七八年內局勢忽然有了變化，余登發強迫余綉鸞在台北市出馬競選立委，而且在財力上支援北部地區黨外人士的餐會活動，大有揮軍北伐，問鼎全國黨外陣營龍頭地位之意，這就使國民黨深為不安了。

余登發在觀念上與手法上固然與新生代黨外人士並非完全一致，而且是南水北調，與黨外主流的北部人士尚有地域上的隔閡。但是在北部群雄並立，相持不下的時候，余登發可能成為暫時領袖，因為他具備了下列的條件：

一、他已經七十六歲，去日無多，而且余家班的第二代政治人物——黃友仁、陳月瑛、余綉鸞都沒有他的才略，也沒有領袖全國黨外陣營的野心，因此不會造成家天下。例如余綉鸞在七八年內根本不願意在台北競選，以免黨外自相火併，是余登發強迫她出馬的。

二、北部地區的領袖人物如黃信介，康寧祥、許信良等，不論在資歷、財力，實力方面，都一時互相推選不出一個唯我獨尊的領袖來，余登發正好填進這個真空。

三、余登發有三十四年的鬥爭歷史，很合乎中壢事件之後，在黨外人士與群眾間風行一時的強硬路線之需要。

四、余登發擁有豐厚的財力，這是其他黨外人士最需要也最缺乏的條件。

因此余登發在七八年內的北伐，開闢第二戰場，既有領袖全省黨外陣營的可能，就使國民黨深受壓力了。

國民黨打擊余登發，應該考慮黨外人士尤其是余家班反擊。我們先來研究一下余家班的情形。由余案發生後，余家班的成員並不能擔任黨外抗議行動的領導人去看，余家班是蛇無頭不行的。國民黨只拘禁余登發一人，從輕發落他的兒子余瑞言，以及並未牽連他的女婿黃友仁（現任高雄縣長）、媳婦陳月瑛（現任省議員）以及女兒余綉鸞（立委候選人），表面上看去是沒有趕盡殺絕與株連三族，實際上也非輕敵，雖然只拘禁了余登發一人，國民黨已經達到癱瘓余家班的目的，不必擔心余家班全面反擊。

四、余登發父子的財產問題

余登發父子名下的土地，目前雖然只有二十多甲，已不如余登發在三十三年前初入政壇時擁有的一百多甲之眾多。但是以大高雄地區之日益繁榮，地價之飛躍上升，這些土地的價值仍是億萬。

新生代的黨外人士最缺少的便是金錢，一旦失業或落選，往往便要開麵店或擺地攤才能有一飯之所。余登發如果肯出錢去支援他們，便能使許多黨外人士無衣食之憂，成為專業的政治活動者。而且黨外不但在選舉時要錢，選舉完了過生活也要錢，余登發有錢，也肯出錢，如果與黨外主力合流，互取所需，有錢有人，反對黨是可以成為事實的。

許多台籍人士認為國民黨保守派當初拘捕余登發父子的真正理由，是企圖沒收余氏父子的億萬財產，否則為什麼要抓一個毫無政治作用的余瑞言？因為余瑞言根本是個對政治毫無興趣的人，被他父親余登發強迫出來競選二次，兩戰皆墨，弄的父子為此反目。余瑞言還遠不如他的太太陳月瑛，她四次競選省議員都能當選。因此有人認為國民黨把余瑞言這樣一個人牽進去的唯一理由，是為了奪取余登發父子名下的財產，以免余家班今後在財力上繼續支援其他黨外人士，我不同意這個說法。

余氏父子被拘捕時的理由是參與吳泰安叛亂集團，這個罪名如果成立，財產是可以被沒收的，例如吳案被告中的吳泰安、林榮曉、李榮和及余素貞等人的財產便是因此案而被判決沒收的。然而余登發父子被起訴時的罪名已改為知情不報及為叛徒宣傳，就成為可大可小的罪行了。而且事實上余登發被判八年徒刑，余瑞安二年緩刑，財產並未被沒收，那麼前述某些台籍人士所提出的指控是否無的放矢呢？

我認為當初辦案人員可能有此考慮的，因為他們依照規定可以在沒收的財產中提成得到獎金，以余登發父子價值億萬的二十多甲土地去計算，這份獎金不會太少。

但是我認為余瑞言之被牽連進去的必然的，因為余家班中只有他這個人是毫無政治警覺性的，所以在素不相識的吳泰安交給他一些傳單時，會糊里糊塗地收下來。中藥須要藥引，國民黨攻堅也須要一個空隙，余瑞言便是余家班的可乘之隙。

所以國民黨把余瑞言牽進去，我認為主因是為了他是一個瓜連余登發的捷徑，沒收余家財產應當是次要的考慮。因為黨方決策層之考慮，應當只是在如何遮斷余家財力與黨外陣營之合作，決策人士並不能分享辦案人員的獎金。而且沒收財產一方面做的太過明顯，成了司馬昭之心，路人可見了。

只要有沒收余家財產的可能，就會使國民黨在與黨外協商解決余案時多了一個利器。以今後地價上漲的趨勢去看，余登發身入牢獄，余家班賣地競選的可能比前要少，用財力去支援其他黨外人士的可能也少了，余家多保留些地產倒可能是因禍得福的。

然而余登發以七十六歲之高齡而被判八年重刑，固然是因為他堅拒妥協「悔過」，但是黨方之所以面臨擒虎容易縱虎難的窘局，不像在七八年內捉放陳菊之容易，也是為了考慮他被釋放後的反擊。以他在高雄地區深厚的群眾基礎與龐大的財力，加上他倔強的個性，國民黨除非有明確的保證，包括余登發本人及黨外陣營之共同保證，是必須考慮余登發一旦獲釋後的反擊行動。由這個觀點去看，余登發的鉅大財富反而是懷璧其罪，連累了他。

總結來說，由中壢事件到美國斷交，台灣新生代群眾顯示出來了參與政治的熱情，以及衝動易變的年青人之特點。黨外人士因為中壢事件而自信與群眾站在一起，因而在七八年中採取了向國民黨強硬挑戰的態度，等到美國斷交而使民心改向，轉而支持國府的時候，黨外人士措手不及，不能掌握群眾，缺少組織，無法應付奇襲，遂發生余案的危機。

然而國民黨保守派是否也太過自信了一點，萬一民心又有了大改變，台灣的政局又會有什麼樣子的發展？

國民黨保守派的高壓手段，在美國斷交的震撼下，收了一時之效，但是久而久之，斷交的震撼平靜下來以後，尤其是在今後的選舉期間，余案將成為黨外攻擊國民黨的利器。

——筆名夏宗漢，香港《明報月刊》

台人號泣秦檜歌

——評析余登發案罪證之不足

一、前言

一

九城謠碟徧網羅
台人號泣秦檜歌
啖名豈料皆般浩
賈生痛哭竟如何

——集康有為詩句

二

山河殘破成何事
憂國諸公欲自強
從知天下為公產
應合民權救我疆

——集康有為詩句

三

偶向人間似奕棋
一枰黑白到今疑
關心自有旁觀者
若問輸贏渾未知

——康更生梁啟超聯句詩

康有為在反對清廷割讓台灣給日本的時候，寫下了「台人號泣秦檜歌」七個字，他心目中的秦檜是指割地求和的清政府主政者。

秦檜用莫須有的罪名害了岳飛，現在國民黨保守派以莫須有的罪名判了余登發八年徒刑，也造成了「台人號泣秦檜歌」的局面。

東晉穆帝時，殷浩與桓溫爭權，兩人競相主張對華北用兵，藉反攻之名而立威，結果殷浩先兵敗名裂，而後桓溫屢次北伐，終未成功。現在國民黨內也有為了爭權立威而向黨外採取高壓手段的人，這些保守派目前在黨內佔了上風，但是會不會像殷浩一樣，聲勢超過實力，而終歸失敗呢？

西漢文帝時，青年才俊賈誼主張變法奪元老之權，令列侯就國，操之過急而遭貶廢。美國斷交時，國民黨召開緊急中全會與中常會，設立了六個中央工作小組以求變革。當時有些黨內青年才俊在會場上為了要求改革，竟至痛哭失聲。我們希望他們的革新不會重蹈賈誼的覆轍。

我們認為民主是台灣唯一自救的方法，民主也是對抗共產極權唯一有效的途徑。可惜國民黨內的保守派，迷信於軍警特工的力量，在美國斷交的時候，竟然一面口喊團結，另一面製造了余登發的冤獄。在此外交受挫折的時候，支持黨外的部分人民因為害怕動亂，不願中共漁翁得利，因而容忍余案之冤獄。可是在事過境遷之後，尤其是在選戰中，余案必然會成為一個熱門的論題，屆時國民黨將無法自圓其說。然而主辦選舉的開明派將代替保守派受過，負擔選舉成敗之重任。而且不論選舉成敗，保守派均能得利。如果余案不致於使黨方失敗，保守派大可以振振有辭，今後更將毫無忌憚地拘捕黨外人士；如果余案使黨方受挫，保守派可以指責開明派經辦選舉時手段不夠高壓，犯了技術上的錯誤。例如截至目前為止，國民黨內部有關中壢事件及七七年選舉挫敗的檢討，仍是認為當時負責選務者的技術錯誤與提名人選不適當，並不認為須要修改國策，以符民意。總之，余案是國民黨保守派一著強打入而做不活的孤子，可是被吃掉的將是開明派，對整個國民黨固然可能不利，對保守派卻大為有利，是一石兩鳥之計。

本文的重點是在分析余案罪證之不足，證明此乃莫須有的冤獄。

二、余案為中共統戰部分的研討

余登發被判八年徒刑，罪名有兩個。第一個是他與吳泰安有關的部分，以知情不報的罪名，被判了兩年徒刑；第二個是他為中共進行統戰部分，被判了七年徒刑；合併執行八年徒刑。

我們認為兩者的罪證都不夠充份，吳泰安部分留待下節討論，在此先研討為中共統戰的部分。

余氏被定罪的依據是國府的懲治叛亂條例第七條，條文如下：

以文字、圖書、演說為有利於叛徒之宣傳者，處七年以上有期徒刑。

若余氏有罪，他的七年刑期已是最輕的處分。

國府所提出的余氏罪行，簡述如下：

一九七八年十二月廿七日的日本《朝日新聞》，刊載了〈中共告台灣同胞書〉。余登發要張武彥影印該文，因為余氏眼睛不好，因此只用紅筆勾劃，由張武彥在新聞右側寫上「一九七八年（昭和五十三年）十二月廿七日朝日新聞」等字樣，後再影印，大約印了數十份。七九年一月某日，鄭中雄、沈義、張水木三人去拜訪余登發，余氏拿出影本，向不懂日語的鄭中雄解釋其內容。蔡平山在一月某日亦單獨去余家，余氏也出示影本，因為蔡氏不懂日語，余氏也向他解釋該文內容。

根據以上的說明，警總認為余氏犯了以演說為有利於叛徒之宣傳的罪行。

我們的看法如下：

國府在拘捕余登發的時候，並不知道余氏藏有〈中共告台灣同胞書〉的影本，而且在治安人員搜獲余家物品清單上，也沒有列入此影本，據警總說這是在偵查過程中發現的證據。因為偵查期間被告的律師無權代表被告，不熟悉法律的被告就可能有了不利於己的陳述，這是國府司法制度上的一個大詬病。最近在研究修改刑法與刑事訴訟法時，國府已表示將予修正，今後允許被告在偵查庭得延請律師出席代表，以上是就一般司法案件言之。

至於余登發案，與一般案件不同之點有二：余案不但是由軍法審判的內亂案，而且國府拒絕余氏自聘之黨外人士姚嘉文、林義雄兩位律師擔任辯護人的請求，而由警總指定兩位公設辯護人代表余氏。我們認為這不但侵犯了余氏的人權與法定權利，而且對余案的結果甚有影響。

因為國府批准同案被告余瑞言（余登發之子）的請求，允許姚嘉文出庭擔任余瑞言的辯護人，我們不瞭解在情理法三方面，國府有什麼理由可以拒絕余登發同樣的請求？〈中共告台灣同胞書〉的影本既然未列入余宅搜獲物品的清單之中，而且上面也沒有余登發的字跡，如果余登發有適當的辯護人或法律知識，在偵查期間是不應當坦然承認影印此等文件而作出了不利於己的證詞的。即使余氏在偵查時作出了不利於己的證詞，在審判庭時，余氏的辯護律師也不應該輕易同意控方列為罪證，而接受了控方宣稱未列入清單只是疏忽的原故，因而同意了影本確是由余家搜得的，以致控方佔了先著。

我們由已看到的開庭經過去看，兩位公設辯護人為洗脫余氏罪名所作的努力，已比任何我們所知道的政治案件者為多，精神可佩。可是我們必須指出，政治犯案件的被告與公設辯護人之間既然很難合作，被告就很難得到足夠的法律保障。

以余登發案言之，我們認為公設辯護人在洗刷余氏為中共宣傳部分的罪名時，並不能比余氏自聘律師，對余氏來說顯得更為有利。

即使余氏在偵查期間所作不利於己的證詞，足以採信，也就是說余氏影印了朝日新聞上所刊載的〈中共告台灣同胞書〉，但是僅此不足以構成為叛亂，更不能作為有利於中共宣傳的罪名，余氏必須像警總所聲稱的，曾向他人解說此文件，才算有罪。

因此余氏定罪的關鍵是警總所舉出的張武彥、鄭中雄、沈義、張水木與蔡平山五個證人，其中不懂日語，須要余氏解說的鄭中雄與蔡平山尤為緊要。因為余氏既未撰寫〈中共告台灣同胞書〉，懲治叛亂條例第七條中的「以文字、圖書」為有利叛徒宣傳的罪名就不能成立，所以警總在說明判決理由時，特別指出：

並向鄭中雄等解說，為中共進行統戰宣傳，足以構成懲治叛亂條例第七條以演說為有利於叛徒宣傳之罪。

即使警總的指控屬實，鄭中雄三人同訪余登發時，只有他一人不懂日文；蔡平山是一人單獨訪問余登發。因此余登發先後二次，每次與一人所作的談話，是否符合「演說」二字的定義，已是疑問。

因為警總拒絕了余登發及其律師所提出的與鄭中雄等人當庭對質的請求，使我們不能信任鄭中雄等人的證詞，警總拒絕的理由如下：

在偵查中經軍事檢察官訊證明確，各證人表示對證言負責，均各具結附卷。軍事法庭依據刑事訴訟法一百九十六條「證人在偵查或審判中，已經合法訊問，別無訊問之必要者，不得再行傳喚。」的規定，目的是在保障證人的權益，以免跋涉之勞，因此除有新的證據須要證查時，始得再傳喚。而余登發和律師在本案審理中，並未提出新的證據，經軍事法庭認定無再傳必要，故當庭裁定不予傳喚，程序實屬合法。

警總的說法是不成立的。

首先，刑事訴訟法第一九十六條的規定，顯然不適用於台灣。因為由高雄到台北，汽車不過六小時車程，飛機只有幾十分鐘的航程，余案審判庭只開庭一天，證人何來跋涉之苦？國府在大陸上制定此法時，並非各地皆有法院，交通也不方便，證人確有跋涉之苦，可是在地小而交通發達的台灣，已不適用。

其次，偵查庭中既未讓余登發與鄭中雄等證人對質，也沒有讓余氏的辯護律師盤問證人，而只是由控方的軍事檢察官偵訊，那麼證人所具結在案的供詞只是控方提出來的證據，未經被告與其律師之盤問證人，核實證據，並不能成為審判庭所接受的證據。余登發及其律師不但有權要求與證人對質，而且在余氏與其律師否認控方證人的供詞時，法庭豈可聽信控方的片面證據，未經當庭對質而定罪？鄭中雄等說余登發給了他們影本，余登發矢口否認，而影本上又沒有余登發的字跡來證明是他交給鄭中雄等的，難道控方不能找鄭中雄等人，給他們一份影本，要他們做偽證？更令人起疑的是警總拘捕余氏時既然並不知道影本的事，可證鄭中雄等事先並未檢舉余登發影印與傳閱中共文件的舉動，那麼警總如何找到他們做證人的？更進一步說，他們也有知情不報的罪名，為何不被起訴？

余登發認為警總的證人是挾仇誣害，警總認為七人具結，因此不須當庭對質。我們認為雖然無法找到直接的證據，但是關於證人與余登發的關係，仍然可以有旁證的，例如余登發有記錄來訪賓客的習慣，警總所掌握的余氏日記本上便載有七八年八月廿七日吳春發（吳泰安本名）與其情婦余瑞貞去拜訪余登發的記載，那麼由日記本可以看出：

一、鄭中雄等三人與蔡平山各自宣稱在七九年一月裏面曾拜訪余登發，是否登記在余氏日記本裏面？這一點警總並未說明。而且以警總宣佈余氏定罪理由所記述的，鄭中雄等三人與蔡平山都不記得拜訪的日期，各自說是元月某日去看，我們判斷余氏日記本中並無他們於元月中來訪的記錄，否則在定罪時，他們與余氏見面的日期當可確定，不至於只說元月某日。

二、鄭中雄等七個並未出庭對質的證人，在余登發日記本中其名字出現的次數與頻率，以及有關他們的文字記載，可以用作余氏與他們每一個人關係的親疏，以及余氏心目中與他們的恩怨之證明。如果雙方來往不密切，情感不融洽，他們並非余氏的心腹人士，我們就不能瞭解余氏為甚麼會與他們共商謀叛或向他們解釋〈中共告台灣同胞書〉了。

三、如果日記本中並未記載鄭中雄等在七九年一月中去看余登發，而且鄭中雄等在余登發被捕前並未自動告發，那麼警總應該公佈如何獲知此五人曾在余登發處見到〈中共告台灣同胞書〉影本的經過？以及解釋在一月裏曾與余登發見過面的眾多訪客中，余氏為甚麼會挑著這五個人去討論〈中共告台灣同胞書〉呢？

我們認為警總不允許余登發自聘律師，不允許余氏當庭與控方的五位證人對質，也未公佈扣押的余氏日記本之內容與偵查庭中證人作證的記錄，如此這般的審判，自非公平合理。因此余案有關為中共宣傳部分的定罪理由，在我們看來，是不合情理法的莫須有之冤獄。

其實〈中共告台灣同胞書〉，國府行政院長孫運璿曾提出公開的答覆，參與起草此答覆的民間專家學者為數甚多，因此可見該文件在台灣民間並非余登發的獨藏之秘。

更使人難以心服的，是國府因為吳泰安案而拘捕了余登發，但是在判罪時，吳案部分只判了二年，而此節外生枝的為中共宣傳部分卻判了七年，不免使人懷疑國府是在擒虎容易縱虎難的情況下，吳案部分既然無法取信於世人而予重判，就被迫深文周納，節外生枝地用了搜到的中共文件影本，找人做偽證，而判了余氏七年徒刑。

三、余案有關吳泰安部分的研討

國府指控余登發參與吳泰安的叛亂集團，比起前述指控余氏為中共宣傳，還要荒唐。因為余氏如果影印了〈中共告台灣同胞書〉，是可能傳閱給至親好友看的，只是警總所找到的鄭中雄等五個證人是否為余氏的心腹，看不看得到影本的問題。換句話說，警總的指控雖然查無實據，卻可能是事出有因。

可是余登發與吳泰安不但風馬牛不相及，素不相識，而且以二個人的身份，地位、財勢、群眾基礎去相比，余登發怎麼可能會接受吳泰安的領導？國府的指控完全不合情理。

國府處理余登發牽連入吳泰安案部分的手法，是虎頭蛇尾，雷聲大雨點小的。國府在拘捕余氏父子時的理由，是余氏父子參加了吳泰安的集團，起訴時改為知情不報，罪名已經大為減輕。判刑時，余瑞言判兩年徒刑，緩刑；余登發此部分只判兩年徒刑，但是與為中共宣傳部分的七年合併，共執行八年徒刑。易言之，吳案部分只增加了余登發一年刑期。以之與余案初起時，余登發被指控擔任吳泰安麾下的高雄地區總司令，罪名大到可以處死刑與抄家產的程度，輕重之別，真是不可同日而語。

如果余氏沒有節外生枝的為中共宣傳之罪名，我們不瞭解國府在擒虎容易縱虎難的情形下，冒冒失失地用了莫須有的罪名抓了余登發父子，如何收場？國府指控余登發知情不報的理由是下述二點：

一、吳泰安、余素貞在七八年八月廿七日拜訪余登發，余氏外出不在家，吳泰安面告余氏之子余瑞言，係受中共指使返台，進行暴動，欲邀余登發協助，並面交「革命動員第一號令」十餘張。

二、同一天晚上，吳泰安再訪余登發。當時另有與吳氏無關的沈戌守，許義政二人在場，沈許二人作證說，余登發說：「我就是余登發，你交給我兒子的東西，我已看過。」又據吳泰安說，余登發說：「你進行革命及傳單之事，我兒子都告訴我了，詳情已知道……目前中共很強，用和平包圍方式比較好，到時機成熟，再由中共解放。」又說：「要做你去做，我到時再看。」

因此警總認為：

> 被告余登發，余瑞言明知吳春發為中共派遣來台，從事叛亂之共謀，而不告密檢舉之事實，詢堪認定。

余登發矢口否認，表示吳泰安雖曾登門造訪，他並沒有作上述談話，他並且要求與吳泰安、沈戍守、許義政等證人對質。警總軍事法庭拒絕讓沈戍守、許義政二人出庭對質，但是允吳泰安、余瑞貞二人出庭。吳泰安在法庭上一口承認自己是「匪諜」，也一口咬定他和余登發的談話屬實。然而姚嘉文律師指出吳泰安在警總初次偵訊時，供辭並未提到余登發，因此要求調閱偵查庭之初供案卷，但是被警總拒絕。這一點使外間盛傳的一個說法更可採信，即吳泰安案原來的矛頭並未指向余登發，而是黃順興。

余瑞言表示吳泰安交給他的文件，他丟掉了，並未交給他的父親余登發。

因此余登發是否知情不報，既是兩造各執一端，就要看誰的話比較可信。到目前為止，除了警總之外，我們還沒有聽過任何人認為吳泰安比余登發更為可信。

余登發曾經擔任國大代表，高雄縣長，家財億萬，年已七十有六，是台灣南部黨外人士的政治領袖。吳泰安只有小學三年級程度的學歷，乩童出身，通緝有案的票據犯，開過大量的空頭支票。

任何有點常識的人都會同意，余登發絕對不會與素不相識首次見面的吳泰安商量叛亂事宜的。

而且依照前述警總定罪的理由，採信了吳泰安的證詞，認為余登發說過：「要做你去做，我到時再看。」以及「到時機成熟，再由中共解放。」那麼他的罪名就不祇在知情不報，而是蓄意陰謀叛亂了。因此如果法庭採信了吳泰安的供詞，余登發的罪名就比知情不報要來得重；如果法庭不予採信吳泰安的供詞，那麼余登發是無罪的，連知情不報的罪名都沒有。二者必有一是，怎麼會判了個介乎二者之間的知情不報的罪名呢？

我們認為警總在拘捕余登發的時候，是打算把他牽連入吳泰安集團，因此在吳案開庭審判時，把吳泰安的供詞做成了余登發「到時再看」、「再由中共解放」的死角，當初把圈套做的太鐵定了，在邏輯上已無變通的餘地。然而余案的演變，以及海內外的反應，都使警總明瞭到把余登發硬牽入吳泰安集團是說不通的，而且也沒有必要了，因為余登發節外生枝地多了個警總事先沒有估計到的為中共宣傳的罪名，吳案便成了余案中一個畫蛇添足的燙手山芋，吞不下去，為了面子也不能丟掉。因此警總只有降低吳泰安在余案中的份量，把余案判刑的重點轉移到為中共宣傳方面。可是吳泰安在吳案審判庭中有關余案的公開供詞已不能更改，警總只有裝糊塗，一方面採用了吳泰安有關余登發的供詞，以拒絕余登發之自辯，另一方面又故意忽視吳泰安供詞中余登發有蓄意陰謀叛亂的企圖，而予輕判知情不報的罪名。但是也因此使我們看出了警總東遮西掩，前言不對後語，邏輯上無法自圓其說的地方來。

綜合以上，我們認為余案中有關吳泰安的部分也是一個莫須有的冤獄。

四、小結

綜合一、二兩節的研討，我們認為余登發案定罪中有吳泰安部分是個莫須有的冤獄，至於有關為中共宣傳部分，余登發是可能影印及傳閱了〈中共告台灣同胞書〉，但是警總並沒有掌握到令我們可以相信的人證與物證。證據不足而入人以罪，仍是莫須有的冤獄。

由余案審判過程去看，包括了警總拒絕余登發自己聘請律師出庭辯護、軍事法庭拒絕余登發與鄭中雄等七名控方證人對質等在內，我們並不認為余案的審判是公正的，也不認為國府定余氏罪的理由是合乎情理法的。

——筆名周殷華，香港《明報月刊》

高雄事件

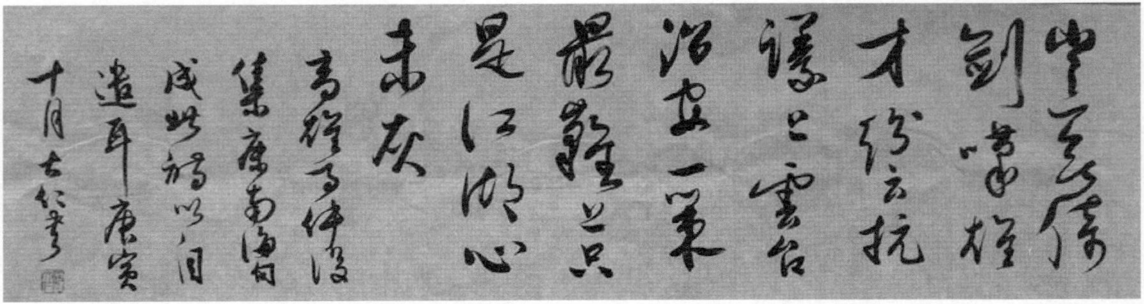

作者於高雄事件後，集康南海句以自遣。題詩：豈無倚劍嘆雄才，紛云抗議上雲台，治安一策最難上，只是江湖心未灰。

有關高雄事件的見聞與經歷

——兼記代為安排陳若曦女士回台參訪之經過

前言

一九七九年（民國六十八年）十二月十日在台灣高雄發生的軍警與民眾大規模流血衝突事件，史稱「高雄事件」或「美麗島事件」，至今恰巧為三十年。

此事件是台灣政治史上的一個重大事件，在二〇〇〇年第一次政權輪替之後，綠色執政的八年中間，坊間所出版有關此事之文獻甚多，我本來不必再去湊熱鬧來寫作本文。只是我作為一個恭逢其事者，又參預了事後在國內外援救被捕的黨外人士之活動，穿針引線代為安排名作家陳若曦女士回台訪問一事，其中頗為曲折，值得一記。

我今年六十七歲，對我們這一代在台生長的人來說，高雄事件的影響實為重大，就像發生在一九四七年的二二八事件，對比我要年長一代的本省籍知識分子一樣，這一類的政治悲劇使大家對政治轉為冷感，大量的人才乃轉向工商業發展。比照海峽兩岸的經濟史，台灣在二二八與高雄事件後的幾十年間，大陸在八九民運的天安門事件之後的二十年間，都有了高度的經濟發展，此與中國歷史上元朝及盛清乾嘉時代之社會及學術之發展，實為異曲同工。即是在政治高壓氣氛之下，人才轉向於政治之外，只是在乾嘉時代是走上考據、文字等學術，而近代則是追求財富的不同而已。

就我個人而論，高雄事件使我決心走入工商業，放棄了以寫作政論為專業的原意，此由本文之記述可知也。

這篇文章只是要記載我在此事中相關的回憶，是為「如是我聞」，並不是在替高雄事件作全面的報導或評述。

我在一九七九年十一月十九日應《中國時報》的創辦人余紀忠世伯之邀請，由美國到台北參訪。十二月十日上午去香港，以應約去拜訪香港《明報》的創辦人查良鏞（金庸）先生，當天即發生了高雄事件。十二月十六日再由香港回到台北，二十一日離台返美。

在這一次大約為時一個月的旅行中，我的行程可分三段，即先到台北、後去香港，再回到台北。本文所記載的，也可以分成三段；即先是在第一段行程中我與國民黨、黨外及其他人士之來往經過；第二段則為在回到台灣以後，與當時權傾一時、代表了國民黨內保守力量的總政戰部主任王昇上將的一次見面晤談之內容，以及由王將軍代為安排，我去訪問政工幹校與警備總部的簡單經過；至於第三段，則是本文的主題，即是在高雄事件發生之後，我所參預了的，以余紀忠先生為核心的，國民黨內開明派人士所共同努力去援救被捕的黨外人士之活動，此事是以「把陳若曦請回來」為重心者。不過在詳言此事之前，我要向今猶健在的李煥（錫俊）世伯致歉，在沒有得到他的許可下，我把李先生對此事出力之經過，就我所知的寫了出來，如果因此造成了李先生的困擾，敬請原諒。其他參預此事的黨政要員，如余紀忠（時任國民黨中常委，中時集團負責人）、蔣彥士（時任總統府秘書長）及陶百川（時任國策顧問）等先生，今則皆已謝世矣。

自從一九七二年起在美寫作政論，到一九八二年因為從商而擱筆，我在美國、香港與台灣發表了超過一百萬字的中文政論文章。

目前台北的學生書局正在籌劃替我出版名叫《放聲集》的一套自選集，將我已發表過的文章，除了替報紙寫的社論，以及為在美國的中華人權協會起草的一些陳情書之外，已收集了一百萬字左右，由陳仕華教授主編，重新打字排版出書。我因此得以重讀舊文，發現為了高雄事件，我曾寫過四篇長文，此即：

㈠〈高雄事件平議〉──刊載於一九八〇年初的香港《明報月刊》。

㈡〈由處理高雄事件之過程看國民黨決策層的現狀──兼論新生代黨員違紀競選的原因〉，此是在軍法大審初審判決後，發表於香港的《中報月刊》。

下面的兩篇文章則是先後在香港的《中報月刊》以及台北的《亞洲人》月刊或《中國人月刊》上發表的。按，《亞洲人》是康寧祥兄主持的黨外刊物，而《中國人月刊》則是一批自由派學者所辦的刊物，因為要在台北刊出，所以全篇文章不談台灣的時政，只寫歷史，是論古證今。

㈢〈東晉南朝僑人政權盛衰之觀察〉——力言僑人政權必須本土化才能長治久安。

㈣〈廠衛亡明論〉——此由明史東廠、西廠及錦衣衛等特務機關濫權酷刑、官逼民反，以致亡國去看，在下述情形出現時，我認為此示特工機關權力太大了，此即：

1.特務機關在辦理案件時有了從偵察、拘捕、訊問、審判、發監執行等步驟一手包辦的情形。此即當時台灣警備總部辦理高雄事件時用軍法審判部分人犯的情況。

2.內閣不知大獄將興；此因明朝的廠衛在晚明全由宮內的太監所主控，外廷的內閣無從置喙。在高雄事件前後與黨外的交涉及抗爭中，國府由孫運璿行政院長主持的內閣是完全置身於事外的。

3.害怕打官司的國人竟會對移送司法表示欣然，此示特務單位的「詔獄」已是深遭官民之怨恨也。

除了以上四篇長文之外，其他的許多短評在此也就暫時不提起了。這些大約在三十年前發表於美國、香港及台灣的文章，與本文不同，當時每有不能講清楚說明白的地方，目前已可暢所欲言了。

最近讀到了名作家陳若曦女士的回憶錄《堅持・無悔》，其中提到了我們在高雄事件之後，立刻展開的援救被捕人士的活動，及寫到由我主稿、莊因兄抄寫、留美二十七位讀書人聯名、並由陳女士帶回台灣，面交給蔣經國先生的一封陳情信，使我勾起了塵封已三十年的回憶，促成了我寫作本文。

只是我手中並沒有保存有關此事件之資料，連那封陳情信都沒有留下底稿，因此全憑記憶寫成本文。幸好當事人今猶多有健在者，也請大家補正與賜教。同時我在本文中，不論其人仍否在世，也會一一寫出他們的名字來。此等三十年前之往事，今日公之於世，不在論證包括我本人在內的任何人之功過，而是為歷史留下見證而已。

其實這種三十年前的往事，本來已經淡忘。尤其是在二〇〇〇年第一次政黨輪替之後，我也不適宜提起，否則變成是向當權者示好的舉動。現在有了第二次的政黨輪替，又恰逢高雄事件三十年，我發表本文，當可避去這種嫌疑。這並非是我第一次想寫此議題，以前曾有過一次，事情是這樣的：

關於運作陳女士返台參訪之事，一九七九年時任吳三連基金會秘書長兼《自立晚報》社長的吳豐山兄是一位關鍵性的人物，我是「外合」，他是「裏應」。

大約在一九九〇年代李登輝先生主政時，施明德先生出面召集，要大家提供資料，以成書追記「高雄事件」。我與施先生至今猶不相識，在輾轉聽到消息之後，有一天晚上打電話給豐山兄，問他我們要不要把邀請陳女士回台一事的經過給寫出來？大約是他已上床就寢後才被我吵醒的，他很不高興地說不必了，我們就掛了電話。

這一耽擱就是許多年，在高雄事件已經發生了三十年後的今天，吾人已老，再不寫出來，此事恐將失傳，因此我也就不再等豐山兄了。

現在陳女士既然已將此事簡單地寫出來了，我在此先予補充，將來再等其他人，包括豐山兄在內，再去補我之不足處可也。

在綠色執政時期，一如前述，我是不方便寫出此事，否則成了向當權者示好與求取報答，這是君子不為之事。目前既然有了二次政黨輪替，又是高雄事件三十年紀念，我認為是將往事公之於世的良機，只是事先沒有得到李錫公首肯，就把他大名給寫了出來，實在是失禮了，尚請賜諒。

甲、高雄事件前夕在港台參訪之見聞

一、余紀忠先生邀我回台參訪——兼談余紀忠與王惕吾之不同處

一九七九年時我三十七歲，當時在美國加州史丹福大學任職，已得了美國聖母大學數學博士（一九七〇）與威斯康辛大學企管碩士（MBA，一九七五），並正在職兼修史大的電腦工程碩士（CSCE）。

我雖然讀了幾個博士與碩士，真正的興趣是在中國的文史，並且已在中文政論界積有聲望。

此時台灣《中國時報》的創辦人余紀忠世伯邀請我回台北訪問，此行是帶有職場面試（Job interview）之性質，余先生要我與他屬下的高級職員們見個面，大家談一談。

先君阮毅成在一九五四到一九五六年曾任台灣《中央日報》社長，並在任上創立了設在

台北的「自由中國報業協會」，此後與中時報系的余紀忠先生及聯合報系的王惕吾先生都成為終身的好友，對兩位知之甚深。

當我回到台北後向他報告余先生有意要我去中時工作後，父親笑著說：

「要做事，就替王惕吾做，余紀忠待人才如男人之於美女，上了床就嫌不好了。」

這雖然是句戲語，卻能傳神。

父親的意思是說，通常一般人都會喜新厭舊，沒有常性，余先生用人便是如此，愛才而不惜才。

我則向父親說明，以當時的政治思想，以及對現實政治的看法來說，我與《聯合報》的觀點相差太遠了，比較接近《中國時報》。

十年後的一九八九年春天我回台北長住，在慶豐集團上班，而先君已過世，此時曾經在兩次場合裏，《聯合報》高層都提出了工作方面兼差性質的邀請。

第一次是時任《聯合報》總編輯的劉國瑞先生提出來的。在一次閒談中，他問我：

「能不能替我們寫社論？」

我知道我的老闆黃世惠先生是不會同意此事的，就開玩笑回答他說：

「再過幾年才說吧。」

他笑著問：「為什麼？」

我說：「到時候，我們雙方的政治立場就會慢慢變的一樣了。」

第二次就是比較正式的了，那是在王必成兄嫂邀請黃世惠先生與我吃晚飯時，必成兄當著黃先生的面向我提出來的。我用眼睛看著黃先生的反應，他只是笑笑沒說話，這件事就此打住了。

在王惕吾先生家族中，我比較熟悉的是王必成兄嫂，因為王大嫂張寶琴女士是我的大學同屆同學。在余紀忠先生的家族裏，熟人就多了，余先生夫婦，以及他們四個子女中的三個與我都算是有往來的。

拿第一代的王、余兩位世伯來說，他們分別長期追隨了蔣中正與蔣經國父子兩人，親炙既久，受之影響，因此他們的行事風格也各與之相近，各有其特質在焉。

父親長期受知於蔣老先生，而與蔣經國之行事作風迥異，也受到了他的排擠。現在回想，以父親與王、余兩老的長期友誼，前述對兩位用人的評語，確是一針見血，也多少反映出父親對兩蔣父子作風之間的好惡感也。

另外一個我所親眼目睹的小事，可以反映出三位報業鉅子的個性之不同，甚為有趣，順記於此。

在一九八八年父親的葬禮中，我跪在地上，看到三位報界的龍頭並排坐在第一排的來賓席中，即時任《中國時報》董事長的余紀忠先生、《中央日報》董事長的楚崧秋先生以及《聯合報》董事長的王惕吾先生，楚先生則坐在余、王兩位的中間。他們三位的席次是在來賓席的右半部，治喪委員們則預定將要排列在兩邊的來賓席中間的走道中致祭，四個人一排。當司儀宣佈治喪委員會公祭時，三位一同起立，坐在左邊的余先生搶位，迅速去站在眾人的第一排；坐在三個人中間位子的楚先生則等到許多人已排好後，向左緩步走入人群中間的行列；而坐在右邊的王先生則從右側旁的走道繞過來賓席，去排在最後一排。

余先生之好強爭先，楚先生之不好出風頭與王先生之寧為人後，這三位個性之不同，由此小事可見一斑也。

回到我那次在一九七九年回台之行上，即使發生了高雄事件，台灣的政治狀況大變，余先生在我回美之前，還是當面邀我回台到中時工作的，只是我已因高雄事件而放棄回台長住的原議，沒有接受。

此外，與余先生甚有淵源的李錫俊(煥)先生，也鼓勵我回台工作，在我回美國之前去向他辭行，先生親自送到他辦公室的大門口，在我將要上車時對我說：

「回來吧，我去向余先生說。」

我回答說：

「發生了這種事，我是不會回來的了。」

他驚問道：

「啊？！你和他們有組織關係？」

我說：

「絕對沒有，但是我不贊成這樣子亂抓人。」

李先生乃沉默以對。

我可以說，高雄事件使我決心放棄以寫作政論作為我的事業，而走入工商業，因之影響了我的下半生。

二、應邀為《明報月刊》寫〈高雄事件平議〉一文

我那一次的港台之行，可分三個段落，即先台、後港，再後又回台灣。

在中間那六日的香港之行，除了拜訪卜少夫與查良鏞兩位新聞界的前輩之外，便是與香港中文大學的幾位台灣出身的教授們盤桓，記憶中有李弘祺、廖光生、李南雄等幾位先生。查先生當面邀約，要我回美後替《明報月刊》寫一篇有關高雄事件的專稿，此即拙文〈高雄事件平議〉。其主題有二，一在簡述事件之經過；此是為了《明報月刊》的讀者散居世界各地，多半沒有機會讀到台灣出版的報章雜誌，因此也無從知道此事件之經過。其次則在提出我個人的看法，我認為這是一個警民衝突的流血事件，但是並非遊行者意圖叛亂，因此在國府處置此事方面，我提出了五點建議。此亦即我所起草的海外二十七位人士簽名致蔣經國總統的陳情信，由陳若曦女士面交者，其中所建議五個項目，容我在後文中記述之。

拙文是替黨外人士說話的，為了平衡報導與評論，《明報月刊》同一期也刊載了黃年先生的一篇文章，黃先生時在《聯合報》任職，他則是替國府說話的。

除了中間的香港幾日行之外，前後兩次的台北小住，因為隔著高雄事件，我的感受可以說是有了天轅地轍的不同。

在高雄事件之前，台灣言論開放的程度，令我這個從美國回來的人真是大吃一驚，連計程車的運將也高談闊論，百無禁忌。可是當我從香港回台時，亦即事件發生了以後，則大家噤如寒蟬，在公開場合絕不談論國事，此由後文中林鐘雄兄與我在賓館關室密談之趣事可知一斑也。

本文中的甲章是要記述我在事件前的幾個重要見聞，至於事件前後安排陳若曦女士訪台，以及事件後援救被捕的黨外人士之經過，則寫在丙章之中。不過有關陳女士的記載，為了前後一貫，方便讀者的閱讀，則不論其事發生的時間在那一段落，都一併寫在丙章之中。至於乙章，則是記述我從香港回台之後與王昇上將的見面，以及簡述我去政工幹校及警總的經過。

三、與各方人士的廣泛接觸

那一次的台灣之行，因為停留的時間較長，見的人很多，除了我私人的親友之外，與我寫作政論相關的，可分三大類，即新聞言論界、學術界與黨政軍人士。因篇幅所限，本文重點是放在黨政軍人士與我往來之經過。

在黨政人士中，國民黨與黨外者我都有接觸，當然以國民黨者為多，這是因為我家庭背景的緣故。不過國民黨籍中與我見面者不乏父親的老朋友，如張寶樹（時任中央黨部秘書長）、余井塘（資政）、陳建中（國大秘書長）、郭驥（光復大陸設計委員會秘書長）等人，他們要見我，大約是讀過我的政論文章，要看看這個在國外好講話的世姪小輩究竟長得是什麼個樣子，心中好奇而已。因此見面時，他們並未與我談及政事，只是寒暄。例如王新衡先生一見了我就說：「你的文章每一篇我都讀過。」這是我唯一見過王先生的一次。先生長得是男人女相，很像富家老太太，在相書中此是大富大貴之相，我生平見過長相如此者，有張群（岳軍）、王新衡、溥儒（心畬）、林挺生等人，均是事業有大成就者也。

又有幾位比父親在政治上至少晚了半輩，當時是在權位上的，例如王昇上將（總政戰部主任）、李煥（中山大學籌備處主任）、陳履安（組工會主任）等人，則與我所談者多為時政也。

至於黨外人士，老輩如高玉樹、黃信介等，我都沒有往來，見到的如康寧祥、林義雄、張俊宏、姚嘉文、陳菊、王拓等先生女士，年歲與我相近，當然是談時政了。

在高雄事件之前，與黨外人士多次談話中，有三次至今印象猶深。

第一次是在台南市，承俞國基兄嫂陪著我去看蘇南成市長，當時蘇先生是政壇紅人，他是俞大嫂陳冷女士的表親。

第二次則是在霧峰的台灣省議會，也是俞兄夫婦作陪。那一次我們是坐火車南下高雄，再經由一高北上，一路開車回台北，台南與台中都是路上必經之處。

到達省議會那一天，是省政總質詢的最後一天，林洋港省主席率領省府各單位數十位主管列席備詢，省議員出席者，除正副議長之外，只有三位，其中國民黨籍一人，另外兩位則是黨外的張俊宏先生及林義雄先生，這也是我初識兩位之始。

第三次則是在高雄事件之前不久，在台北市忠孝東路上的三甫飯店，在場的黨外朋友為張俊宏、姚嘉文、王拓等人，記憶中陳菊女士似乎也在場。

在此之前，我已經認識了陳女士。在郭雨新先生赴美時，陳女士擔任他的隨行秘書，走過舊金山，因之認識的。在此容我打個岔，要謝謝陳女士一件事。

一九九五年先母在美國過世，遺命要歸葬台北，與先父同穴長眠。不料美國的殯儀館要取得台北的殯儀館之簽字文件，才會允許母親的靈櫬移上飛機。而台北的殯儀館卻是市政府的衙門，是公營的，屬於市社會局管轄。此時我已久在台北的慶豐集團上班，乃打電話給時任台北市社會局長的陳女士，請她幫忙，我們有了下述的對話，亦為有趣。

陳女士：「呀！你在台北，我不知道。」

我：「是呀！沒想到妳會在朝做官，而我要請妳幫忙。」

承她念舊情，請了殯葬管理處的一位嚴秘書幫忙，才辦妥此事。我家在台北市立第一殯儀館替母親舉辦了一個小型的家庭葬禮，沒有對外發放訃聞，所收到的花籃只有小小的一個，就是知情的陳女士以台北市社會局長身分贈送的。不過在葬禮後的第二天，我們在三大報（《中國時報》、《聯合報》、《中央日報》）上分別刊登了一則小小的哀啟。為了這事，後來我曾受到梁肅戎世伯的責難。事情是這樣的，有一天在社交場合中，梁伯伯要我代他向遠在美國的母親問好，我大為尷尬，向他報告母親已經過世了，而且歸葬台灣。梁伯伯大不高興，當眾說：「我怎麼不知道？」此因母親生前是退休的第一屆立法委員，她的喪事照例可以由立法院代為張羅，如此則曾擔任過立法院長的梁伯伯當為知情也。

我們兄弟與妹妹因為在一九八八年已替先父舉辦過了一個盛大的喪禮，當時承立法院同人們出力甚多，乃覺得先母之喪，不宜再次驚動立法院及各位親友。況且先母是在美國過世的，正式的喪禮已在當地舉行過了，因此在台北的第二次喪禮就從簡了。

在此我要向陳菊女士致謝她幫助先母歸葬台北。綠色執政，不論在台北市或中央時期，這是我唯一的與當年的「黨外」舊友主動聯繫並請求幫忙的一次。

在一九七九年回台之行中，在高雄事件前夕，與黨外各位的多次交談，自有可記之處。然而我已記不清那些話是在那一次談話中所說的，因此只有將其可記者籠統記述於下：

㈠張俊宏兄曾問我說：

「大仁兄，將來我們組黨，你站在那一邊？」

我不假思索答覆他說：

「當然是他們那一邊的。以我的家庭成分，我就是扯著一幅大白旗來參加你們，你們也不會信任我的。」

他驚問道：

「呀！那你為什麼幫著我們這邊說話？」

我說：

「我是真心希望台灣實行政黨政治，我也希望我的對手是具有水準、講道理的知識分子，不是一群喊打喊殺的人。」

與此相關的是在此之前我與張旭成兄的一次對話。記得是有一年張系國兄在杜克（Duke）大學舉辦了一次研討會，我應邀參加發表了一篇英文的論文，題目似乎是「中國歷史上法統觀念的雙元性」，這篇論文我沒有保留下來，因此只能從記憶中去回想，大致是這樣的。

梁啟超先生對中國歷史上的法統觀念提出了一個雙元論的說法，即「都邑論」與「血淵論」。都邑論指的是某一個政權所佔領的區域是否為核心區域，而血淵論則是指一個政權的主政者與前朝的統治者是否具有血親關係。如果拿三國及宋金兩個例子去看；三國時以曹魏為正統的《三國志》及《資治通鑑》二書是採用了都邑論，而以蜀漢為正統的《三國演義》及《通鑑綱目》二書則是採用了血淵論。在金宋之間，則金佔據了中原，南宋為北宋之延續，只是金宋有夷夏之分，所以漢人的著作皆以南宋為法統了。

我的論文則認為此兩者之取捨是以論史者本身的立場而定，寫《三國志》的陳壽為晉人，晉受魏禪，因此他必須尊魏。而寫《三國演義》的羅貫中則經歷了元朝外族入侵的苦果，不能只以一個政權所佔有的疆域而定正統。同樣的，寫《通鑑綱目》的朱熹是南宋人，因此與寫《通鑑》的北宋人司馬光不同，朱熹必須採用血淵論的立場，否則佔領中原的金國便成為正統了。此即一如梁啟超所說的，中國歷史在分裂時期的眾多政權中，如何選擇其中的一個政權作為正統，是有雙元性（Duality）的標準。

在近代物理學中，光也是具有雙元性的。光究竟是波還是粒子？在生活經驗中，波與粒子是兩個互不相容、相互排斥的物理現象，但光卻兼有此兩種特性，它有時是波，有時是粒子，可是不會同時兼而有之。對這種相互矛盾的現象，近代物理學提出來的說法是，光是波還是粒子，純由測量而定之；量出來是波就是波，量出來是粒子就是粒子。即光的本質為何，無從問起，唯有以測量出來之物性定之。

我認為中國歷史上對政權的法統之認定，既然有「都邑論」與「血淵論」這兩種標準，而且是由著書立場的後人對前朝歷史去補作認定，那麼在分裂期間的任何一個政權，都無法去強迫未來的史家去採用二者之中有利於己方之論點的。也就是說，中國歷史的法統既然有雙重性，國府是無法決定將來所有寫歷史書者會採用血淵論與否，因此目前不應該為了維持所謂的法統而妨礙台灣的實際政務，去削足適履，以名害實。我的意思是，台灣不論在政府結構、國會改選，甚至憲法修改等方面，都不應該墨守大陸時期之法統陳規。

還記得聽眾裏面有兩個反應，一位是歷史學家許倬雲院士，他對我說：「大仁兄，這只有你們學理工的會提出這種看法，我們是想不到的。」

另一位是政治學者張旭成兄，他說：「我研究你的文章，你是違背了你的階級利益的。」

我回答他說：

「一個不合理與不公平的制度，即使對我個人有利，我認為我也不應該主張去維持它的。」

多年後，在一九九〇年代李登輝總統執政期間，我在慶豐銀行辦理退休。離職那天，長期沒有聯絡過的旭成兄忽然打電話找我，在接通電話之時，他已先從我的秘書得知我當天退休，他在電話中對我說：

「你退休的太年輕了，要不要見面談一談。」

張兄時任立法委員。我則婉謝了他的好意，至今我倆並未再見過面。

提到旭成兄，想到他後來曾擔任過國安會副秘書長，此外江春男（司馬文武）兄亦曾任此職。綠色執政時期有一天我偶然與春男兄遇到了，他說：

「我曾看到過檔案中你父親批閱過的公文上的簽名。」

按先父在一九六七年國安會初成立時，曾擔任第一任的副秘書長。

㈡王拓兄有一次與我談到台灣應該走資本主義，還是社會主義的道路，我說：

「台灣是一個海島，在日本與英國兩種經濟模式中，我認為應該走日本的道路。」

王兄冷冷問我說：

「你可曾挨過餓沒有？」

㈢當時在高雄事件前夕，黨外與右派的「疾風」集團連次武鬥，社會頗為不安，其中在台中市曾發生多次衝突。國民黨方面曾有高層人士對我說，他們認為黨外陣營的這些舉動，是在針對著時任省主席的林洋港先生所做的大動作，我向張俊宏兄求證，他說：

「不是的，我們是衝著台中團管區司令某上校做的。」

他曾說出該位上校的名字，我今已忘其大名。我當即好奇問他為什麼？他說：

「此人在擔任宜蘭團管區司令時，在上一次立法委員選舉時大量作票，使得郭雨新先生落選了。」

我聽了大笑，分析給他聽：

「你們現在與梁肅戎、關中這兩位國民黨中政會的正副秘書長折衝，他們的位階已遠高出於這位上校團管區司令了。難怪國民黨會誤會你們在針對著林洋港省主席，他們做夢也不會想到問題是出在一位上校身上的。」

他問：

「換了你是我們，你會怎麼做？」

我笑著說：

「用上海人做生意的辦法，先交朋友再談生意。大家來往次數多了，混熟了，在酒酣耳熱之時，我會拍拍他們的肩膀說，本來咱們好說話，就是台中那一個上校夾在裏面礙眼，事情就不好辦了。那麼他們就會把這位上校升成少將，內調總部去擔任一個與黨外工作無關的職務。此人既然不被黨外所喜歡，是有功，應予升級，可是放在台中團管區司令這個位子上實為礙事，將之調走可也。這樣子就皆大歡喜，你們既然不會再遇到這位心裡討厭的人，而這位先生也會高高興興去新官上任也。」

此在三十年前的一九七九年，因為國民黨高層的作風是江浙人的習性，與台灣本省人行事風格大異，因而雙方難以溝通。在此三十年中，這種差異慢慢隨著國民黨的本土化，從黨內黨外的分際卻轉移到國民黨內部來了。目前領導國民黨的馬英九先生不正是在面臨這樣一個快速蛻變中的團體嗎？在寫作本文時所發生的郭冠英先生失言遭免職的事件，不就是在國民黨本土化的蛻變過程中所產生的一種反彈現象嗎？

四、高雄事件發生前一天的見聞

高雄事件發生在一九七九年十二月十日。在前一天，我有三個行程，皆為可記者。

當天國民黨正在陽明山上開中全會，時任組工會主任的陳履安先生在下午兩點半從山上趕回台北，在他中央黨部的辦公室中與我見面。陪著我去的是黎昌意兄，是他介紹我們兩個認識的。

履安兄與我雖是初次見面，卻談得頗為融洽。陳兄的尊翁是陳誠（辭修）將軍，在台灣做到了副總統兼行政院長，國民黨的副總裁，當然是先父的長官。

父親是在一九三八年，承時任國府教育部長的朱家驊（騮先）先生介紹，在武漢認識了時任軍事委員會政治部長的陳將軍，即被陳將軍延攬，入其幕中，擔任政治部的秘書。當時國共合作，中共的周恩來先生是政治部的副部長。

父親曾告訴我說，他一生認識了三位美男子，即汪精衛、周恩來與梅蘭芳。父親的遺物中有一把摺扇，今在舍妹大杭處，這把扇子一面是汪先生寫的小楷，另一面是梅蘭芳的畫，都有上款，實為難得者也。

父親晚年對我說：「我們國民黨就是少了一個周恩來。」

按蔣中正先生一生用過的秘書長級之幕僚長，我認為只有江西剿共時期南昌行營的楊永泰（暢卿）先生庶幾有近乎周恩來這樣的大才，其餘如張群（岳軍）、吳鐵城、黃少谷等等都失之於過柔，不如周恩來之剛柔並濟也。在我所讀過的中國近代史中，與周先生可以相比的是晚清同光中興四大名臣中，即曾、左、胡、李中間，排名第三的胡林翼（文忠）公，可是胡文忠公英年早逝，官至湖北巡撫，局面自不如周先生來的大，對國族的貢獻也因之不及周先生了。

巧的是楊永泰先生也死在湖北省主席任上，也是英年早逝，只是胡林翼是死於肺癆病，咯血而亡，而楊先生則是被暗殺橫死而已。

履安兄與我是兩代世交，他是我師大附中的學長，兩人學的都是數學，都好政治。那一天他在百忙之中抽身與我長談幾個小時，實在承情。通常我與人談話時，多為我說的多些，那次談話使我印象深刻的，是履安兄說的遠比我要來的多也。

告別了陳兄之後，在國民黨中央黨部前面的停車場中，我與黎昌意兄道別時，對他說：

「衝突將不可避免。」

昌意兄驚問我為什麼？我說：

「陳履安與張俊宏兩位都分別對我說了同一句話——我們忍耐著不動手，是為了國家社會，否則動起手來，我們一定會贏。你要知道，戰爭是在交戰的雙方都認為有勝算時就會容易爆發的。」

與黎兄告別後，我叫了一部計程車去英文《中國郵報》社長黃致祥兄家吃晚飯，我也把同樣的話對黃兄夫婦說了一遍。當然我們都沒有想到，衝突在第二天就發生了。

晚飯後的第二攤，我去了康寧祥兄家做一場演講，在他府上頂樓的一間大廳中。到場的有幾十個人，大多是我不認識的。其中認識的當然有幾位，如時任台大教授的林鐘雄兄，名記者及政論家江春男（司馬文武）兄等。後來聽說時在外交部任職，我少年時的鄰居老友章孝嚴兄也在場，不過那天晚上人太多，我沒有認出章兄來。

在演講之前，我先到康家，與康兄及幾位他的親信人士聊天。我向康兄當面提出了一個敏感而且尖銳的問題，問他外間盛傳他所領導的康系此時與美麗島集團已經面和心不和，是否屬實？康兄當即力予否認。

以高雄事件發生後，國府在全面搜捕黨外人士時，對康兄個人以及康系人士多為網開一面去看，固然此為國民黨拉一個、打一個的謀略手段，也多少可以證實前述黨外陣營在高雄事件之前已有裂痕的說法，才給了國民黨見縫插針的機會。由後文之記述可知，蔣經國先生對逮捕對象之批示為「以美麗島為限」這六個字。據此可見，情治單位是不把康系計算在美麗島集團之內的。

不過我在此必須替康寧祥兄講一句公道話，時間已經證明了他黨外的立場是堅定的，他絕不是一個「康放水」。

在那天晚上的演講中，我提出了看法，認為台灣的人民希望政治改革，但是並不是要動亂。以當時黨外與疾風集團相互挑鬥，使暴力衝突級級升高的情形去看，就像兩部火車在比快，可是黨外這部火車的前面有一座大山──警備總部，而疾風那列火車卻沒有，因之長此以往，黨外勢必自己去撞上警總這座大山了。到那時候，黨外可不能伸冤，說疾風集團也用了暴力。這就好像兩部汽車超速，被警方攔下來的開車者可不能說你為什麼不去抓另外一部車呢？

此時聽眾裏有一位年輕男人站起來，用很尖銳的聲音大罵我說：

「你是王昇派來的間諜！！！」

我後來才知道此人是林濁水先生。

在此夜的三十年之後，即二〇〇八年底，有一天我在台北市南京東路上的兄弟飯店二樓廣東餐館與朋友飲茶，恰巧林先生坐在鄰桌，我起身走過去與他打招呼，並作自我介紹，他當場一愣，我說：

「三十年不見，我向你打招呼是表達敬意，認為你主動辭去立法委員職務是值得欽佩的。」

在一九七九年之後，有一次江春男兄對我說：

「我一直在想著你那天所講的火車撞山的理論。」

當然所有在場的人，沒有一個人知道在第二天就會發生高雄事件，我的預言竟會如此快速地實現了。

本來陳菊女士已代我安排好，請王拓兄在開車陪同美國人高立夫先生南下高雄時，順道讓我搭個便車。不料我臨時接到香港明報機構的孫淡寧女士的長途電話，說那天已替我約定在香港與《明報》的老板查良鏞（金庸）先生見面，所以我決定改飛香港，因此沒有去高雄。

乙、事件發生後在台北的見聞

一、小談張富美女士與林鐘雄兄

高雄事件後的第六天，我從香港回到了台北，一下飛機就感覺到氛圍與事件前大不相同了。

在事件之前夕，台灣的政治言論尺度極為寬鬆，連計程車的運將對著陌生的客人都會發表高見，評論時政。在事件發生之後，報章、雜誌、電視等媒體都一面倒地主張嚴懲「暴亂分子」，台灣一下子進入了政治冰河期，大家噤如寒蟬，在公開場合絕口不談政治。

此時我已不方便多方打聽事件之經過，又不能全面採信台灣官方或半官方的媒體之公開的報導。

除了與一些新聞界朋友們分別各自私下交換意見之外，我找了台大教授林鐘雄兄關室密談此事件。

林兄是一位經濟學家，在一九七九年以前曾去史丹福大學胡佛研究所擔任了訪問學者，是時任胡佛圖書館副館長的張富美女士介紹我們認識的。

富美出身於台大法律系，本科及高考都是第一名，哈佛法學博士，治明清兩朝的法制史，卓然有成。我一九七六年在史大初識她時，便開她玩笑說她將來會是台灣的一位女部長。當初我以為她應當會出任司法行政部長（今之法務部），不料在綠色執政後，她竟然做了僑務委員會委員長，這實在是把她擺錯了地方。僑委會是一個請客吃飯做統戰的服務性質的單位，她既不是廣東人，又是一板一眼做事極為認真而且近乎古板的人，不論籍貫、個性與行事作風都不適宜擔任此職。她卻是綠色執政八年期間內閣閣員在任最久的一位，此對她個人及台灣來說，我認為都是事倍而功半也。我對張富美女士另有一番謝意，就是她使小女念馨感動而決心去學法律，容我在此打一個岔。

故事是這樣的：

先祖父荀伯公清末留學日本法政大學學習法律，回國後在浙江杭州參預創辦了公、私立浙江法政學堂，此為今日浙大法學院之前身。他的學生中有曾在台灣擔任過司法院長的謝冠生博士，謝先生又是先君的老師，留學法國巴黎大學，得了國家法學博士。先君受其影響與先母一齊去巴黎大學留學，先君得了國家法學碩士後即回中國，曾在中央大學、政大及世新等學校教授法律，並在南京及台北兩度擔任政大法律系主任。

也就是說先祖父及先君兩代都是法律學家，可是我們兄弟與妹妹六人之中卻沒有一個是學習法律的，我相信先君心中也不無遺憾。

小女在耶魯大學歷史系讀書時，我鼓勵她在畢業後去唸法律。美國的大學在本科是沒有法律系的，是要在大學畢業後去讀研究院時才唸的。

當時小女的志向是要唸歷史，她大學一年級暑假，我安排她回到台大的史丹福中心去唸中文，並且請我的好友、哈佛法學博士黃日燦律師錄用小女為助理，帶她上路。而在她大學二年級暑假時，我請張富美女士收取她擔任義工性質的助手，去接觸中國法制史——此為兼有歷史與法律兩者的一門學科，美國的哈佛大學及哥倫比亞大學之法學院都有博士班專攻中國法制史。

一個暑假下來，在富美的教導下，小女對法制史發生了興趣。但是小女提出了要求，要家中支持她去中國讀中文一年，作為交換條件，我們夫婦也欣然同意了。

後來小女進了哥倫比亞大學的法學院，得了法學博士，然後結婚生女，現在隨著丈夫住在明尼阿波利斯城做律師。

是黃日燦兄與張富美女士帶著小女走上法律學的路子，我們夫婦對之深為感謝也。

至於林鐘雄兄，他是一位值得朋友信賴的君子，可惜英年早逝。

鐘雄兄是台大的名教授，學術著作等身，並且長期替《聯合報》撰寫社論。可惜的是他只有碩士學位，在他所專長的經濟學這個領域中，一個人沒有博士學位是難以在學術界登峰造極的。我認為以他的成就而不能獲得中央研究院院士的榮譽，便是受此累的。

後來在國府開放新銀行執照時，鐘雄兄招集友好，成立了玉山銀行，出任第一任的董事長，創業有成。並且在陳水扁總統主政時期，出任證交所董事長，惜不久即病逝。

在一九七九年高雄事件發生時，鐘雄兄與我一樣，只是一個對時政甚為關心的旁觀者與讀書人。他雖然思想偏綠，論事仍不失為公正與明理，是一個典型的讀書人。

我們兩個既然不便在公開的場合討論此事，他就帶了我去了一家供人休息的賓館闢室秘談了兩小時。在我們退房時，那位內將——旅館的服務生，用著非常好奇的眼光看著我們兩個，我猜想她在奇怪這兩個同性戀的男人怎麼都長得這麼醜？我的長相固然不太高明，而鐘雄兄則是長得很像李費蒙（牛哥）先生筆下的情報販子「駱駝」，一笑。

從鐘雄兄的描述，我得到的印象是，這個事件是一個場面失控的群眾暴動。此在台灣當是空前之事，可是在我眼中，並非少見者也。須知在經歷了一九六〇、七〇年代美國大學反越戰運動的留學生如我者去看，此種規模的警民衝突，真是見的多了。我認為在我們這一代成為主流後未來的台灣，類似於高雄事件者的暴力衝突，當非絕後之事也。因此我在〈高雄事件平議〉一文中即指出，兵法有言「圍師必闕」。當天軍警把群眾圍得水洩不通，所以先後發生了兩次衝突：第一次是在群眾要進入演講場地時，強力突破了軍警的隊伍才能開會。第二次則是在散會時又得衝破包圍圈才得解散。因此我建議今後軍警在處理群眾集會時，應該「網開一面」，不要圍死，而是要留一條通路，留個缺口，讓群眾可以有進退的通道。

二、一級上將與二級上將差別甚大

我自香港回台後幾天，與王昇（化行）上將見面。這個約會是早在幾個星期前便已約定的，不料會面時間卻恰巧定在高雄事件發生、國府全面拘捕黨外人士之時。

王上將的長公子公天兄是我台大同屆同學，王兄在機械系，我在數學系。一九六〇年代上期在校時我們就交上朋友，至今已是四十多年的老友兼好友了。

王將軍人稱化公，容我在本文中以此稱呼他。

化公當時在黨內的職位是國民黨的中常委，在政府中則是國防部總政治作戰部主任。這個軍職雖然重要，然而與之同為二級上將軍階的有四個總司令——海陸空勤，其他則有聯戰委員會主委等等。當時軍方有職責的現役二級上將至少有十幾位，兼為國民黨的中常委者大約只有化公一人。

在軍隊已經國家化的今天，國民黨中常會已經沒有現役軍人出任中常委了。兩蔣父子執政的四十年裏，從一九四九到一九八八年，國民黨歷屆中常委中現職的軍人通常是時任國防部長與參謀總長者，都為一級上將（四顆星），像王化公這樣的二級上將（三顆星）之現職軍人中常委實為異數，是很少見的。

一般人都知道在軍中自上校升任少將是一個難關，殊不知從中將到二級上將也不容易，此因二級上將的職缺實為有限。至於從二級上將升成一級上將可以說是難如登天。此因一級上將不但是終身現役，而且職缺極少，在那個時代通常只有國防部參謀總長與總統府參軍長兩個位子。而且遷台以來，在參軍長職位上坐升一級上將者只有黃鎮球將軍一人而已，其他以一級上將擔任參軍長的如高魁元、黎玉璽等人，都是在任此官前已是四星軍階。至於國防部長一職，在台灣，國府仿照美國的制度，理論上是文職。在此四十年之中，不論此人之軍階如何，都是不穿軍裝的，而且除了俞大維（同中將）及蔣經國（三星上將）之外，其他如周至柔、黃杰、陳大慶等，都是一級上將。

當然因有特殊功勳，並未擔任過這三個職務而在台灣升任一級上將的元老宿將也不乏其例，我記憶中有下列幾位，若有遺漏之處請讀者賜正，此即：

薛岳（伯陵）、余漢謀（幄奇）、胡璉（伯玉）、劉玉章（麟生）。

其中薛岳將軍時任光復大陸設計委員會主任委員，余漢謀將軍時任戰略顧問委員會副主任委員，都已退休多年，只有黃鎮球上將是現職的總統府參軍長。

參軍長這個職務今已被取消，但它本來是設在總統府內，是總統個人的最高軍事助手，這是取法於舊式德軍建制的，本為美軍所無者。在台灣曾出任此職者，一級上將與二級上將均不乏其例，如：

黎玉璽：海軍一級上將，原任參謀總長。

高魁元：陸軍一級上將，原任參謀總長。

馮啟聰：海軍二級二將，原任海軍總司令。

蔣仲苓：陸軍二級上將，曾任陸軍總司令。

然而以一級上將而擔任參軍長者，除了黃鎮球將軍之外，都是在出任此職之前，已經是一級上將的了。黃將軍是唯一的例外，他是在參軍長任上由二級上將坐升一級上將，空前絕後，唯一的一個例子。

黃將軍曾兩次擔任參軍長，在此之前他曾任聯勤總司令與國防部副部長（皆為二級上將職缺）。將軍出身保定軍校，自為資深夠格，然而他之破例晉升，卻與他隸籍廣東省有關。

將軍是在一九六二年晉級的。在此時正好是國府召開陽明山會談，要號召海外僑胞支持國府。此會談原定召開三次，每次各有其主題。本來最高潮是原定為第三次的會議，是以政治為主題的那一次。結果只開了兩次，原定的第三次卻告流產了。其原因是蔣中正先生與陳誠先生對應否邀請張君勱先生這一事，意見相左，僵持不下。時任副總統兼行政院長的陳副總裁認為，既然要邀請友黨作政治協商，非得請旅居國外的民社黨創辦人張君勱先生參加不可，而蔣總統則堅決反對，因此陽明山第三次會談乃告流會了。

在召開第二次會談之先，國府分別派遣黃季陸先生赴北美洲（美國及加拿大）、先父赴香港及東南亞，去邀客來台北參加會談。他們兩位返台後向蔣中正先生面報時，黃先生說，華僑們問他，現在政府裏，他們廣東人出將入相者有幾位？在座者聽了，大家掐指一算，文臣方面，當時陳誠內閣中只有僑務委員會委員長鄭彥棻先生一人是廣東人；而武將方面，軍中有實職的四星上將中竟然沒有一個廣東人。

國軍定規是要佔缺才能晉階的，而一級上將的職缺只有兩個，即參謀總長與參軍長（按，國防部長理論上是文職）。時任參軍長的廣東人黃鎮球將軍，乃由二級上將坐升一級上將了，也因之創下了此空前絕後的史例。

在此插一句話，多年後，在李登輝總統主政時期，李總統要把時任總統府參軍長的蔣仲苓上將（三星）升成一級上將（四星），而為時任行政院長的郝柏村先生拒絕副署，因而作罷，郝先生的理由是軍中無此先例。

其實黃鎮球將軍是在參軍長任上由二級上將升成一級上將，因之此事是有先例的。只是我不明白在蔣仲苓上將的案子中，爭議雙方竟然無人引用此史例也。

至於胡璉將軍曾出任駐越南大使多年，在交卸回台之時，他的舊部如高魁元等人已升成四星上將，而胡將軍戰功彪炳，軍中的地位與資格極高，國府乃破格將之升成一級上將。在台灣國軍高級將領退休後出任大使者甚多，但像胡將軍這樣在大使卸任歸國後才升任一級上將者，在我印象中是僅有的例子。

而劉玉章上將官至警備總司令，以軍職論，此為三星上將職缺。在任內他之破格擢升為四星上將，也是因其戰功甚高。

總之，在國軍中二級上將（三星）與一級上將（四星），此一階之差別實為大矣。最為重要的是，二級上將屆齡必須辦理退休除役，脫下軍裝，而四星上將則是終身役。可是也因之四星上將不能成為榮民，也就無法住進榮總，只能住入三軍總醫院了。

三、與王昇上將的會面經過

當我初返國門之時，化公辦公室的一位上校秘書即來電話，說化公想約我見面。我怕會無好會，乃再三推託。父親卻說：

「你儘管去好了，他對我是很禮貌的。」

我想父親並沒有讀到過我在海外所有曾經發表過的政論文章，未必知道化公找我去談話的原因何在？然而一推三拖，不能不見，我乃去向余紀忠先生求教。余先生是我此次返台的東道主，對我在台的安危當然關心，他就問我說：

「你在海外指名道姓講他的次數有幾次？」

我說兩次。余先生問我詳情，我說：

「第一次是在《明報月刊》上發表的〈從台灣政論停刊事件去看——國民黨內兩條路線的鬥爭〉，在那篇文章裏我說當時國民黨內有開明與保守的兩條路線，並且分別以李煥與王昇兩位先生作為代表。」

余先生聽了笑著說：

「這個不成問題，你說他王某人保守，他也沒得話說，還有一次呢？」

我說是有關《國防部組織法》中副部長的軍階問題。

原來國防部送立法院審議的組織法是把副部長定為一級上級或二級上將。

我在《中央日報》航空版上讀到這個消息時，立法院已一讀通過。我即寫一文航空郵寄給香港的《明報月刊》，文中指出當時一級上將只有參謀總長及參軍長兩個職位，都必須由指揮官出身者充任，與王昇將軍不宜；可是副部長這個職位則不然。此文發表時，立法院已二讀通過了《國防部組織法》。國防部乃撤回此草案，將副部長改定為二級上將後再送回立法院去三讀通過。

余先生聽了驚道：

「你要小心，你搞掉了他一顆星。」

我從香港回台之後，國府已因高雄事件而大量拘捕黨外人士，一時風聲鶴唳，草木皆兵。

此時學術界有不少平素好談論時政的知識分子，身處是非圈之中，我也關心他們的人身安全問題，此時正好我要赴王昇上將的約會，也想乘此機會觀望一下風向。

記得那天是上午一大早，在中華路的三軍軍官俱樂部見面的。那是一間很大的房間，空盪盪地只擺了一張長方形的小餐桌，主客一共五人，位子的安排如下圖。

這樣子的安排甚有趣。

朱國瑞博士、王公天博士與我是台大一九六五屆校友。朱兄在物理系，公天兄在機械系，我則在數學系，我們三人

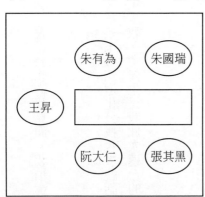

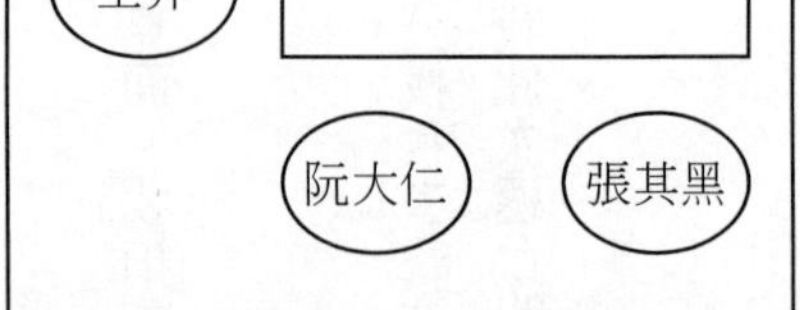

是好友。那時朱兄在美任職，正好回台省親。王將軍同時請了我們兩人，如果是把我們當作他兒子的朋友，世交晚輩，那麼在請了朱兄父子之時，理應邀請家父一齊出席，而且我的座位應該與朱兄對坐，比我年長的張其黑中將應該坐在我的上首。可是王將軍並沒請父親，而且時任總政戰部副主任兼執行官的張中將反而坐在我的下首，此示王將軍請我會面是公事，而不是私事也。那麼他請了朱兄父子是純為私事嗎？也不盡然，因為朱伯父此時是立法院預算委員會的召集委員，將軍與我的談話中有些話題與立法院有關也。因此這次會面是東方式公私混合的來往型式，與西方人之公私分明，公事公辦大不同矣。

那次的談話甚長，我只能記述一些三十年後今猶未忘卻的片斷了，如有重大的遺漏處，希望今猶健在的朱國瑞兄予以補充也。

當我們四人坐定之後不久，王上將全身戎裝，一人大步走了進房間來，遠遠即大聲說道：

「不是我王某人要做一級上將！」

待他走近坐下來後，即對我說道：

「《國防部組織法》是王老虎王總長在位時擬定的，一直沒有送去立法院，你可以問朱委員。」

王將軍的意思是在說，王叔銘將軍擔任參謀總長時，他只是少將或上校官階，不可能出任一級上將階的國防部副部長，因此這條法律不是為他個人量身定做的了。

朱有為委員是我在大學時即看著我長大的世伯，此時含笑點頭，靜觀我的應對之道。我想王、朱二位都是在考驗我的膽識，是以世交長輩來看世姪的了。

我已有準備如何回答此問題，乃很鎮定的回答他說：

「伯伯，你是出將入相的人物，何必在乎這一顆星？」

我的意思是王上將並非只有軍職可做，脫下軍裝自然另有廣闊的政治前途，並非像一般的職業軍人一樣非得依靠一級上將的終身役之保障，才能繼續享有權力也。

王將軍聞言哈哈大笑，以右手撫住我放在桌上的左手說道：

「大仁，請你到政戰學校做一次演講！」

自此以後的對話，都不是雙方在事先可以預作準備，而是需要不假思索，即席作答的了。

王上將是我生平所遇到的人物中極為聰明、機智而有談鋒的才士，我雖然與他的政見不同，至今對他的聰明程度仍是佩服的。

我們政見之所以難以相同，一來是因為有了代溝，二來是彼此所處的身分地位相異。以年齡去算，化公是介於父親與我之間，各差半輩。以世誼來說，公天兄與我既然是台大同學好友，將軍當然長我一輩。以身分地位來說，我是一個在海外寫作政論的讀書人，主張走西方的民主自由、政黨政治、言論自由、人民監督政府等，而將軍身負反共反台獨，主控軍中政戰、民間言論之監督等重責，是強硬路線（Law and Order）的代表人物。

關於這一點，在三十年後的今天去看，將軍當時是出於個人的信念，還是基於職責而有如此強硬主張，實為疑問。因為在綠色執政期間，將軍出任了陳水扁總統的國策顧問，以及在兩岸開放之後，將軍亦曾返回大陸參訪。

不過在一九七九年高雄事件發生的時候，王昇上將反共、反台獨的立場甚為堅定，而且是國民黨內保守路線的總代表。

因此在將軍要請我去政工幹校發表公開演講時，我立刻婉拒他說：

「伯伯，這個不太妥當。」

將軍立刻沉聲道：

「怎麼，你難道不願意呀？！」

我說：

「我從國外回來，言論尺度難以掌握，如果在台上說了有失分寸的話，對伯伯來說也不方便。」

將軍轉為笑容，頻頻點頭說：

「好，好，請你去政戰學校，給你做個簡報。」

我明白將軍為什麼要我去一趟政戰學校，這是因為我在海外曾公開撰文批評國軍的政戰制度，將軍是要讓我對之增進瞭解。只是如果我一旦在該校公開發表演講，勢必為外界貼上標籤，被外人誤認為我已歸入王化公旗幟之下，這是作為政論寫作者的我絕對要避嫌的。至於關起門來校方替我作一次簡報，不但外人不容易知道，而且發言者主客易位，我只是去該校訪問的一位外賓而已，這就沒有太大的關係了。

談呀，談呀，話題扯到了高雄事件。

我事先已想好，在眾多的被捕者之中，以張俊宏兄與此事件的牽扯最輕。據說他只上台去演講了幾句話，就走下台去，還跑到群眾聚集的會場附近去吃消夜，完全沒有估量到會鬧出如此大事來的。

我就說：

「海內外都關心張俊宏的安全，他是一位人才。」

下面的對話是將軍與我的即問即答，彼此都完全沒有時間思考的。

王：「周恩來也是人才。」

阮：「我們有周恩來而不能用，是我們的錯誤。」

王：「我們在重慶多方爭取周恩來，終歸失敗。」

阮：「在重慶就已經晚了，應該是在黃埔軍校的時候。」

王：「周恩來在黃埔軍校拉了我們一大批學生去做了共產黨。」

請注意在這段對話中，我們兩人都沒有再提起張俊宏兄的名字。王化公把俊宏兄比作周恩來，可見他甚為看重俊宏兄的才華與分量。

關於張俊宏兄的談話到此暫告一段落，過了幾十分鐘，當我試著把話題扯回張兄身上時，化公說：

「張俊宏與此事關係不大，但是他提倡海洋中國。」將軍的意思是因為他認為張兄主張台獨，所以乘高雄事件之機會將之網羅在內了。

本文的主旨並非在討論與研究那個時代的黨外運動，以及當時重要的黨外人士之政治思想。我只是在此要指出來的是，我所瞭解的張俊宏兄在高雄事件之前並不主張台獨，以他當時的胸懷大志，台灣這個政治舞台對他來說真是太小的了。

想不到國府主政者如王化公不瞭解當時俊宏兄的政治抱負之大，竟會小看了他，把他看成了以台灣劃地為牢的台獨一分子，奈何！

化公既然已講明了在此事件中國府是把俊宏兄羅織進去，是擺明著在冤枉他，我也無從再為張兄請命了。

說著，說著，將軍對我說：

「大仁兄，我們台灣今天有了羅隆基、章伯鈞。」

我笑笑沒有搭腔。

將軍是在抱怨，發牢騷。他把胡佛、楊國樞、張忠棟等自由派的學者們比擬作羅隆基、章伯鈞，當然是已經把他們視為黨外的同路人，是敵人了。

高雄事件平息之後頗久，我才知道將軍那時為什麼會感到挫折，大發牢騷的原因，為了行文方便，順記於此。

在事件發生之後，情治當局立刻草擬了一份多達數百人的拘捕名單呈請蔣經國先生予以批准。名單上第三名是康寧祥兄，經國先生用毛筆予以劃去。第二十七、二十八名為胡佛兄與楊國樞兄，經國先生乃在那一行的上方空白處寫了「以美麗島為限」六個字，也就是說他不同意情治當局所擬的擴大範圍的拘捕名單也。

高雄事件發生之後，國民黨內強硬路線主張嚴辦者雖然佔了上風，而暗中設法「擴大爭取面，縮小打擊面」的開明派亦為有之，詳見後文我們努力援救被捕者之經過。在此我只是要先指出來的是，開明派的暗中奔走是得到經國先生的支持的，此由時任國民黨中常委的余紀忠先生所告訴我的，他與經國先生的談話內容即可知也，請見後文。

因之在王化公與我見面時，我雖然不知道經國先生批駁了他們所提出來的拘捕胡佛、楊國樞等自由派學者的請求，但是由他對我大發牢騷一事可以看出來，他心目中的台灣羅隆基、章伯鈞們，暫時已是安全的了。

因此在與化公見面的那天晚上，我打電話給楊國樞兄告訴他這個好消息，可是他家的電話一定已列入監管，我不能多說，只是含混以對，以安其心。其實除了由王化公的牢騷之外，李煥先生差不多在那段時間內也明白告訴我，自由派學者們的人身安全一時無虞。只是他並沒有告訴我經國先生批示拘捕名單一事，那是在事過境遷多年後，余紀忠先生告訴我的。

在那晚打給楊國樞兄的電話裏，我不便明著說化公、錫公的談話，三十年來，也一直不曾向楊兄明說，今記於此，也算是為老朋友釋疑了。

與王化公此次會面中，另有兩段是有關國軍的，亦為可記者。首先是談到國軍下鄉幫助農耕的事宜。此是我在《明報月刊》中撰文首先提出來的；即當時台灣農村的青壯人口大量外流到都市中，因此不論是在插秧或收成時，農村都缺少勞動力，我乃建議軍方派員幫助。王化公及張將軍都表示此事雖然照著做了，實為有損國軍戰力。乍聽之下，我不瞭解其原因何在，經過他們的解釋，我才知道軍方是抽調了一師兵力，在農忙時由南到北，逐段去幫助農耕。而我原來的意思則是各地駐軍就地在軍營附近出動幫助農耕，與此是不同的。所以我在他們表示助耕有損國軍戰力時，起初不明白其原因何在也。

其次則是兩位主動提起，以當時台灣社會青少年犯罪的情形開始惡化，進而影響到入伍的新兵之素質，問我有何建議？我脫口而出說，何不在徵兵時嚴格把關，有不良記錄者免徵，不料兩位異口同聲說，不成，如此則大家都故意跑去犯罪了。此即當時社會上好逸惡勞已成風氣，年輕人怕當兵，都在想法子逃避兵役也。

我與王昇將軍只長談過這一次，在談過話以後，我們仍然各行其是。我回到美國後繼續寫作了三年政論，並且立刻著手營救因高雄事件被捕的黨外人士，凡此種種，都是大拂化公之意者。可是我因為此次回台參訪，使我瞭解到像化公這樣與我不同政見的人士，也是誠心誠意在替國家做事。只是彼此的身分、地位及立場不同，因此意見相左罷了。

四、我去政工幹校與警總前後兩次訪談之點滴

經過王昇上將的安排，我去參觀了政工幹校，以及去警備總部拜訪。

張其黑中將陪我去了政工幹校，校長是一位操湖南口音的中將，我今已忘其大名，他率同該校的教職員，許多位將校級軍官出面招待我們。第一站是參觀國民革命史蹟展覽，是一大間房子中四壁掛滿了歷史圖片。走了一圈後，我對校長說：

「看樣子一部國民革命史，就是你們湖南人與我們浙江人在打仗。」

這句玩笑是因為校長是湖南人，而我是浙江人。按：中共的領袖毛澤東是湖南籍，而國民黨的蔣中正總裁則是浙江人。

只見在旁的將校們都強忍住，不好意思笑出聲來，那位將軍也笑著回我話說：

「我們已經把毛澤東開除省籍了。」

這次簡報的形式，在軍中可能是常用的，在我則甚為新奇。是由一位上校把預先打字印好的厚厚一大本報告書一頁一頁地唸給在場者聽，聽眾裏面除了我這個外賓是老百姓之外，都是軍人。其中有兩位中將，幾位少將及一大批校級軍官。

我在聽簡報時，只打斷了一次，即是在報告當時已在擬議中的國軍眷村改建方案，此即後來普遍實行的方案——由縣市政府出資改建眷村，成屋之中一半交給軍方，其中原住戶可以承購一戶，餘者由無住宅的已婚軍人承購；剩下的一半則由縣市政府出售，以收回建築成本。這個方案是由軍方提供土地，縣市政府出資興建的變相國民住宅，我當場即提出我與之不同的看法如下：

(1)此與當時公教人員宿舍的處理方式不同。公教人員有權承購其宿舍，再由之自行與建商合作改建，通常原住者可以免費分到一半以上的成屋，而且不止一戶。

(2)政府遷台之初，因為軍公教人員數目龐大，政府的預算有限，因此採取了低待遇高福利政策，使所有的軍公教人員得以養家活口、教育子女。在這個政策下眷屬眾多的公務人員固然可以人人有飯吃，孩子受教育，但是眷屬少的公務人員也就沒有能力得以儲蓄積餘。長此以往，幾十年下來，大家長期住宿舍，全都無力購買自己的住屋。因而在台灣經濟起飛之時，軍公教人員在財務上便成了弱勢族群，這是不公平的。

(3)趁著政權還在手上，政府應該補救這個不公平的現象，因此我主張軍眷村的改建應該比照公教人員一體辦理，由原住者承購後，再自行改建。

(4)我的家人並沒有一個是現役軍人，因此我這個建議與我家族之利益無關。

張其黑中將在座，他向我指出下列各點：

(1)當時有七萬戶軍人有眷無宅，急須安置，按照我的建議，不能解決他們的問題。

(2)軍人一般來說沒有財力去承購現住的房舍。

(3)眷村的位置不同，例如有的在台北市，有的在花蓮縣，其市價不同，難以求得公平的處置。

(4)軍人眷戶沒有能力改建大型的眷村。

我當場的答覆如下：

(1)我的方法固然只能照顧到原來已有住戶的軍眷，但是軍方仍然可以另想辦法去照顧那七萬戶有眷無宅的軍人，此就是軍方來作開發商，挑選國防部擁有的土地去建築新的眷村。例如芝山岩情報局的土地、高雄二軍團的衛武營等，都是價值不菲的精華地區。我建議這些新建的眷村一律蓋成平房，住戶在住了某一個年限後就有權承購，也就是軍方存心圖利他們。

(2)公教人員像軍人一樣，也是無力承購其住宅，只要有利可圖，自然會有建商與之合作，提供金錢去承購，在房屋建成以後再予扣還。當時此已成為風氣，已經有了一定的行規去計算利潤與分配成屋的公式可用。

(3)眷村的位置不同，其改建後的房屋市價因之不同，這是多年前大家分配眷戶時已成的定局，是各人的命中注定。可是這個因素在我的方案與軍方的方案中都是存在的，兩者之間並無差異。

(4)軍眷村比起一般的公教人員宿舍之規模是要來的大的多，可是大型的土地之開發，自然會有大型建商來洽商，同一眷村的眷戶們可以彼此合作來與建商共同談判。

我並且指出，以軍方的原定方案，即使承購了一戶的軍人，其家族也無法長期保有此房屋。因為只有一戶，在遺產分配時，只要此人的子女不止一個，便很可能要出售後才能將財產分配給子女們了。

張將軍說：「阮博士，你說出了我們心裏的話。」

過了幾天，我把我的構想告訴了康寧祥兄，老康大不以為然，抗議說：

「你不公平，本省人的老百姓也有很多買不起房子的人。」

我回答說：

「老康，那些人我們另外想辦法來解決問題，例如像新加坡或香港之政府大量興建平價的國民住宅。至於為數眾多的軍人及軍眷，其中很多也是本省人先不說，我們將來不能造成一個經濟上居於劣勢的特定族群。如此必然會產生社會問題，就像北愛爾蘭的天主教徒，美國的黑人，他們群居在一起，又成為社會上的弱勢邊緣族群，會造成社會的不安。」

這些在三十年前的構想，有時回想起來，至今都沒有能夠實現，實在是深為遺憾也。

再來談一下我去警總訪談之事。

這是在我訪問了政工幹校之後，大約總政戰部已降低了對我的敵意，這一次是派了一位副處長級的王姓上校陪我去的，抱歉，我今已忘其大名。

接見我們的是時任警備總部政治部副主任的徐梅鄰少將。

王上校與我到了警總門口時卻不得其門而入，大約是聯絡上出了差錯，衛兵並不知道我們的來訪，不肯讓我們入內。

過了一會兒，只見徐將軍小步快跑出來，一面向我敬了個禮，一面道歉說：

「抱歉，抱歉，讓你們久等了。」

我笑著說：

「徐將軍，你這個地方要出來很難，進去可也真不容易。」

他笑著說：

「那裏，那裏，我們的大門永遠為你打開著的。」

後來，告辭了徐將軍以後，我陪著王上校從警總走回他在總統府內國防部的辦公室時，上校很嚴肅地好意勸告我說：

「阮博士，在國內是沒有人敢對他們開這種玩笑的。」

在警總與徐將軍的談話中，主要的是他在向我說明他們對高雄事件經過的看法，此與報章電視的講法類似，我提出了下列兩點供他參考：

(1)徐將軍認為黨外人士事先在衝突場所附近預置了一批建材作為武器，我不同意，乃予指出下列事實，此即集會場所曾臨時改變，發生衝突的地方並非原定的場地。群眾遊行路線也臨時改動，因此群眾在路邊撿起來使用的一些建築材料作為武器，應當不是預先安放在那裏備用的。

(2)在徐將軍徵求我的看法，問我此次事件後，黨外運動是否因之消沉？我說，造成黨外政治力量的社會原因沒有消失，抓一批鬧事的頭頭不會解決問題，將是打得愈重，反彈的愈高，而且後起者可能更有暴力的傾向。

徐將軍給我的印象甚好，我認為他是一個頗有禮貌及教養的人，在警總的這一次短暫的談話中，我並沒有感受到什麼心理壓力。反而是在走出警總以後，王上校的嚴肅神情，倒是給了我一些自我警惕，我在想我對此事是否有些太不在意了呢？

丙、「把陳若曦請回來！」

——高雄事件後國內外拯救被捕的黨外人士之行動

一、為什麼邀請陳若曦回台會成為政局的關鍵點？

在我結束此次台港之行，將要回美之時，台灣當局已經大量拘捕了黨外人士，此時施明德先生尚在逃亡，因而搜捕的行動尚未結束。

我是在一九七九年十二月二十一日離台返美的，臨行之前，國民黨內及黨外都有重量級人士分別各自對我說：

「你去把陳若曦女士請回來！」

這句話值得分析的有兩點，即：

㈠此時此地，為什麼需要陳若曦回來呢？

㈡為什麼要由我去請她出馬呢？

先讓我來分析第一點。

政治大勢有如鐘擺的運動，講究一個走勢——往那一個方向擺動。

蔣經國先生在接班之初，力求改變台灣的政治狀況，乃提倡「革新保台」，並且推行國民黨的本土化，這條路線的代表人物是李煥先生。

李先生在一九七七年的中壢事件之前夕，同時擔任了救國團主任、國民黨組工會主任、國民黨台灣省黨部主任委員，這三個重要職務。於此事件後，乃一併去職。

中壢事件使李先生個人失勢，但是他所代表的政策路線仍在繼續得勢，一直運轉到了一九七九年的高雄事件。

此時政局為之丕變，鐘擺乃向相反的方向擺動。

蔣經國先生身為台灣當局的最高領導人，此時對行之已久的革新保台——國民黨本土化的大方向是否正確，也發生了懷疑。在事件剛發生後不久，陶百川先生當時就曾向我表示，經國先生曾問他：

「他們究竟想要什麼呢？」

陶先生解讀經國先生此語是在說，副總統、各部院首長都已經起用了本省籍人士，為什麼還會發生這種事件呢？

因為在高雄事件之前，各情治單位的相關報告意見分歧，使得經國先生無從判斷孰為正確，而且從來沒有即將發生如此大規模騷動之警訊。所以在事件發生之後，經國先生急召本已退休的前調查局長、時任國策顧問的沈之岳先生到總統府上班，專室辦公，專門負責替他審閱各情治單位的報告，使沈先生成為地下的國家安全顧問。這本來就是國家安全局的職掌，顯然由軍方控制的國安局並不擅長於國內政情的研判，經國先生乃只得再度起用沈先生了。

高雄事件發生之後，國民黨內強力主張 Law and Order 的外省籍保守派聲勢大漲，使得原來主張開放政治權力給本省人的外省籍開明派居了下風。

此時最應該挺身而出，向經國先生進言，以阻止國民黨內權力結構過度偏向保守力量，以免反應過度的，應該是黨政高層中的本省籍人士。可是除了謝東閔（求生）副總統之外，他們一律保持沉默。

謝求公則是拍桌子大罵說：「通通槍斃！！！」

求公當時已被海外台獨分子王幸男先生用郵寄炸彈炸斷一手，成為殘廢，因之他有此反應，也在情理之中。

其他的台籍政要則全都默不表態。

在我回美國之前，在余紀忠先生家中，余先生很感慨地對我說：

「大仁，我們不是不用台灣人，是用錯了一批人。」

我坐在沙發裏，余先生說這話時站在我面前，他身材甚高，我抬頭仰視著他，只見他用右手拍拍自己的左肩膀，表示這些台籍政要沒有肩膀去說出他們心中的話來。

本文並非要剖析此事，在此我只是要點出下面三點，即此是出於這些台籍人士的屬性之所在，此即：

(1)在蔣中正先生掌權時代，台籍人士入仕國府者有二大類，即半山或地方派系之首領，而這些地方豪強多為在日據時代即是與日本人合作之士紳。

(2)在日據時代沒有內渡唐山，留在台灣而與日人抗爭的台灣士紳，在光復後甚少與國府合作者，其中大多數對政治冷漠（如台中林家等），少數轉為反對派（如高雄縣余家，及黃順興家族等）。（又，在長老會亦然，北部大會由陳溪圳先生領導，先與日本，後與國府合作；而原來反日的中部大會及南部大會，則共同先由黃彰輝、後由高俊明兩位先生領導，反對國府。）

(3)在蔣經國所起用之「吹台青」輩，多為半山或前述蔣中正時代所用者之第二代，即使他們之中有人想挺身而出，仗義發言，也必然會受到他們家族中的長輩所阻止的了。

總之，此時暗中營救被捕的黨外人士之國民黨籍重要人物，就我所知者，都是外省人。其中有三位分別對我說：

「你去把陳若曦請回來！」

事隔三十年，我今天可以公佈他們的名字了，此即：

1.時任《中國時報》董事長，國民黨中常委的余紀忠先生。

2.時任總統府國策顧問的陶百川先生。

3.時任中山大學籌備處主任的李煥（錫俊）先生。

其中余、陶二公今已謝世，李錫公今猶健在。很抱歉，我沒有得到他的允許，便在本文中寫出了他的名字，如果有造成錫公或其家人不便之處，請原諒。我只是覺得事隔三十年之久，我也已是六十七歲的老人，再不寫出來，這段歷史的真相恐將埋沒了。

至於黨外人士中向我提出同樣的要求者是康寧祥兄，在我臨行前一天晚上，我去康兄家辭行。在他家頂樓的那間大房間，也就是數週前、高雄事件前一天晚上我發表演講的場所，康兄、張德銘先生、江春男兄與我見了面，在商量我回到美國後如何設法營救被捕的黨外人士時，康兄提出來的要求。

我既不是本省人，也不是黨外人士，而且到今天為止，四十多年來我一直是以國民黨人自居。吾友項武忠兄多年來嘲笑我太迂，我明明早已不是國民黨員，怎麼老在口中說「我們國民黨」。

我想這是因為先祖父是同盟會創黨時的老黨員，一生為國民黨效忠，他在北伐勝利後不久就過世，墓碑上刻的是「民國阮性存先生之墓」。先父則曾擔任國民黨的中政會副秘書長、《中央日報》社長，長期在蔣中正先生麾下任職。所以我在情感上是認同國民黨的。

那麼在一九七〇、八〇年代，在我寫作政論時，我為什麼要同情與支持黨外，替他們說話，而且在高雄事件發生了之後，要挺身而出去參預營救被捕的黨外人士呢？我想只有借用史可法先生的遺言——「讀聖賢書，所學何事？」這句話了，因為我認為這是寫作政論的讀書人之天職。

經過了三十年，尤其是有了綠色執政的八年，我相信時間已經證明了我當年的言行，絕對不是為了自己的利益。而且今天隔了三十年，在綠營已經失去了政權之後，我才發表本文，也不是為了向之示好。我只是要為歷史存真，且更要為參預此事的我們，包括了其他人士在內留個記錄。

現在來分析為什麼請陳若曦女士回台參訪，在當時的政治情勢下變的如此重要呢？這是因為國民黨內主張寬大處理高雄事件的人士需要一個錐子，去刺破保守派所佈下的天羅地網，要使蔣經國先生能聽到在國內國外都有贊同他們主張的聲音在焉。

從鐘擺的理論去看，高雄事件使得原來擺向開明的國民黨政局急速轉向，那麼想把鐘擺逆轉回頭，即使一時轉不回來，但至少要能停止繼續擺向保守路線的方向，便是要利用陳女士來訪一事去扭轉這個情勢。

他們為什麼會選上了陳女士去擔任這個角色呢？

首先，陳女士是當紅的小說家，她所創造的「傷痕文學」——像《尹縣長》這一類報導大陸文革現象的小說，當時在除了中國大陸之外的華人圈中真可以說風行一時，洛陽紙貴。一九七八年，也就是高雄事件的前一年，台灣的吳三連基金會把文學獎頒給了陳女士，當時她在美國，不克分身，由她住在台灣的妹妹代為領獎。此時經國先生在場，他當面告訴陳女士的妹妹說：

「我也是你姊姊的讀者，她將來回到台灣，希望能與她見個面。」

此話在第二天台灣的各報都予披露。

就是經國先生公開說的這一句話，使得陳若曦女士回台參訪成為扭轉政局鐘擺轉向的關鍵。這也是為什麼前述此時分屬黨內外的四位政壇重要人物，英雄所見略同，會分別想請陳女士回台的原因。

可是他們為什麼會各自分別向我提出這個建議呢？我判斷可能此是經由陶百川先生，他們分別各自已經知道我本來就在安排陳女士回台參訪之事也。

且聽我慢慢道來。

二、陳若曦返台日期在高雄事件一個月前已預定之經過

我是在一九七九年十一月初回台北的，臨走前不久，段世堯兄與他的夫人陳若曦女士來訪，要我在台北就近向吳三連基金會的執事們代為徵詢，他們在前一年頒發文學獎給陳女士時所發出的邀請函，當時陳女士因事未能成行，可否改在今年實現。

我判斷大約是這樣的。即台北的兩大報系——《聯合報》與《中國時報》都在邀請陳女士訪台，她出國多年，當然想回家鄉一趟。可是作為一位自由作家（freelance writer），這就使她甚是為難，成為「順了姑意就會逆了嫂意」的尷尬局面，因此她才會想到了吳三連基金會這個屬於兩大報之外的中性東道主了的。

我回到台北後立刻向陶百川先生報告此事。不料陶公說：

「呀！你來晚了兩個星期，我才把吳三連基金會理事長的職務交出去了，由吳尊賢先生繼任，我改為常務理事。不過你放心，我會關照吳豐山的。」

豐山兄時任台北《自立晚報》社長，吳三連先生是報社的董事長，豐山兄也兼任吳三連基金會的秘書長。他是我多年老友，是我們這一代不可多得的一支政論健筆。

多年來我與豐山兄合作。我的政論文章在國內是先投稿給《中國時報》（或《時報》雜

誌），如果因為言論尺度與之不合，便由之直接在台北轉給《自立晚報》。若再不合用，便由豐山兄轉給康寧祥兄所主辦的各種刊物，有時往往連我自己也不知道最後會在何處發表的了。更且因為父親仍為健在，住在台北，所以除了在《中國時報》上刊出者外，我要求不要使用本名發表，如此轉來轉去，因之有時我也不知道發表時會採用那一個筆名，反正由該報章刊物的編輯代我隨意取個筆名可也。有一天一位朋友打電話給我說，你怎麼會替台獨的報紙寫稿？原來有一篇短文刊出在台灣基督教長老會的報紙上，卻用了我的本名，這是我唯一在那份報紙上刊登過的文章。

容我在此打一個岔，就是在我那次回到美國後，我就打電話給我的老友，住在芝加哥的葉加興牧師，他當時是台灣基督教長老會北美的負責人之一。我在電話中告訴他，最好要勸高俊明牧師早早離開台灣為妙，葉兄問我：

「他們敢動高牧師嗎？」

我說：

「我沒有任何內幕消息，只是我的感覺是，國民黨的保守力量就像是在梭哈檯子上大獲全勝，要 clean table 一次全檯通吃，這次要把對手的籌碼一掃而光了。」

不料後來高牧師因為幫助了施明德先生逃亡而入獄。過了幾年，長老會的黃彰輝牧師走過舊金山，約我會面，為此事向我當面道謝，並且堅持要送我謝禮。我堅拒未果後，就說：

「那就請你贈閱一份長老會出版的報紙給我看好了。」

因之我多年來成為該報的贈閱戶，經過長期的閱讀，我對台灣長老會也稍有了解也。這份報紙是台灣最早出版的「新聞紙」，遠在清朝光緒年間，日本還沒有佔領台灣以前便已創刊了。

至於我在那份報紙上發表的短文，以今日的尺度去看，沒有什麼。我是主張台灣的各級學校應該開放選修的語言課程，只要湊足選課的學生人數，便可以開班學習各種方言，包括閩南、客家、原住民，以及大陸上各省的語言都是在內也。

我認為住在台灣而不會閩南語（河洛話），像我這樣的人，只有自己吃虧，這使我想起一個小故事。在一九八九年我回到台北長住，在國泰信託（後改名為慶豐銀行）任職。公司配了專用的公務車給我使用，我的駕駛員魏燦輝先生是河南人，與我一樣是員工中極為少數的外省人。有一天我問他，在招考時公司有否規定只錄取本省人？他說沒有，可是在口試中間，考官曾忽然用閩南語與他交談過的。

現在回過頭來談談吳豐山兄。說也湊巧，在陶公與我為了陳若曦女士來台之事談過話後不久，時任《聯合報》總編輯的張作錦兄邀我吃晚飯，席設於台北市忠孝東路、光復南路口的長風萬里樓。我是主客，右手坐的是吳豐山兄，我們兩個是僅有的外客，其他人則都是聯合報系的高層人士。我左手坐的是時任《經濟日報》副社長的唐達聰大哥，另有《聯合報》總主筆楊子先生、副刊主編瘂弦兄等人在座。

唐大哥與我家的關係特別，他是父親的得意門生。抗戰時他讀中學，作為流亡學生的他一直跟著我家逃難，唐大哥自己說，我在一九四二年出生時，是他從紅腳盆裏把我這小嬰兒給抱起來的。

唐大哥曾在綠島坐了十餘年的政治監，出獄後回到《聯合報》任職副刊的助理編輯，期間發掘了當時還在唸台大的陳秀美（若曦）小姐，起用她的稿子，可以說他是陳女士這匹千里馬的伯樂。唐大哥服務聯合報系數十年，多年後在洛杉磯《世界日報》社長的任上退休，今猶健在。

作錦兄這桌酒席座位的安排甚有巧思，他把我這位主客安排在豐山兄與唐大哥的座位中間，是深深明瞭我們三人兩兩之間的私交也。

豐山兄一入席就對我說：

「陶公關照的事情沒有問題。」

我們在席間不便多談，就約定了散席後去他在南京東路上的辦公室——將軍出版社去打國際電話給陳若曦。

在一九七九年還沒有 conference call 或 speaker phone，因此在電話中我把他們兩位相互介紹了之後，便把話筒交給了豐山兄，讓他們兩位自己去安排細節。

談呀，談的，只見豐山兄的臉愈拉愈長，他老兄本來就是一個「烏面將軍」，生起氣來臉色更是陰暗的了，一笑。

掛了電話以後，他生氣地說道：

「豈有此理！」

我問他怎麼回事？他說：

「我們請她回來，是要配合吳三連文學獎的頒獎典禮來製造宣傳效果，那知道她堅持要在十二月底回來，我們豈不是買了個爆仗，放了空炮了嗎？」

我哈哈大笑說：

「你老兄真是飽人不知餓人飢了。」

豐山兄說：

「這話怎麼說？」

我說：

「她的先生一個人住在佛羅里達州，在一間大學工作，她在加大柏克萊分部做事，照料兩個小孩。只有等到大學放寒假，她的先生回到柏克萊，她才能抽身出門旅行，否則兩個孩子的照料便成了問題。」

豐山兄說：

「她為什麼不講明白，我們可以出錢僱人替她招呼孩子呀？」

我說：

「天下那有這種做客人的道理，這話她又怎樣說的出口呢？那麼，既然她要十二月底才能來，不能出席文學獎的頒獎典禮，你們還請不請她來呢？」

豐山兄苦著臉說：

「不請也不行呀，是先講好邀請，才去談行程的細節的呀。」

哪知道在一個月後竟然會發生了高雄事件，而且陳女士預定的行程，即一九七九年十二月底，正好是在國府大捕黨外人士的關鍵時刻呢？這真是冥冥之中自有天定的了。國府的保守派一直認為是吳豐山與我兩個人運作與安排陳女士回台援救高雄事件被捕者的，殊不知我們兩個在安排陳女士訪台時，是遠在高雄事件發生前的一個月也。

我是在一九七九年十二月二十一日離台返美，臨行前，豐山兄把邀請函送給我，要我代轉交給陳女士，我問他：

「發生了這種事，在這個敏感時刻，你要不要她來呢？」

豐山兄說：

「她要晚一點來，我們也不反對。」

請注意，我用的是「你」，而他說的是「我們」。亦即此處豐山兄是以吳三連基金會秘書長的身分發言，而不是代表他個人一向支持黨外的立場。此示基金會內部對陳女士此時來台是否恰當一事，應該是已經討論過了，基金會的理事會並不願意被捲入這局混水。只是豐山兄代表了基金會在一個月前已經答應了陳女士的行程日期，他們不願意悔約而片面予以更改而已。可是如果陳女士自己願意改期，他們自然會樂意與之配合也。

在回到美國舊金山家中後，第二天是星期六，段世堯、陳若曦夫婦來我家取函，若曦問我應不應該在此時回台北一行呢？我只有含混以對說：

「有人要你去，有人不要你去，請你自己決定。」

這是因為身為主人的吳三連基金會並不反對她延遲此行，而希望她立刻趕去的卻是別有用心者，我當然難以明說的了。我個人雖然希望她趕著去，但是也不能不忠於豐山兄所代表的吳三連基金會之所託也。

第二天早上，也就是在星期日早上，若曦打電話給我說她決定去了，而且就在下星期二，也就是兩天後就動身。在電話中我們商量要寫一封信給蔣經國先生，決定由我起草。

三、有關寫給經國先生陳情書之幕後點滴

為什麼要我來起草這封信呢？在五四運動之後，國人多已不學文言文了，可是在正式的文函中，全用白話似乎又不夠典雅莊嚴。

我從小學五年級起到大學一年級為止，在家中接受先外祖父錢倬（字逸塵）先生的指導，學習寫作唐宋文。在此多年苦學之後，至今我還可以不打草稿，隨手用毛筆寫一篇文言文。因此在需要用文言寫作時，我便成了為朋友們「推一日之長」的不二人選了。

在此之前，我參加了張系國兄在美國所創辦的中華人權協會，成員中有張系國、黃默等人，那時每逢國府拘捕政治犯，如顏明聖、白雅燦等等，我們協會都會站在維護人權的立場寫信去作抗議，通常由我執筆。有一次，大約是在一九八〇年代中期，香港的中華總商會會長徐季良世伯要延請家長兄阮大元出任香港蘇浙公學校長，他打電話到台北的國民黨中央黨

部給蔣彥士秘書長徵求他的意見，他們兩位有了類似於下述的對話。

蔣：「喔，阮毅公的那位少爺，很喜歡寫信給總統的。」

徐：「不是的，這是長公子，不是四公子。」

蔣：「好，讓我先去查一下看看。」

蔣秘書長掛了電話，拿起內線的專用分機，打給時任組工會副主任的莊懷義兄說：

「懷義，阮大元你熟不熟？」

懷義兄回答：

「阮大仁我很熟，阮大元的名字沒有聽過。」

蔣秘書長說：

「喔，你沒聽過，那就沒有問題了。」

他隨後就回電到香港給徐先生表示欣然同意此事，而家長兄隨後到香港去擔任了六年的蘇浙公學校長。

蔣先生為什麼要問莊兄呢？那是因為莊兄久在紐約負責國民黨海工會的事務，我們這些「異議分子」是他的工作對象，所以蔣先生才會說莊兄沒有聽過家長兄的名字，那就沒有問題了。

這件事巧的是，當天黃昏我從美國回到台灣，那時我已經棄筆從商。父親就把上述幾位先生在電話中的對話一五一十地告訴了我，作為談助。當時父親已離開了中央黨部長達十多年之久，顯然其故舊同仁仍然與他暗中在通消息，要不然蔣秘書長用外線電話與香港的徐先生，以及用專線分機與莊兄的對話，父親又何從得知其詳的呢？更巧的是那天半夜裏吃消夜，我與懷義兄並肩而坐，他隨口說：

「今天下午有人打電話給我談到了你哥哥。」

我順口答道：

「我知道，是蔣秘書長。」

他大驚，從椅子中跳起來問我：

「你怎麼知道的？」

我笑笑沒有答腔。

現在容我回到前面所說的我起草致經國先生的陳情信這件事上面。

當時我已替《明報月刊》寫了〈高雄事件平議〉一文，公開提出了我所建議的處理此事的五項原則，因此這封陳情書的基礎或骨幹已有了構想，那麼加上頭尾的客氣話就可以成形了。所以對我來說，起草此信並非難事也，反而是一些幕後的操作倒要費些心思。

首先，父親還住在台北，雖然當時他退出了政壇已經十二年，可是各種老關係還在。我一個人如果包山包海在海外去做這件事，會不會替他惹上麻煩？因此我去找史丹福大學的同事莊因先生。

莊兄人稱莊二爺，他的尊翁是故宮博物院前任副院長莊嚴（尚嚴）先生，莊老先生的書法聞名於世，擅長瘦金體。莊二爺家學淵源，書法極佳。因此我登門求助，告訴他說我們將要寫一封信給經國先生，由我負責起草，請他抄寫一遍。莊兄說你的字也不壞，為什麼要找我去抄寫一遍呢？我笑著說，我的字是給行政院長看的，你的字是給總統看的。真是千穿萬穿，馬屁不穿，莊兄乃欣然首肯。於是由我開車，莊兄帶了文房用具，我們一齊穿過舊金山城，過橋去柏克萊的段世堯兄府上，時為星期日下午。

那天在段兄府上與會者可分兩群人，即當時在柏克萊加大做事的有杜維明兄與陳若曦女士兩位，在史丹福大學工作的則有莊因兄、張富美女士與我，而唯一例外的則是主人段世堯博士，他那時在佛州的一間大學上班。

那封信雖然是由我主筆起草，但是中間有一個極為關鍵的字卻是杜維明兄代擬的。故事是這樣的。

這封信我沒有留稿，至今已不記得全文，為了寫作本文，我曾問過莊二爺，他說他也沒留稿。不過我相信除了總統府之外，當時簽名的二十七人之中應該會有人留下了底本的。不過杜兄代擬的一個字是在開頭的句子，我還記得原文，我的草稿大致是這樣起篇的：

總統勛鑒：

當此外交失利，亟須全國同胞精誠團結的時刻，發生了高雄事件，實為親痛仇快。此事遺害甚多，然至大至深者莫過於省籍隔閡之愈演愈烈，同仁等在海外實深以為憂。……

此時在場者有兩位本省人，即陳若曦與張富美兩位女士，她們堅決要求將「全國同胞」改為「全島同胞」，我則切切以為不可。

這一字之差，事關重大，是承不承認國府所代表的政權是一個「國家」的關鍵字。我說大家是在替被捕的黨外人士求情，千萬不可以去激怒國府高層，否則我們是雖曰愛之，其實害之，反而會使身在牢中的黨外人士的處境更為險惡。可是兩位女士則堅決反對稱呼國府為「國」。此時杜維明兄乃將之改為全「體」同胞。體是一個中性而不帶有意識型態的字，因之乃為雙方接受而成定案了。

當莊兄抄寫了全文之後，因為離陳女士啟程回台已不滿兩天，所餘的時間不多，因此大家決定各自分頭去找友人徵求願意簽名於上者，由此人或請陳女士代為簽名。

因此如果找到此信之正本，會發現其上二十七人的簽名，只有少數當時住在灣區者是就近親自簽上名字，其他住在外地的則是由徵求者或陳女士代簽的了。

我並不是總其事者，因之這二十七人的全部名單我至今都記不清楚，在後文中只有採用陳女士回憶錄所記載的了。另外一位因為一直聯絡不上，等到星期二才通知我願意簽名後，我趕到舊金山機場去送陳女士登機時，本來想臨時代為簽上名字，不料她已經將此信之正本封入莊兄親手書寫好的信封之中，因此來不及加上去了，所以不在二十七人之列，此即時任紐約州立大學一間分部的政治系主任的黃默兄。

後來蔣經國先生在第二次與陳女士見面時說，簽名者中有兩位是他的朋友，我判斷此是兩位著名的歷史學家，同為中央研究院院士的余英時先生與許倬雲兄。據說王昇上將看了後則說其中有兩人是台獨分子，我判斷他指的是石清正先生、張富美女士或田弘茂兄三位之中的兩位。

寫這封信還有一段小插曲，在完工後，我開車與莊因兄一齊回家去。在灣區大橋（Bay Bridge）上他忽然嘿嘿冷笑，頗為得意。我問他在笑什麼，他乃說出他在信末動了一個小手腳，我在原稿的結句是「敬祝政躬康泰」，莊兄卻將之改為「敬祝進步」。這是一個左派的用詞，不大妥當。他的自白可真把我嚇了一跳，乃在舊金山市區中設法調轉車頭，再過橋去段府重寫一遍結尾的那張信紙了。

四、陳若曦在蔣經國面前嗆聲

陳女士回台之行當時轟動全台灣，我既然並不在場，而且當事人陳女士與負責接待她的吳豐山兄又都尚為健在，因之我就不在本文中多著墨了，留待他們夫子自道可也。

此處我只是要寫與我有關的一些事，以及我知道的一些趣聞。

在陳女士登機之前，在舊金山機場，我用我的名片背後，寫了兩張相同的短句如下：

「百公：友人陳若曦女士來台參訪，敬請惠予招拂為感。世姪阮大仁敬上。」

「錫公：友人陳若曦女士來台參訪，敬請惠予招拂為感。世姪阮大仁敬上。」

我關照她，在回到台灣之後，如果經國先生接見她，請她持我的名片去見陶百川先生，邀請他 同陪她去見蔣先生面交我們的陳情書。如果經國先生不見她，請她持我另一張名片去見李煥先生，請李先生代轉我們的陳情書給經國先生。

這兩張名片並沒有加封，就像明信片一樣是不避旁人看到的，要緊的是我口頭關照她的話，其重點是：

㈠這兩張名片只會用上一張，不會同時使用。也就是說兩位先生都不應該知道有另外一張名片的存在。

㈡陶先生敢在經國先生面前說話，可是他此時已不能單獨見到經國先生了。在我離開台北時，陶先生告訴我他為了高雄事件曾單獨求見經國先生三次，前兩次都見到了，可是在第三次卻碰了個釘子。因之我要設法讓他陪著陳女士與經國先生見面，則陶先生可以有所進言也。

㈢李煥先生的情形與陶先生不同，他與經國先生的關係親密，因此於外人在場時不宜向經國先生進言，可是李先生是有機會單獨晉見，而且轉呈此信時他也不必擔心遭到誤會，被經國先生懷疑他私通黨外或國外的「異議分子」也。

㈣在我離台返美時，余紀忠、陶百川與李煥三位先生各自分別要我「去把陳若曦請回來」。然而我寫了名片給陶、李二位，卻獨漏了余先生。這是出於我的評估，我認為以余先生的身分、地位與個性，使他不適宜擔任陪同晉見或轉信給經國先生這兩個角色中的任何一個。

只要余先生不知道這兩張名片的存在，我就不會得罪了他。我沒有預料到他在見到陳若曦之前，便可能由情治系統知道了此事，更沒有估計到，陳若曦在他的家宴中，當他面把我的兩張名片同時交給了陶、李二位。不過陳女士並未轉告他們我寫名片的用意，我相信三位之中也無人知情。一九七九年以後，我與三位分別都各自多次私下單獨見過面，大家也從未提起此事。我判斷他們始終都以為這兩張名片是泛泛之詞的客氣請託之用也。

余先生是一個絕頂聰明的人，由此事他可能已瞭解到我沒有寫名片給他的一些原因，知道了我對他的一些看法，當然不會高興的了，即使他不知我的含意，三人之中獨漏他一人，他當然也會介意的了。

㈤余先生是這次國民黨內主張「擴大爭取面，縮小打擊面」，要從寬處理高雄事件的核心人士。陶先生是一介清流，個人具有崇高的聲望，卻沒有政治實力。李先生是一派之首，深具政治實力，可是在此時已在政壇一時失勢，暫居下風。因此在此關鍵時刻只有余先生是大報老闆，身為中常委，不但實力龐大，而且身分特殊，頗有迴旋之空間，可以從事援救被捕人士。

當陳女士自台北回到舊金山以後，在告訴我她此次訪台時的重要行程與大略的經過時，我就分析給她聽，余先生的這次家宴極為重要，而她渾然不解，問我其故安在？

試想，以陳女士當時在台北所受到的矚目，余先生大可以席開多桌，公開設宴歡迎她。

可是余先生卻選擇了在家中私下請客，而且主客一共七人，連一桌十二人都沒湊齊，此示在場的每一個人都與陳女士來台之行有政治意義之關連性也。容我分析如下：

主人——余紀忠，時任國民黨中常委，《中國時報》董事長。

主客——陳若曦女士。

陪客：

(1)主張寬大處理高雄事件者：

陶百川，時任國策顧問。

李煥，時任中山大學籌備處主任。

(2)主張從嚴處理高雄事件者：

王昇，時任國民黨中常委，國防部總政戰部上將主任。

(3)對如何處理高雄事件之態度並不明確者：

蔣彥士，時任總統府秘書長。

宋楚瑜，時任行政院新聞局長。

在這七人之中，宋先生是唯一政壇之青壯人士，他之應邀，應當是基於他與余先生的友誼。

王上將之出席則意義不同，我判斷余先生之邀請他，是在向他表示自己與陳女士之訪台並無不可對外人言之關聯也。

陶百川與李煥二位先生不但在此事上與余先生之政見相同，而且一向與之過從甚密。

蔣彥士與余先生的交往密切，在此事上我判斷他是支持余先生的立場的，此由下述之事可知也。

在陳若曦到達台北時，機場中人潮洶湧，歡迎者甚多，在一片混亂之中，有一位中年婦女把陳女士肩上揹著的手袋一把搶了過去說：

「陳小姐，這太重了，我替你揹著。」

在陳若曦開完了記者招待會以後，她的手袋也完璧歸趙，並沒有短缺任何物品。

多年後，余紀忠先生告訴我，當天晚上，蔣彥士先生打電話給他說：

「陳若曦隨身帶了一封給總統的信，封了口的，萬一信中的文句對總統不敬，可怎麼辦？我們是不是要取消她晉見總統的約會？」

余先生說，他回答蔣秘書長說：

「不會的，陳若曦是一個很識大體的人。」

此事容我分析如下：

㈠由此可見，在陳若曦回台之前辦理簽證時，經由外交部或國安系統，國府已知道她將回台，而蔣、余等人已安排好她去見蔣經國先生，只是他們事先不知道陳女士帶了一封陳情書而已。

余先生的中時集團此時在舊金山設有辦事處，負責人是我師大附中高中時的導師葉嘉穀先生的公子言都兄，只是我並未與之聯絡。因此余先生雖然知道我穿針引線安排陳女士回台，卻事先不知道那封信的事。

(二)關於我的兩張名片之事，我不清楚蔣彥士先生在此時曾否告訴了余先生，應當不會，因為他不應該知道余先生與我之間為了陳女士的私下往來。

(三)不過在第二天晚上余先生家宴中，陳女士拿出了我的兩張名片分別同時面交了陶、李兩位先生，則余先生在此後當知我的名片之事了。

(四)在多年後余先生告訴了我，他與蔣彥士的談話時，絕口不提我的名片之事，可見他對此事不高興也。

(五)蔣彥士先生之所以有此疑慮，是因為當時另有一封公開信，在海外廣為流傳與徵求簽名，是華人作家們為了此次被捕的兩位台灣作家所寫的，那兩位是楊青矗先生與王拓兄。因為該信簽名者的政治立場是左、右、獨派皆有，所以信中對蔣經國先生就不稱為總統了。我判斷蔣彥士先生並不知道陳女士帶來的是另一封信，才會有此擔憂。而余先生既然判斷到我的參預，雖然在事先沒有收到我的「報告」，也就大膽去賭一賭了。

(六)由他們兩位的對話可知，在陳若曦回到台北之前，余先生已經通過蔣彥士先生先安排好她去晉見蔣經國總統，此因蔣彥士先生時任總統府秘書長之故。

(七)結果是陳女士去見了蔣經國先生，在場者除了他們兩位之外，另有兩人，即蔣彥士與吳三連兩位先生。陳女士後來又再與經國先生見了第二次面，仍是同樣的四個人在場。若曦對我抱怨說，吳三老兩次都不發一言。

我笑著分析給她聽，作為商界大財團台南幫名譽領導人的吳老先生是不便對此事公開表態的，他不說話就是表示不贊成政府處置此事的手段。況且有一個小故事可證吳三老在台灣政治圈中的地位實為尷尬。高雄事件前不久，在代表國民黨協調黨外陣營的梁肅戎與關中兩位在場的一次宴會中，於台中席開三桌，楊青矗先生從另一桌走到主桌前，向主人吳三連先生敬酒說：

「請教三老，怎麼樣才能一面反對國民黨，一面做大官；一面做黨外，一面發大財？」這使得場面搞得極為尷尬，告訴我此事的國民黨高層朋友說，作為此次宴會主人之吳三老臉紅耳赤，低頭吃飯，一個晚上不發一言。

依照我原來的構想，是想請陶百川先生陪陳女士去見經國先生，而余先生及蔣彥士先生卻按照中國人的習俗，請了陳女士此行的東道主——吳三連基金會的吳三老作陪。這就使得陳女士是一個人孤軍奮戰去向經國先生嗆聲了。如果陶先生在場，他是會替黨外說話，但是他是個「識大體」的元老，必然會設法減少雙方談話時的火藥味的。

㈧不過陳女士「不識大體」的嗆聲，對經國先生來說應當是一個震撼教育，反而因之達到了我們進言的目的。大概從來沒有晚輩敢對經國先生當面說出聲色俱厲的抗議，因此使他體會到台灣民間是有同情黨外人士的聲音的。今舉兩事為例：

⑴陳女士力言高雄事件的暴力衝突是軍警「先鎮後暴」，並且有風聞說高雄地方當局僱

了流氓混在群眾之中先動手，挑起衝突來的。經國先生聞言大怒，用兩手撐住椅子的靠臂，半站起身來說：「如果這樣，我也不配坐在這張椅子裏了。」(2)陳女士說當她用台語問高雄的計程車運將有關高雄事件時，運將用台語回答說，這件事不能說。

經國先生此後隨即親自去高雄實地調查，並且摒除隨扈，一人單獨搭計程車兜風甚久。總之，陳女士訪台，在與經國先生兩次會面時，面交了我們二十七人簽名的陳情書，以及暢談她個人對高雄事件的觀感，對經國先生在處理高雄事件的決策過程中是產生了影響的。

對我個人來說，是我多年來寫了許多封陳情書中，唯一產生了作用的一次，頗為欣慰。

五、陶百川力主全案應移送司法審判

誠如前文所引，在一九八〇年代有關家長兄阮大元出任香港蘇浙公學校長時的故事，當時蔣彥士先生在與徐季良先生通電話時，誤把大哥當作了我，說：「阮毅公這位少爺，很喜歡寫信給總統的。」

其實我從來沒有以個人的名義去寫信給政府中的任何一人，都是與他們當面談話，連電話都很少通過。

我為我寫給經國先生的「信」，都是由我起草，代表了設在美國的中華人權協會所寫的陳情書，並不是採用我個人的名義。不過情治單位當然知道這種信件是出自我之手，因為在我們這一代，已經很少人能像我一樣去寫出典雅的文言文函件來的了。

每當台灣當局拘捕了政治犯或思想犯，中華人權協會便會照例寫信代為陳情，通常由我執筆。

這些陳情書經由陶百川先生轉交給政府，從來都是石沉大海，沒有發生過作用，也沒有得到過回音，這就成了一個甚為奇特的局面。國民黨在台灣絕不因為海外有一小撮讀書人的陳情而手軟去少抓過一個人，而我們也絕不因為狗吠火車徒勞無功而停止寫信。反正雙方各在其位，各自扮演本份應有的角色而已。三四十年後的今天去回顧，以張系國兄為首的我們這一群讀書人可也真絕。

在一九七二到八二年之間，我因為寫作中文政論文章在港、台與美國的華文報章雜誌上發表，有關海峽兩岸的政治犯問題，除了前述為中華人權協會所起草的許多封陳情書之外，我在自己的專欄或文章中也曾多所討論與抨擊當道。最近因為台北學生書局要替我出自選集，藉著校讀初稿大樣之機，重讀當年的舊文，我想到了一件事，即在這些政治犯或「異議分子」之中，我因為聲援他們而後與之結識者，不過柏楊、李敖（敖之）、陳鼓應、王曉波、陳映真等幾位，絕大多數的人至今從未認識也。又有幾位是在他們入獄前就認識了的，反而在他們出獄後卻極少來往，如丘延亮兄（阿肥）以及美麗島高雄事件的受刑人如林義雄、張俊宏、姚嘉文、陳菊、王拓等先生與女士。而今不論藍綠，也不論當年是身在何處，是在美國或台灣，台北或是綠島，我們這一代還活著的都已步入老年。四十年來家國，追讀舊文，回首前塵，又怎麼會不感慨係之呢？

現在容我回到本文來談一下那封由我起草、生平唯一發生過作用的陳情書，就是海外二十七位讀書人簽名，為了如何處理高雄事件，請陳若曦帶回到台北去面交給蔣經國總統的那封信。

因為莊兄及我手中都沒有留下此信的底稿或備份，在本文中先引用陳女士回憶錄中的節文，待將來若能找到莊兄手書的原信之複印本再予補充可也。

陳女士在其回憶錄《堅持·無悔》第二六三頁有文曰：

我覺得個人的力量微弱，不如集結一批美國著名文化人士，共同寫封信給蔣總統，由我捎去，應可增加我求情的分量。這個想法獲得金山灣區的朋友們讚同，政論家阮大仁主動起草信稿。杜維明是近鄰，親自來舍下，一起斟酌內容；決定用中式的八行書信紙，長度不超過三頁。

信件以「當此外交失利，亟須全體同胞無分地域以求同舟共濟之關頭，而不幸發生高雄事件，實為親痛仇快」開始，表示貽害甚多，而「至大至深者，莫過於省籍隔閡之愈演愈烈」，以總統平日倡導民主，乃提出五條希望：

一、全案立即移交法院循序審理；

二、就案論案，凡當事人與高雄事件無關之言行，應不予追究，以平息政府借題發揮，一網打盡黨外人士之流言；

三、應有首從之分；

四、應有事前知情與否之分；

五、應有當時在場與否之分。

信件最後強調「依法言法，則凡涉嫌觸犯妨害公務罪與妨害秩序罪者，不應交由軍事機關審判」，並建議全案「立即交由法院審理」。

定稿後，莊因以毛筆書寫。灣區的人都親自簽名，剩下的由我打電話去徵求同意。有的用傳真，也有人是代簽或自行找人連署。不管任何形式，大家都送一份拷貝以昭信實。

參與簽名的作家學者共二十七人，包括莊因、杜維明、阮大仁、李歐梵、張系國、許文雄、鄭愁予、鄭樹森、楊牧、許芥昱、歐陽子、葉維廉、田弘茂、張富美、白先勇、謝鐐章、余英時、許倬雲、陳文雄、張灝、劉紹銘、石清正、林毓生、水晶、楊小佩和洪銘水。……

此信中的五項希望或建議，我在〈高雄事件平議〉文中已寫出來。不過在寫給總統的陳情書中只能擇取大綱言之，不宜篇幅太長而詳談高雄事件之細節，只宜談些原則性的處理方針。以經國先生的位階，他也只能決定大原則，是不可能也不應該去過問個案的細節的。

在《明報月刊》中我的文章之對象，並非只是如經國先生等具決策權力者，我就談的比較具體了。例如前述五項建議中的第五項，即「應有在場與否之分」，是為了邱奕彬先生所提出來的，他是幾百名被捕者中間唯一沒有在事件發生那天去高雄的人，是不在現場的。至於林義雄兄，他是在衝突爆發後與康寧祥兄同車自台北趕去高雄，到場後林兄並未上台演說，反而是老康上台去力勸群眾冷靜，是講了話。不過林兄雖是晚到場，與邱先生不同，邱先生在那天是從未現身於高雄的。

我之所以提出這個請求，是應康寧祥兄與張德銘先生的要求。在一九七九年十二月二十日晚上，也就是我第二天要飛回美國之前夕，我去康兄家辭行。當夜在場者有康兄、張先生與江春男兄三位。我已記不得是康兄或張先生中的那一位提出了邱先生被捕是冤枉了他的問題。當我向他們詢問情治單位為什麼要抓邱先生時，他們解釋如下：

邱奕彬先生是一位中壢的客家人牙醫，在中壢事件中是他舉發了國民黨在選舉中作票，因而掀起了紛爭，造成了暴動，所以在中壢的國民黨基層恨之入骨。這次高雄事件，他並未南下高雄，人在中壢。但是中壢黨外人士南下高雄所包用的兩部遊覽車之費用是由他支付的，情治單位乃以之入罪而拘捕了他。

在寫給經國先生的信中我並沒有明白指出邱奕彬先生不在現場之事實，但是在〈高雄事件平議〉這篇文章裏我則點了他的名，原文如下：

不論是由軍法機關或由法院審判本案，我們希望顧到下述四的〔個〕原則：

1.此次被捕的美麗島成員多是黨外的知名人士，他們是國民黨的長期批評者，如果黨方要追溯前愆，與他們算老賬，就必然會使人覺得在借題發揮，名為辦案，實乃政治迫害，如此則會把矛盾面又帶向省籍歧視，後患無窮。因此本案審理時應只以七九年十二月十日高雄事件為範圍，與之無關的事項一概不予涉及。

2.應有首從之分。

3.應有事先知情與不知情之分。

4.應有在場不在場之分。

例如邱奕彬在十二月十日根本沒有去高雄，治安方面應該提出明確的證據以證明他雖然不在場，卻仍是參與「陰謀」的人。

以上四點是我們建議國府在處理高雄事件審判方面應該採取的原則，目的是一方面儘量縮小此事件對省籍隔閡可能產生的惡果，另一方做到合法與公正。

邱先生後來以不起訴而被釋放，但是警總在審訊他時動了刑，邱先生曾一度咬舌自殺。

至於在陳若曦那封信中所提出的第一點希望，亦即「全案立即移交法院循序審理」，是陶百川先生對我所作的訓示。在二〇〇四年，我重新拾筆之後，在台北的《法令月刊》中，我曾撰文紀念陶公，文章的題目為〈追憶陶百川先生二三事〉，其間提到了此事，今節錄如下：

貳、惹陶公發怒的一次責難——高雄事件

陶先生很愛護後輩，待人接物也一向是平易近人。

我是在一九六六年臨出國前拜識陶公的。之後的三十多年間，一直承他錯愛，在我記憶之中，他只有一次對我不假辭色，是為了「高雄事件」。

一九七九年的冬天，我應《中國時報》的余紀忠先生之邀回台參訪，不料遇到了高雄事件。在要回美國之前，我到陶公府上辭行時，他老人家很客氣地問我，如果有人要我對此事發表意見，我的看法如何？

我說，我不是研究法律的，只是寫作政論，依我看，有三位是逃不出軍法審判的。陶公問我，是那三位？這時他還是很客氣。

我說，第一個是施明德，他原來已被軍法庭判刑，在減刑、假釋期間觸法，應當回去服原來的刑期。另外兩位是黃信介與姚嘉文，因為他們分別擔任這次遊行的正副總指揮。

說著說著，陶公忽然板起了臉，從椅子上站起來，大步走到書架旁，拿起由他主編的六法全書，翻到懲治叛亂條例，大聲唸了二條一與二條二，然後鐵青著臉責問我說：「你看看，憑什麼，有那一點，可以引用軍法去處理這件事？以你的地位，你一

定要說全案移送司法！」

這是三十多年中，陶先生唯一用訓話的口氣來責難我的一次，發生在一九七九年，至今已二十五年之久，猶歷歷在目。

我回美後在香港《明報月刊》上發表的〈高雄事件平議〉裏，提出了處理此事件的五點建議。也在由我起草，海外二十多位讀書人簽署，請陳若曦女士帶給蔣經國總統的一封信中，提出了同樣的五點建議。而其中的第一點，就是要求全案移送司法，這是受了陶公的影響。

關於爭取陳若曦女士回國，請她把國內外要求以和為貴的意見，向蔣經國總統面告，因之使得政府從輕處理高雄事件的經過。目前容或不是將全部經過公之於世的時機，此因當時參預其事者，現在還有在位的人。我目前只能說，已故的陶百川及余紀忠兩位世伯，曾分別單獨告訴我，去把陳若曦請回來。

其他還有國民黨方面的，也有黨外的，或仍健在的，或猶在位，我就不說了。我只能說，國民黨方面，要我「把陳若曦請回來」的人，不論是已故的陶、余二位，以及尚在人間的，都是外省人。

在寫作上文時，陳水扁總統猶為在位，綠色執政，而當年要求我「把陳若曦請回來」而仍健在的，在黨外者有康寧祥兄（時任國家安全會議秘書長）以及國民黨的李煥（錫俊、前任行政院長，時任總統府資政）兩位先生。

在此容我打一個岔，第一次政黨輪替後，國政大壞，領導非才，不少當年舊友以此對我相詰難。其實早在一九九〇年代李登輝總統執政時，已使有識者感覺今不如昔，故友歐陽璜（佩君）兄時任駐東加王國大使，有一次問我說：

「大仁，現在你當年的主張多少實現了，又怎麼樣了呢？」

我答道：

「第一是 The singer not the song. 第二是要生孩子不怕痛。」

前半段是一句英語的成語，意即不是歌寫的不好，而是歌手把歌給唱壞了。捫心自問，我對大使的答覆是有些強詞奪理的。不過我始終相信現狀台灣之在大陸之外，對中華民族的正面意義是能在台灣實行與大陸不同的政經制度，讓我們的民族有一個保險，以免像一九六〇、七〇年代大陸文革之一錯全錯，我們要替民族留條退路。政權和平輪替是中國史上空前之事，台灣即使因之受了人謀不臧的損害，也是一時的，要緊的是讓我們的民族在未來有見賢思齊，見不賢而內自省的機會。而今在三十年後回顧我們在高雄事件後所做的援救黨外人士之工作，我不會因為黨外人士日後的表現而自覺有愧，我們只是盡了讀書人的天職。

六、蔣經國支持余紀忠的努力

當我從香港回台北後，余先生在他家中與我見面，便告訴了我下面的故事。

在高雄發生流血事件的消息傳到台北時，國民黨正在陽明山中山樓開中全會，一時會場中議論紛紛，人心浮動，余先生當時是以中常委的身分與會，他在會議休息時求見經國先生。

經國先生時任國民黨主席及總統，有個人專用的休息室，余先生走進那個小房間時，只見經國先生與嚴家淦及黃少谷兩位在內休息。

嚴先生為前總統，黃先生則時任司法院長，兩位都是中常委。

余先生對經國先生建議，此事宜「擴大爭取面、縮小打擊面」，經國先生說：「這也是我的意思。」

余先生告訴我這個故事的用意，是要安我的心，以示他所從事的援救黨外被捕人士的動作是得到了蔣經國之默許與支持的。

在三十年後的今天去回顧，蔣經國對高雄事件的處置是採取了寬大的政策，此由下述各項可知：

㈠在事件發生之初，情治單位所呈報上來的拘捕名單，長達數百人，包括了許多自由派的學者。經國先生在批閱時，先將名列第三的康寧祥兄（時任立法委員）之名字用毛筆劃去，又在名列第二十七與第二十八名的胡佛兄與楊國樞兄的上方空白處寫了「以美麗島為限」。因此使得事態沒有擴大，拘捕的人數大為減少。

多年後在一九八〇年代我曾有機會私下問了老康，經國先生為何刪去他的名字，康兄說法如下：

⑴在一九七八年台美斷交時，正值立委選舉，康兄在政府尚未宣佈停止選舉之前，便率先宣佈個人停止競選活動，共赴國難。因之使經國先生肯定他的愛國心。

⑵經國先生在先後擔任行政院副院長及院長時，康兄已任立委，因之常有一對一關室交談之機會，彼此多有瞭解。

㈡在軍法大審時，情治方面有人主張處黃信介與施明德二人予死刑，經國先生堅拒之，並在國民黨中常會中公開表示，在他執政之時，不願意見到台灣有流血發生。

當時此案以八人送交軍法審判，其餘則由司法處理結案，此與我們在陳情書中所希望的全案移交司法是有不同，然而以政治評論者的眼光去看，以當時的政治氛圍去看，我認為這已經是算得上寬大處理的了。

只是在三十年後的今天，世人已經不能感受到高雄事件初起之時的政治氛圍，就案情論之，才會覺得將八位被告交付軍法審判實為過分與非法的了。

丁、小結

在高雄事件軍法大審及覆審決定之後，余紀忠先生走訪舊金山，歐陽璜處長席開三桌，在中國城設宴歡迎。余先生起立致詞，表示對此案之處理頗為欣慰，說這次沒有發生流血，意即無人處死刑，最多只判十二年刑期，實為可喜也。

我當場舉手，要求發言，起立打斷了他的話說：

「伯伯，你們判了他們八年、十二年的徒刑，等到他們刑滿出獄，你們已經退休，只是要我們這一代來面對他們，這豈不是你們借債，我們還錢，太不公平了。」

余先生呆在當場，脫口說道：

「哎呀，我們沒有人想到這個問題。」

在高雄事件後不久，三年不到，我即封筆，轉入商界，三十年來我個人並未去面對綠營諸君的挑戰。不過我當時的預言則是實現了，只是由我們這一代其他的人士去面對黨外諸君也。

國府自一九四九年搬到台灣之後，最初並無久留的打算，缺少長期的施政方略。繼之又因改變的速度趕不上民心的需要，又維持了一套不合人時地的政治架構與法典，弄得事倍功半。三十年前的高雄事件雖然是一個地方性偶發的暴力事件，如果處理得當，那天是可以避免流血衝突的。但是在另一個地方，另一個時間，同樣的一批人還是可能造成與軍警等情治人員的流血衝突的。

本文的目的並不在分析與詳述高雄事件，其主題是在回憶與記述我在此事件前後的一些見聞與活動，希望能因此使大家多知道一些與本文相關的事實之真相。

不過我只是其中穿針引線的一個小角色，只能看到援救黨外被捕人士之努力的一隅，希望其他人士如陳若曦女士、吳豐山兄，甚至李煥先生與康寧祥兄都能發表有關此事的更多記述，使大家明瞭在那種人人皆欲可殺的政治氛圍中，還是有讀書人挺身而出，仗義發言的。至於我個人這篇文章應當只是作為拋磚引玉，投石問路，一石擊破水底天的一顆小石子罷了。

——二〇〇九年五月於北美

——台北《傳記文學》月刊，二〇〇九年十二月號五七一期

春歸何處

如今但欲關門睡

有一位朋友說：

「你回來的真好，好久沒有人可以真正談心了，現在真不敢相信別人。」

另一位說：

「不管了，我做我的學術工作。讓那些人去唱和好了。」

這些人在一年前，也就是高雄事件之前，都沒有這種顧慮或消沉。他們使我想起宋人朱希真的一首〈鷓鴣天〉詞，錄之如下：

曾為梅花醉不歸
佳人挽袖乞新詞
輕紅偏寫鴛鴦帶

濃碧爭斟翡翠巵
人已老　事皆非
花前不飲淚沾衣
如今但欲關門睡
一任梅花作雪飛

豈無倚劍嘆雄才

在香港、台灣與美國，都有好些位高齡的長輩們，對國事甚為悲觀。其中有歸之於氣數者，亦有人歸之於人謀者。

我曾問過一位深知國民黨內情的前輩：

「與一九四九年相比較，目前的局勢如何？」

他說：

「比一九四九年要好，但是國民黨不再有一個三十年來可以求改進。」

更有人沉痛地在私下指出，目前台灣政壇上已有些末代氣跡。

我個人是不相信命運與氣數的，但是我同意一位老前輩的話，他說：

「你看看，我們黨不但不會用人才，還把人才給關進牢裏去了。」

高雄事件之後，許多海內外的朋友奔走營救，希望大事化小，也多少帶著幾分愛護人才意思，當時我曾集了康有為的句子，得詩四首寫此事情，其中一首題目取作「自遣」，詩句如下：

豈無倚劍嘆雄才
紛云抗議上雲台
治安一策最難上
只是江湖心未灰

一任梅花作雪飛

高雄事件之後，黨內極力主張縮小打擊面的，反而是老年的外省人。陳立夫、余井塘、陶百川、胡秋原等幾位的名字是台北關心政治者所知道的例子，因此在此舉出來。至於我所知道，而一般人不清楚的例子還有好些，也不在此一一列舉了。他們都是主張全案移送司法的人士，他們在強大的政治壓力下，挺身而出講了公道話，尤其是陳立夫、余井塘二位，已有多年不干政了，此時能為平素毫無往來的美麗島人士破例，實在令人佩服。

在高雄事件之前，我所遇到的台北計程車司機，不分省籍與年齡，都好談國事，八〇年夏天，竟沒有相遇到過一個主動談國事的了，兩相對比，使人感覺到今昔之大不相同。

高雄事件使台灣的政治氣候，由春天退回到嚴冬，而在此淚沾衣，關門睡者甚多之時，如何才能妙手回春，喚取歸來同住，當是療傷止痛時的急務了。

然而冬天來了，春天雖然不遠，可是春歸何處呢？可有人知春去處？

——《香港中報》，一九八〇年九月三十日

高雄事件平議

我在七九年十一月十九日由美國去台北，十二月十日上午去香港，當天晚上台灣高雄發生萬人暴動事件，十二月十六日離港再度去台北，十二月廿一日回美國。

高雄事件發生時我人在香港，但是事前事後都在台灣，都曾與黨方、黨外、新聞界、政論界的人士交換意見。回美根據見聞與所思，客觀的報導及評論此事。

事件的經過

一、《美麗島》銷數甚大

《美麗島》月刊創辦於七九年九月，由黨外立委黃信介任發行人，停職的桃園縣長許信良任社長，省議員張俊宏負責實際的編務，其社務委員之陣容網羅了黨外之精英，可以說是黨外的機關刊物。由創辦到停刊，只印行了四期，銷數已高達十萬份。

台灣目前雜誌銷數超過十萬份的，只有《綜合電視》與《時報週刊》，都是軟性的雜誌，《美麗島》以硬性的政論性雜誌而高居第三位銷數，實令人刮目相看。

《美麗島》銷數多少，是一個爭議紛紛的問題。當我在台北停留的時候，有些政府方面的人士告訴我，《美麗島》月銷十萬份是個誇大的數字。

我認為有一位學術界的朋友的說法是正確的，他說：「同是黨外刊物，以前的《台灣政論》與現在的《八十年代》的銷數各為四萬餘份。《美麗島》銷印了十萬餘份，多出來的六萬份可能有三個原因：一是黨外機關刊物，在各地有辦事處兼營分銷，發行網比其他黨外刊物要好些。二是情治（情報、治安）單位在各地收購的多些。三是政治捐款：因為群眾在非選舉期間無法直接支持黨外，只有一人買多幾本雜誌作為捐款，一本雜誌價格在四十元新台幣左右，即使買個四五本的花費也不大。」換句話說，《美麗島》每期印銷十多萬本，並不能反應出其政治力量恰如其銷數之大。

《八十年代》的一位朋友認為，其銷數不如《美麗島》，是因為發行沒有做好。《美麗島》的一位朋友認為，其銷數超過《八十年代》，是因為群眾愛看批判性的文章，不愛看說理性的文章。

不論銷數是十萬份還是六萬份，《美麗島》是台灣銷數第一的政論性雜誌。

《美麗島》的力量還不限於其銷數之大，而是在黨外主流以辦雜誌為名，辦黨為實，進而以雜誌來養黨。《美麗島》發行不過四個月，已成立或在籌劃中的各地辦事處共有十六個，已舉辦十四次公開活動。

因為雜誌銷路好，有利可圖，因此各地方負責人取得分銷權資格的條件之一，便是要負責當地黨外活動的經費與人事，各辦事處無形中成為黨外的地方黨部。

美麗島陣營辦雜誌如辦黨，國民黨也就以非正式的反對黨以待之。

二、黨外人士不瞭解國民黨

美麗島活動頻繁，銷數廣大，儼然以反對黨自居，當然使黨政軍人士不安，也使右派群眾對之不滿。

七九年十二月裏，國府方面舉辦了第二次國建會與國民黨四中全會，美麗島則舉辦了八日的屏東大會，十日的高雄人權大會，並且預定於十六日在台北舉行美國斷交一年紀念大會及二十日在台中的集會。

八〇年一月一日〈台美協防條約〉將告廢止，因此七九年十二月台局是處於山雨欲來風滿樓之形態，美麗島在此時此地加強向國府之挑戰，實為不智，因為國民黨內有一股元老派的保守力量，平時不在其位，散處各方，難謀其政，而在四中全會時聚集在會場裏隱然有舉足輕重之勢。此次四中全會之前，保守派之氣勢已盛，開明派已採取守勢，準備在會中受到批判。

然而美麗島在國民黨召開全會時聚眾鬧事，就好像在別人家辦喜事時抬個棺材上門去搗蛋，辦喜事的人家怎能不生氣？更何況全會裏多的是平時看不順眼黨外人士的元老們呢？高雄事件消傳到全會後，第一天眾多出席者還止於竊竊私語，第二天下午即群起而攻黨外，力主嚴辦，然而包括了眾多青年才俊在內的開明人士在會場中默不發言，不表支持。由此可見高雄事件若非發生在全會召開之時，事後或許還有轉圜之餘地。

黨外人士普遍不瞭解國民黨之權力結構與政策製定、操作過程，是其咎由自取之處。

三、黃越欽調停失敗

根據事後我與各方面之接觸與研討，包括了警總及黨外人士，各報章之報導及在場目擊者之描述，我簡述高雄事件如後。此非當場目擊，乃屬如是我聞，因此可能有資料錯誤、主觀或不足處，以致影響我的判斷檢討，請各方面之讀者指正。

七九年十二月十日是國際人權日，美麗島在兩星期前即向治安當局申請，在高雄扶輪公園召開三萬人大會，至當日為止，迄未獲批准。

十日上午，高雄地區的黨外人士群情已為不安，因此張俊宏在到達高雄美麗島辦事處時，發現情況不妙，便打電話到台北給政大法律系教授黃越欽，要求他趕到高雄做協調工作。

黃氏是國民黨中政會副秘書長關中的好友兼助手，而關中則代表了黨方做與黨外的溝通工作，當時關中正在陽明山上參加國民黨的四中全會。黃氏與關中聯絡上了以後，關中說情治單位也希望黃氏南下協調。黃氏即與高雄美麗島辦事處聯絡，王拓接的電話，雙方同意等待黃氏到達高雄時再作商量。

黃氏在中午十二點四十分搭乘華航班機趕到高雄，逕奔美麗島辦事處。黨外人士告訴他鼓山事件之經過，並且希望他先去醫院看看該事件中被打傷的兩名工作人員，由美麗島高雄辦事處主任周平德開車送黃氏去醫院。

我認為到此時為止，美麗島陣營中的部分黨外知名人士，包括了與黃氏接觸過的張俊宏、王拓、周平德等人，並無發動暴亂之意。反過來說，情治單位也沒有激發暴亂，以求一網打盡黨外人士之企圖，否則也不會通過關中要求黃越欽兼程南下協調。

黃氏去了醫院，看到了二位傷者之後，就由周平德開車送他到高雄市黨部。在市黨部談完後，黃氏又去拜會南區警備司令常持琇中將，常氏表示可以允許美麗島在高雄辦演講會，但是不准遊行示威，黃氏問以能否提供室內場所，常氏表示絕無問題。黃越欽離開南區警備司令部以後，回到美麗島辦事處，時在下午四時左右。

此時台北方面已有人促請黨外人士立委康寧祥與省議員林義雄兼程南下，趕去調停。康寧祥名義是美麗島之社務委員，實際上很少參加美麗島的活動。林義雄則是美麗島之主流人物。他們二人在下午三時半，由台北包了一部計程車趕去高雄，在晚上九時半趕到，當時群眾已經與憲警發生過衝突了。

黃越欽回到美麗島辦事處以後，發現當時已聚集了四五百人，也備有許多遊行需用用的火把——當晚是人權大會，而火炬乃是世界人權運動之標記。

黃越欽提出四個雙方協調的好處：

一、關於兩個被打傷的人，目前雙方說法並不一致，有必要縮短彼此的差距。二、到目前為止，整個行動尚未獲得正式批准，集會時可以比較心安。三、如果能借到令大家滿意的場所集會，比較容易控制會場秩序。四、活動範圍若能事先規劃清楚，可以避免不必要的衝突。

四、常黃協定之達成與破裂

警方差不多於此時，在原定大會地點扶輪公園四週的民生二路、中山一路、五福三路、中華三路開始交通管制，禁止車輛出入，但是民眾仍然可以步行通過。美麗島人士因此秘密決定將演講會場改在新興區大圓環。此時約在下午五時許。

下午六時《美麗島》發行人立委黃信介搭乘自強號火車由台北抵達高雄，南區警備司令常持琇中將去接車，在車站與之會面，商談二十分鐘。

常氏准許人權大會舉行，但是希望集會要有理性、有節制，演講地點在美麗島服務處門前，不要遊行。黃信介則保證只要大會能夠舉行，就不遊行，不點火炬，「原地」演講。

二人達成協議後，由常持琇親自伴送黃信介到美麗島辦事處。

黃信介進入辦事處後即宣佈熄去火炬，然後走上二樓。有人說他是上樓休息吃飯，有人說他是上樓用擴音器要群眾熄去火炬。總之，當六時卅分群眾由美麗島宣傳車帶領向中興區大圓環出發時，並非黃信介率領的。

當黃信介走上了二樓之後，帶頭份子不受約束，有些人又點燃了火把，把數千名群眾帶向改定的會場大圓環。

嚴格說起來這段行程並非遊行，只是群眾走向會場。可是治安當局並不知道演講地點已改在大圓環，自可視之為非法遊行。

事後美麗島人士聲稱因為警方封鎖扶輪公園，是違背了常黃協定，所以改在大圓環集會，並且點燃火炬。而治安當局則聲稱是美麗島違背了常黃協定，不但點燃了火炬，而且不在美麗島辦事處前面舉行演講會。

我的看法是除了雙方對「原地演講」之地點或許有誤會之外，可能高雄美麗島辦事處前面的十字路口不夠大，不能容納三萬人群眾，也是雙方都考慮的因素。治安當局希望場地小，因此參加集會的人就少，而美麗島方面希望場地大，可以容納三萬人。

五、群眾聚集

六時卅分到六時五十分之間，數千群眾由美麗島宣傳車率導，緩緩經過中山一路，由美麗島辦事處走向大圓環。

根據在場目擊者之描述，警方自動讓道，允許群眾通過，而群眾人仍有人用肩膀或棍棒去挑逗警方人員的。

據我的瞭解，在中泰賓館事件後，美麗島人士在大規模集會中都備有棍棒以自衛，並不只以此次高雄大會為然。至於火炬及滅火劑則是此次所特有，因為當天是人權大會，而火炬為世界人權運動之標記。事實證明，在高雄暴動中並無縱火事件，群眾也沒有用滅火劑等化學藥品去攻擊憲警，只是用棍棒及火炬做武器，因為有些棍棒是用作標語牌的柱子，所以在扯去大牌而當作武器時，木棍上有了釘子。

然而此時已顯露出美麗島在舉辦此次大會中的二個嚴重的戰術性錯誤。第一個是缺乏紀律，前導出發的人不等待上面命令，自作主張地點了火把就出發了。第二個是在人數如此眾多的聚會中，竟然沒有在隊伍四周組織糾察隊以控制秩序，任憑群眾向警方挑逗。

六時五十分隊伍到了中興大圓環，開始演講聚會，並呼人權口號。

此時治安當局緊急調派大批憲警及鎮暴部隊開往大圓環附近，封鎖中山一路、中正四路、南台路等道路。

事後回顧，此時治安當局把封鎖線佈置得太過接近大圓環。因為治安當局自始至終是希望演講會改在美麗島辦事處舉行的，由大圓環到美麗島辦事處最直接的通路是中山一路，可是，群眾走這條路線回頭，便是要向後轉，前軍改作後軍，或後退。這在訓練精良部隊中可能做到，在烏合之眾的群眾場合是做不到的。因為在群眾中間，帶頭的往往是組織好的一小撮人，尾隨者則是盲從看熱鬧的人，因此不論是後轉或後退，都會變成了盲從者帶頭，局勢一定會混亂不堪。因此要群眾由大圓環回到美麗島高雄辦事處，只有讓美麗島人士帶頭繞一個圈子走回去，可是憲警在封鎖交通時，配置太接近了大圓環，阻斷了主要通路，使得群眾無法繞個圈子走回美麗島辦事處去。

事實上在高雄事件中，群眾是由大圓環過通中正四路，轉上瑞源路，再轉上大同二路，回到美麗島辦事處門口的，是繞了一個大圈子，而且恰如治安當局所希望的回到了美麗島辦事處門口，只是需要打開一條通路，以致發生衝突。

在中正路轉到瑞源路之前，群眾在南台路與中正四路口衝破了憲兵的人牆。而在轉上大同二路後，回到美麗島辦事處前，又衝破了攔路的保警與憲兵所組成的封鎖線；此處需要注意的是南台路是條小路，不足以讓萬人通過。換句話說，如果憲警的封鎖線設在瑞源路之外側，讓群眾可以有中山一路、中正四路、瑞源路、大同二路這四條大路所組成的大方塊之四邊作為通路，高雄事件之流血慘局或可避免。

六、警局中談判

七時到八時十分，美麗島人士施明德、呂秀蓮、周平德等人在大圓環發表演說，會場秩序尚稱良好。

八時十分，姚嘉文與施明德及兩名男子，一為徐姓，另一為何姓，走入大圓環對面的中興警察分局，與南區警備副司令張將軍等談判。在進入分局前，二人表示三十分鐘如不出來，群眾即採取行動，並指定張俊宏與張春男二代人代理大會指揮。但是張俊宏與張春男二人並未登上宣傳車去充任指揮。

此處亦可見此次大會之缺乏組織，姚嘉文與施明德顯然在事先並未取得張俊宏與張春男二人之同意，在必要時由其擔任後補指揮的任務。更不可解的是為什麼正副指揮二人一齊進入警察分局去交涉，為什麼不一個人去，另一個人留下來負責指揮。在此群龍無首的情形下，誰登上宣傳車拿到麥克風，誰就是大會的領導人了。

施明德與姚嘉文在警分局中要求：

一、大會在大圓環舉行到十一時卅分。二、警方撤除大圓環四周的交通封鎖。三、會後允許遊行。

治安方面則希望：

一、大會改在美麗島辦事處門前舉行，治安方面認為此乃黃信介答應常持琇司令者。二、大會時間儘量縮短。三、不許遊行。

施明德、姚嘉文答以此次大會由他們二人負責指揮，黃信介的話不算數。

當時因為在新興分局中代表治安方面的只是南區警備副司令，無權批准美麗島人士之要求，所以用電話與指揮所的常司令聯絡。據我的瞭解，指揮所又以電話向台北總部請示，而台北方面因為治安首長都聚集在陽明山上參加國民黨四中全會，又打電話到山上請示。治安方面經過四關才能決定，往返以電話聯絡，甚為費時。

此時在中正路上的群眾忽起騷動，有人說是中正三路方面的鎮暴部隊施放瓦斯，我曾向在場者詢問此事，均告以所站的位置與之過遠，弄不清楚有否此事。也有人進入分局告訴施明德等警方施放瓦斯，施明德囑其再去查證後，回報亦無證明。總之在八時十分八時四十分之間，雙方在警察分局內談判，而外面之群眾已有不安現象。

八時四十分談判破裂。這時施明德等進入警分局已到三十分鐘，尚未出來，群眾遂採取行動。

七、二度攻擊憲警

據在場目擊者云，群眾面向中正四路、瑞源路口移動，一面有人呼喊：「施明德、姚嘉文出來！」

此點與一般報載此時由施、姚二人在宣傳車上指揮者不同。而且因為宣傳車在大圓環附近，所以在群眾移動離開大圓環時，反而落在後面。百餘名持火把與木棍的前導群眾乃遭遇到中正四路、南台路口的憲兵封鎖線，群眾遂以火炬、木棍、石塊攻擊憲兵。

憲兵在執勤前，均奉嚴命，「打不還手，罵不還口」，此時雖有生命危險，仍然絕不還手，這點實令人佩服其軍紀優良，以及平時政工教育做的良好。

在衝破憲兵封鎖線後，群眾到達中正四路與瑞源路口，這時姚嘉文已趕到，上了宣傳車。當時有兩個選擇，一是沿著中正四路前進，另一是轉瑞源路。如果沿著中正四路前進，事態定將擴大。姚嘉文乃決定把群眾帶回到美麗島辦事處門口，以宣傳車為前導，轉上瑞源路，再轉上大同二路。

此時在大同二路與自立路口有十餘名鎮暴部隊及一批憲警構成的封鎖線，乃受到了群眾猛烈攻擊，南區憲兵指揮官薄玉山即在此時受傷。

此時憲警仍遵守「打不還手，罵不還口」的指令。

九時五十分左右，群眾回到美麗島辦事處門口，展開第二度的演講會。

此時有些演講者發表了一些省籍歧視性的說辭。

康寧祥與林義雄二人下午三時半由台北出發，此時趕到扶輪公園門口，才知道與大會之間隔了一條鎮暴部隊與鎮暴車所構成的封鎖線，當時鎮暴部隊已向美麗島辦事處推進，康氏與林氏步行通過人牆，而美麗島辦事處門口的群眾已呈混亂現象。康氏曾登上宣傳車設法安定局面，以及用麥克風要求鎮暴部隊不再逼前而未果。黃信介看到情勢不妙，乃上車宣佈散會，還被不滿此舉的群眾旁觀者踢了一腳。

此時局勢一片混亂，黨外知名之士紛紛脫離會場，而鎮暴部隊也開始施放瓦斯，驅散群眾。

到晚上十一時卅分局勢已被治安方面所控制，凌晨二時卅分左右，情況完全恢復正常，事件平息。

事件的成因

一、疾風與暴力路線

一九七九年九月八日《美麗島》月刊在台北中泰賓館舉辦成立酒會，右派的《疾風》月刊社成員在賓館前舉行暴力示威，本文中簡稱為中泰賓館事件。此乃開台灣民間政治活動在非選舉期間採取群眾運動之先河。當時美麗島人士並未有任何自衛準備，遂被困於賓館中，後賴警方護送，始能脫身。

治安當局中的明智之士深感此風不可長，遂有警總發表聲明，申言美麗島之酒會是合法的，疾風的行為是不合法的。然而此等主張暴力愛國亦不合法的人士，在情治單位中究屬少數，因此警總除了作此聲明之外，並未採取行動以制裁疾風之違法行為。

疾風成員中頗多「反共義士」，彼等在中泰賓館事件裏啼聲初試，使黨外人士猝不及防，被困於室內。然而疾風固然逞了一時之快，卻使黨內外的鬥爭層次升高。美麗島人士受了中泰賓館事件之教訓，才開始在集會時備有棍棒以求自衛。

美麗島方面所受到的武力攻擊，警方並未能迅速偵辦；例如十一月廿九日《美麗島》發行人黃信介在台北的住宅被人搗毀，美麗島高雄辦事處在同一天亦遭破壞，警方迄今仍未宣告破案。反過來說，美麗島效法疾風所組織的群眾活動，卻屢遭取締，例如台中公園事件等。

警方這個偏袒作風，一方面使右派暴力路線肆無忌憚，氣燄極盛；另方面使部分黨外人士心懷不平，更趨極端。

高雄事件發生後，海內外盛傳此乃黨外人士中了國府所設之圈套，此說之立論即在國府指使右派暴力路線者如疾風成員，去向黨外橫加挑釁，擔任掠陣工作，使黨外沉不住氣，亦採以牙還牙之暴力手段，遂告一網成擒。

我不完全同意這個說法，因為黨外暴力心態之醞釀，並非始於中泰賓館事件，其來有自，可以追溯到七七年的中壢事件。然而我同意疾風與其同路人之暴力作風，無疑地刺激了黨外人士，使黨內外衝突提高。

在高雄事件之後，疾風也曾在台大與立法院前舉行非法示威遊行，貼大字報，高呼口號，要求槍斃他們心目中的兩位「賣國教授」與兩位立法委員，此事不但未遭警總取締或制裁，警總甚至未予聲明譴責，比起中泰賓館事件時警總的態度還要不夠公正。

我們反對任何一條暴力路線，高雄事件的肇事者固然要負刑責。警總偏袒一方的行為，也是不對的。

二、鼓山事件

在十二月八日屏東的萬人大會中，並未產生暴力事件。屏東地近高雄，民氣相同，兩次大會只隔兩天，由同一批人主持，參加者都有萬人，可是結果不同。因此我們認為在兩次大會之間的不幸事件，是造成屏東大會和平進行於先，高雄大會演成暴力悲劇於後的原因之一。

十二月八日的屏東大會與十二月十日的高雄人權大會，美麗島不但早已向警方提出申請，而且也已公佈於世。

治安方面在十二月七日起開始跟蹤部分美麗島人員。當天美麗島屏東辦事處被暴徒搗毀，有人認為此乃美麗島的苦肉計，以求在第二天，也就是八日的大會中造成事端。不過八日屏東大會和平舉行，未生事端，所以相信此非苦肉計。可是我們也不同意此乃政府人員的激將計，以求製造事端而予一網打盡美麗島陣營的說法。因為一方面國民黨正召開四中全會，不會主動去惹起衝突；二方面暴力事件固然可以使國民黨有藉口予以鎮壓黨外陣營，可是此乃極端冒險之事，事先無人能夠估計萬人暴動可能造成的後果有多嚴重，黨政人員身負治安之重責，應該不會輕易蹈險。我們相信此乃支持國民黨的右派民間人士自動做的，就像十天前的黃信介住宅與高雄美麗島辦事處被搗毀的事件一樣。

八日大會後，在高屏公路上，美麗島人員與跟蹤的治安人員發生衝突，打傷了一位治安人員，傷勢甚重。

九日晚上九時治安方面在高雄拘捕了兩名美麗島工作人員，十日清晨三時予以釋放，其中姚國建一人傷勢甚重，另一人則輕傷，本文中簡稱為鼓山事件，因為二人是被高雄市鼓山警察分局所拘捕的。

警方拘捕他們二人的理由是不聽勸導，拒絕停止宣傳車之遊行宣傳，反而毆打警察。目前政府方面只承認二人與警方雙方發生衝突，雙方均有人負傷，而且否認此事對十日發生的高雄事件有何重大影響。

我們認為此事是否造成美麗島人員之群情激動，因而促發了高雄事件，只有局中人的美麗島人員才能夫子自道。海外有人主張此事乃事件主因，島內有人否認此說法，那都是臆測之詞。

但是物傷其類，兔死狐悲，此用之於治安人員可，用之於美麗島人員亦可，而且吵架的人總不會自認有錯。

三、美麗島採取了暴力邊緣政策

由屏東大會到高雄事件的四十小時之內，所以有和平與暴力的不同，鼓山事件應當是一個原因，然而並非唯一的原因。

以美麗島言之，造成高雄暴力事件之因素，是黨外沒有長期戰略與戰術錯誤。鼓山事件發生在暴亂前二十四小時之內，其對美麗島陣營決策之影響只是戰術性的，並非戰略性的。此次回台，我發現黨外並無戰略，只有戰術。有位黨外人士承認有此缺失，自嘲為散兵游勇，我即指出他們比散兵游勇還糟，而是赤膊將軍，乍看上去是拼命之人，勇不可當，其實後無士兵支援，只剩個無盔無甲的人在拼命，就容易束手成擒了。即使以戰術言之，黨外雖有，並不恰當。因為美麗島陣營在中泰賓館事件之後，採取了暴力邊緣的戰術，遂使突發性的鼓山事件成為一觸即發之引線。

何謂暴力邊緣政策？即是有行使暴力的準備，一方面嚇阻右派，借示威而求自衛，二方面以適應黨外新生代在中壢事件後偏好強硬路線之要求。

對美麗島來說，這是條愚笨而且非常危險的路線，因為雙方相互刺激之下，衝突一定提高，然而黨外暴力路線的力量決不可能與治安方面對抗。

四、估計錯誤

美麗島陣營的暴力邊緣政策，除非有嚴密的紀律與精細的組織，才能懸崖勒馬，把群眾控制到雖然蓄勢待發而不至於主動挑釁。可惜黨外人士高估了自己，錯估了群眾，以致暴力邊緣政策變成了玩火焚身。

黨外採用了藉危機而求壯大的方式（Crisis Management），不但不健康，而且在危機中必然蒙受犧牲，以其人才之有限，此乃有時而窮之事。

然而與我交換意見的某些黨外人士表示，他們也是身不由主，必須符合群眾之要求。有一位說：「別以為我是孫中山，某人是梁啟超。其實我也是梁啟超，我背後還有好些年青的孫中山，只是你看不到而已。」另外也有人表示，國民黨並不足懼。

我發覺有些黨外人士甚為輕敵，甚至不肯設法去瞭解國民黨，總以為只要得到群眾支持，便可有恃無恐。

這種輕敵而且不去瞭解對方的現象，許多黨政人士也有，他們認為黨外只是一小撮，並無群眾基礎。

黨外不是沒有群眾，要不然在七七年的選舉中間也不可能得到百分之三十以上的選票。可是黨外人士與群眾之間並無組織的聯繫，所謂的群眾大會不過是像歌星大會，賣座鼎盛並不表示所有的觀眾肯為某一個大牌歌星殺身殉情。何況參加群眾大會的人士成份非常複雜，有一位黨外人士曾經告訴我說：「屏東大會裏的人，只有在房子裏的千多人，我有把握是絕對支持黨外的。在室外操場上聚集的幾千人，唉，就難說了。」

可惜有此認識的黨外人士並不多。高雄事件後，台北新聞界曾有人指出，黨外「高估了自己，低估了政府」，我認為這是公平的說法。

然而黨政方面是不是也高估了自己，低估了黨外，錯估了群眾呢？

處理的原則

一、省籍因素

台灣的黨外活動有兩個意義，一是民主運動，二是本土運動。由民主運動去看，是執政黨以外的人士要求分享權力；由本土運去看，是本省人要求當家作主。

一言以蔽之，是沒有加入國民黨的本省人士要享有政治權力。百分之七十五以上的國民黨員是本省人，可是黨權操在外省人手中，因此一般人有個錯覺，把國民黨與外省人等而視之。其實國民黨的台灣化、本省人在黨中地位之上昇，是個明顯的跡象；以七九年十二月的四中全會所選出的廿七名中常委為例，其中有九名本省人，佔了三分之一。以基層言之，七九年內招考的千餘名幹部，多是大專異業生，而且台籍佔了百分之八十左右。因此國民黨的台灣化是無可置疑的，方向已定，只是速度與誠意的問題。

由速度去看，目前黨政高級主管職位多由六十歲到六十五歲者擔任，其中五十歲以下的青年才俊只有四十多名。而且副主管級的人士平均年齡比主管還要大，因此在五年後，黨政高級主管勢必大量換人，目前已在位所儲備的青年才俊遠不足其所需，勢必吸引許多年輕的新人從政，那麼只要公平合理，新進的本省人士應該合乎其在人口中之比例，佔了百分之八十五。

由誠意去看，是什麼樣的職位由台藉人士擔任，該人有多少實權的問題。這比速度更難觀察，因為牽涉到每一人的能力、學養、背景等主觀因素。

然而一般人對國民黨台灣化之觀察，並不在黨內台籍人士比重之增減，而在黨外台籍人士所受之待遇。為什麼呢？

因為常人都有個錯覺，總以為國民黨等於外省人，黨外等於本省人。其實黨外領袖中固然沒有外省人，可是黨籍政要中卻不乏本省人。但許多本省籍的民眾總認為國民黨的台灣化是沒有誠意的。

國民黨對待黨外人士的態度，既然已被看成黨方對本土意識是予以壓制或助長之測量表，更進而被視為外省人對本省人之態度，那麼國民黨在處理高雄事件時應當非常小心，千萬不要被認為是外省人的掌權者設了個圈套，一網打盡本省人新生代的政治精英。

我在十二月廿一日離台返美前，這個說法在台灣已開始形成了，有好幾位本省籍的朋友告訴我，他們認為高雄事件是黨方做好了個圈套，黨外人士只是愚笨到自己跳了進去。他們說，這是自從二二八以來，台省籍政治精英最大的浩劫，而我回到美國後，發覺此乃海外台籍人士普遍相信的說法。

我個人並不同意圈套的說法，即使是圈套，也只能說是長期的趨向如此，並不能說黨方事先算好在十二月十日於高雄發生，而非其他一個地方與一個時間發生的。即使是圈套，美麗島陣營自投羅網也要負起一部分責任。我更當面告訴本省籍的朋友們，外省人打擊本省人的說法是不成立的，因為衝突時受傷的憲警多是本省人，而且在事件發生後，黨內極力主張縮小打擊面的人多是外省人，島內外奔走營救，希望大事化小而和為貴者，也有不少外省人在內。

可是省籍問題是極為情緒性的，並非全可理喻，美麗島主流被拘捕後，海外台灣社團成立聯合組織，共同採取激烈手段，是一個令人擔憂例子。

高雄事件如果被看成外省人打擊本省人，而不是暴徒應受法律制裁，也就是說，是國民黨對本土運動的打擊，而不是對脫離了民主軌道，用暴力要求民主者之處分；那麼不但國民黨在贏取了這一次戰役後，可能面臨更為艱苦的下一次戰役，而且對台灣的一千七百萬居民——包括本省人及外省人來說，都將造成不可彌補的傷痕，使省籍間的隔閡更為擴大。

二、應由法院審判

與島內外的許多法界人士與律師共同研究商討後，我們認為高雄事件之當事人犯下述的罪行：一、妨礙公務。二、妨礙秩序。

其中妨礙公務罪當然由法院審判，至妨礙秩序罪雖然列為戒嚴法第八條第三項，在戒嚴時期，「軍事機關得自行審判或交法院審判之」，可是根據「台灣地區戒嚴時期軍法機關自行審判及交法院審判案件劃分辦法」（一九五二年行政院令公佈，最近一次在一九六七年九月四日行政院修正公佈），妨礙秩序罪應屬於法院審判範圍。

目前警總以涉嫌叛亂的罪名拘捕了黃信介等數十人，我們並不認為他們的叛亂罪名能夠成立的，因為叛亂罪之規定見於刑法第一百條，必須「意圖破壞國體、竊據國土，或以非法之方法變更國憲，顛覆政府。」

試問以今日憲警力量之強大，黨外人士在高雄事件中所用的木棍、火把、滅火劑等何足用之以達成前述之事項？

此案交由軍法或司法審判，其分別不只在定案時量刑之輕重，亦在如何取信於民，使人民瞭解政府對高雄事件之處分係在制裁暴力，而非在壓制本省籍黨外人士之政治活動。

如果群眾認為政府在小題大做，羅織罪狀，趁高雄事件黨外主流人物失去民心支持的機會，一舉肅清之，則矛盾面會由民主運動轉到本土運動去了，便會造成省籍間巨大的隔閡。

我在台北的時候，有些本省人士對我說，國民黨好不容易拿了一付好牌，就想一把贏光枱面的錢，這句話反應出本省人對大舉逮捕黨外人士之不滿。

要打破這個流言，只有把全案移送法院審判。

三、四個原則性建議

不論是由軍法機關或由法院審判本案，我們希望顧到下述四個原則：

1.此次被捕的美麗島成員多是黨外的知名人士，他們是國民黨的長期批評者，如果黨方要追溯前愆，與他們算老賬，就必然會使人覺得在借題發揮，名為辦案，實乃政治迫害，如此則會把矛盾面又帶向省籍歧視，後患無窮。因此本案審理時應只以七九年十二月十日高雄事件為範圍，與之無關的事項一概不予涉及。

2.應有首從之分。

3.應有事先知情與不知情之分。

4.應有在場不在場之分。

例如邱奕彬在十二月十日根本沒有去高雄，治安方面應該提出明確的證據以證明他雖然不在場，卻仍是參與「陰謀」的人。

以上四點是我們建議國府在處理高雄事件審判方面應該採取的原則，目的是一方面儘量縮小此事件對省籍隔閡可能產生的惡果，另一方做到合法與公正。

再者，康寧祥辦《八十年代》，王拓、蘇慶黎等辦《春風》，其手法便與黃信介等辦《美麗島》不同，只是傳統的辦雜誌。高雄事件後三個雜誌雖然同遭停刊一年的處分，而且王拓、蘇慶黎也被拘捕，但是這並非是對八十年代陣營與春風陣營之全面打擊。以八十年代言之，並無一人被捕，而且其總編輯在事先便已申請的《亞洲人》月刊仍蒙批准，因此只是由《八十年代》換成《亞洲人》而已。至於《春風》方面，王拓、蘇慶黎皆兼任《美麗島》之社務委員，此次被捕是以美麗島成員身份，而且春風的其他骨幹人物並未被捕。

據我瞭解，此次高雄事件的打擊面限於以美麗島為範圍。

《美麗島》代表黨外激進路線，《八十年代》象徵溫和改革路線，《春風》提倡社會主義思想，此三個刊物涵蓋了黨外的政治力量，三者同罰停刊。這不但令人不服，而且造成改革無望之印象，這一點是值得台灣當局鄭重考慮的。

自從中壢事件之後，黨外主流採取了強硬路線，高雄事件證明此路不通。然而今後三五年內黨內外是走上溫和改革，還是繼續強硬對抗，愈演愈烈，端的要看國府如何審理高雄事件了。

黨外力量在高雄事件後將為元氣大傷，實是咎由自取，此乃黨外高估自己，錯估群眾，低估黨方之自食其果。然而黨方若亦高估自己，錯估群眾，低估黨外，屆時黨外之主流將愈是年青好鬥、省籍觀念愈為濃厚之徒，黨方趁勢全面打擊黨外，致使矛盾面由民主運動轉變到本土運動，對國民黨來說必將是後患無窮，而亦非國家民族之福。

一九七九、十二、廿六於加州·史丹福大學

——筆名夏宗漢，香港《明報月刊》

由處理高雄事件之過程看國民黨決策層的現狀

——兼論新生代黨員違紀競選的原因

前言

七九年十二月中旬到筆者執筆寫作本文之日為止，歷時半年，在此期間，高雄事件由突發，到八名被告軍法初審判決，其間峰迴路轉，高潮迭起，此事對台灣政局將有長遠的影響，尤其因為軍法大審之公開，使海內外對八名被告的印象加深，大有利於黨外力量之重建，更使人產生既然有如此之判決，則又何必要公開審理，令人有弄巧成拙的的感覺。然而由政治觀點去看，這次只有八名被告交付軍法，沒有一人判死刑，已是雷聲大雨點小的不尋常發展。

國民黨在處理此事之手法上，六個月來時寬時緊，遊移不定，反映出黨內決策層意見並不一致，而且對黨方言是事出突然，並非事先已擬好處理方針，預有圈套策謀者也。

以黨員為數超過一百萬以上的政黨言之，凡百事項，意見自難統一，因此國民黨內有開明與保守之分別，亦為尋常之事。然而由此次事件處理經過去看，目前黨內決策層保守力量異常龐大，開明力量不但屈居下風，而且若非蔣經國先生個人之力排眾議，能夠統攝全局，則大局更將趨向保守。

因為公開大審使民情轉向，而初審判決又大失民意，使得今年內即將舉辦的中央級民意代表增補選之局勢一時難測。七九年底高雄事件剛剛發生的時候，一般熟悉台灣政情的人士判斷黨外須要二年到五年才能恢復元氣，也就是說在八〇年與八一年的二次選舉中間，黨外的形勢不可樂觀。然而此次軍法大審已使情勢發生變化，黨外即使在缺少足夠數目的知名候選人及組織更加殘破的劣勢下，仍將會有大批新人出現，其中，將有被捕者家屬在內，此輩黨外新人可能會有三種模式，即許信良式的違紀競選者，姚嘉文式的由辯護中而走上政壇者與蘇洪月嬌式的為夫伸冤者。

對國民黨內權力分配與政策制訂言之，此三者中，自以許信良式違紀競選之影響為最大。而走上此路的黨員人數之多寡，固然與黨的提名作業方式、黨的政策趨向開明或保守有關，然而與粥少僧多、青年才俊登上仕途的方式等也有關係。本文之重點，即在分析國民黨內目前開明力量衰落的原因，兼論新生代黨員脫黨競選與此之關係。

蔣經國個人傾向開明

中國政治思想之主流是出於儒家的外王內聖，重王道，求德治，因而造成人治觀念。時人陳顧遠《中國法制史》有言曰：

儒家之人治，原指政治、道德、教育三者合一，不專責於在位之賢哲，但帝王卿相則以人治之言自負，一切祇須合於禮，據於德，依於仁，皆可以意為之，固不必有法可循，即有律矣，亦可以意曲之。國將亡必多制，為自昔垂戒之言，人治之見尚，可推知焉。

清人章學誠作《校讎通議》，近人金毓黻著《中國史學史》認為章氏此書，「以發明古人官師合一之旨最精」。章學誠在該書〈原道〉篇裏說：

有官斯有法，故法具於官，有法斯有書，故官守其書，有書斯有學，故師傳其學，有學斯有業，故弟子習其業，官守學業，皆出於一，而天下以同文為治，故私門無著述文字。

秦人禁偶語詩書，而云欲學法令者，以吏為師，其棄詩書非也，其曰以吏為師，則猶官守學業合一之謂也。由秦人以吏為師之言，想見三代盛時，禮以宗伯為師，樂以司樂為師，詩以太師為師，書以外史為師，三易春秋，亦若是而已矣，又安有私門之著述哉？

高雄事件前後，國民黨保守派喊出一句口號：「多元化挖了三民主義的根」，便是出於秦人以吏為師，官守學業皆出於一的心態。

保守人士無論在朝在野，均以維護國府法統正統自居，自覺「合於禮、據於德、依於仁，皆可以意為之，固不必有法可循，即有律矣，亦可以意曲之」今日台灣政局戾氣極盛，此乃原因之一。

例如高雄事件發生之後，黨內保守派主張全面出擊，他們所擬定的對象名單，甚至不限於黨外陣營，再加上《疾風》人士公開到台大與立法院非法遊行示威，要求嚴懲某些大學教授與立法委員，此等言行之心態，即為官守學業皆出於一也。警總對《疾風》人士的非法行為並未加以取締，遂使人心浮動，一時有了風聲鶴唳，草木皆兵的情勢。此時蔣經國總統明智獨斷，力排眾議，而把打擊面限於以《美麗島》為範圍，不但安定了人心，而且也替改革留下了一線希望。若全依保守派之心願去做，誠如戊戌政變後康有為的詩句所說：

膠海輸人又一年；

維新舊夢己成烟。

那麼不但台灣和平改革，走向民主的道路可能中斷，而且中華民族在共產制度之外去追求現代化的生機也可能隨之消逝了。

此後在是否全面交付軍法審判，與軍法判刑輕重方面，蔣氏也在黨內保守與開明兩派之間，採取折衷立場。他主張應有首從之分與不願見到流血，也就是說只把為首者送付軍法審判，以及不判死刑。此固然與開明派所主張的全部交付司法審判，以及即使送軍法亦只判感化三年相比較，已為嚴厲；但是於保守派之主張全送軍法，以及須殺一儆百，判二個死刑，即使不判死刑，亦至少須判黃信介與施明德兩人無期徒刑相比較，又是減輕了許多。

表面上看去，蔣氏只是在雙方之間做了折衷，並未儘合一方之心意。實際上以今日國民黨內兩條路線鬥爭的情況去看，保守派一時已經壓倒了開明派，則蔣氏之不偏不倚，已是他個人傾向開明的表現。

易而言之，就法律與判決書言之，我個人同意海內外許多的批評者的說法，即黃信介等八人的叛國罪是不成立的，這次的判決是不公正的。可是就政治的角度去看，以目前台灣的政局與國民黨的實況去看，這次的判決已是雷聲大雨點小，我相信黨內力主嚴辦的保守人士對此判決之不滿，或恐多於海內外之批評者。

但是我也必須指出，由總統個人開明而得之明斷，仍是人治，只是對人民較好的人治而已，若以法治的觀點去看，我認為八名被告的叛國罪是不成立的。

為什麼目前國民黨內的保守力量會如此之大？冰凍三尺，自非一日之寒，其來實有自，我認為有其外在與內在的因素。

保守力量上漲的外在原因

國民黨內保守力量之上漲與開明力量之退縮，有其外在與內在的原因。就外在言之，可分為外交與內政上的因素；就內在言之，則有組織制度與人事上的因素。

在外交方面，雖然台灣在一九七二年尼周發表〈上海公報〉之後，便已屢受挫折，但是近年來最大的打擊，仍是七八年十二月裏美國宣佈承認中華人民共和國而與中華民國斷絕邦交。因為國府自從遷台以來，在政治、外交、軍事、財經、外貿等方面，密切與美日掛鉤，素以自由世界一份子自居，所以美日的背盟廢約對台灣的民心士氣與政策方向影響甚大。

美國背盟之後，台灣無論朝野，多有持仇外心理者。高雄事件之後，海外華人為「美麗島事件」發言者甚多，部分台灣居民更因之而敵視海外華人。民間這種與政府同仇敵愾，反對「外來干涉」的風氣，增強了國民黨內保守力量的聲勢。

就內政言之，一九七七年的選舉是台灣政治的分水嶺。

在一九七〇到一九七七年之間，由於蔣經國先生政治地位之上昇，經濟起飛，以及新生代之漸露頭角，國民黨逐步走向開明路線，雖然其間仍有進兩步、退一步的現象，可是黨內的保守力量只能扮演剎車的角色，延緩革新。

七七年的選舉結果，尤其是中壢事件以及許信良、張俊宏等脫黨份子高票當選，使得開明派在黨內受到打擊。然而此時保守力量雖然在黨內佔了上風，接辦七八年的選舉，卻因為黨外在新生代支援下，勢力迅速膨脹，當時黨內保守力量未能如願地予以打擊，反而忍辱負重，採取低姿態。這種戰術性的撤退，使黨外認為國民黨在示弱，所以七八年的選舉雖然流產，黨外主流自認為如果沒有美國斷交，黨外應該大勝，而且即使因為美國斷交而使部分民心轉而支持黨方，黨外也會小勝，不會落敗。

除了少數幾位黨外人士之外，我所接觸到的海內外支持黨外的人士，都有這種樂觀的看法。他們認為美國斷交救了國民黨，使黨方有了藉口取消選舉。我個人並不同意他們這種樂觀的估計，我認為斷交後選舉如果如期舉行，國民黨亦會取得小勝。

固然這些都是臆測之詞，然而從大多數黨外人士自認在七八年選舉中穩操勝券的心態，反應在余登發被捕後的遊行，《美麗島》創刊後的高姿態、高雄事件後黨外召開記者招待會等行動之中。

有些黨外人士在美麗島陣營被擊破後，痛定思痛，作了檢討。他們認為，余登發被捕後的橋頭遊行，是黨外高估自己、低估政府之開端。他們說，在遊行前參加者都抱著「風蕭蕭兮易水寒，壯士一去兮不復還」的成仁心態，然那次「非法遊行」抗議而平安無事，遂使黨外陣營自信國民黨不敢大規模拘捕黨外主流，用一網打盡的方式來抓人。因此在余案到高雄事件之間，黨外陣營的活動通常是用集體參加的方式，一來人多些可以擴大聲勢，另一方面也在壯膽。事後回顧，只有少數黨外領袖如康寧祥等人判斷比較正確，不隨眾起哄。

中壢事件後，尤其是余登發被捕以後，黨外活動之增加，與其聲勢之上漲，已使民間支持政府的群眾不滿。美國斷交，使得支持政府的群眾數目增加，配合上黨內保守力量因為中壢事件與七七年選舉黨方有了挫敗感而上漲，遂使黨內保守力量得在七九年內出擊，而黨內開明力量只能產生剎車的功能。

換句話說，在七七年選舉之後，到高雄事件之前，國民黨內權力分配的動向，是開明力量退縮，保守力量上漲的。然而在黨外則是急進路線得勢，溫和路線退縮。因此，在雙方強硬派同時得勢的情況下，雙方的溫和派雖非同舟，卻須共濟而又不可得。彼此利害固然有需要溝通處，雙方的溫和派此時都已經不但不能制衡自己內部的強硬派，而且也漸漸失去了剎車的功用，因之彼此之間忙於應付內部，無暇溝通。

如果不是因為蔣經國個人的威望足以鎮懾全局，與他一再壓制黨內保守力量之過於上漲，黨內外強硬派的衝突不但會提早爆發，而且規模將比高雄事件大得多，後果也會來得嚴重得多。

高雄事件與《美麗島》主流之被捕，暫時減低了雙方的衝突，然而從長遠的觀點去看，除非國民黨能恢復到開明的方向去，雙方攤牌性衝突只是暫延而已。

保守力量上漲的內在原因

國民黨內保守力量之上漲，固然是受了外在因素如外交挫敗、黨外囂張的的刺激，亦有其內在的因素。

此等因素有的是具有時間性的，亦有與時間性無關的。

就時間性言之，七七年的選舉，因為中壢事件以及黨方習於全勝而事先期望太高，所以，黨員在各級選舉中，當選者雖已超過百分之八十以上，仍被黨內決策層認為落敗，因而使得當時經辦選舉，控制了各級黨部多年的開明力量受到打擊。然而開明力量在黨內高層所受之打擊，是比較顯而易見的，該次選舉對開明力量在黨內中下層所造成的影響，則更為巨大而久遠。

因為許信良等脫黨競選而成功，使得許多黨員亦有效步之意。在七八年的選舉中，黨方被迫放棄提名制度。而在高雄事件之前，某些黨方高級人士也感覺到如果恢復選舉，有些黨員寧可不被提名，以造成脫黨競選去爭取同情票之藉口。

這些準備脫黨競選的人，多半是黨齡不高的中下層年青台籍黨員，也就是開明派力量的基本幹部群。更有進者，因為黨外日趨活潑，相形之下，黨內開明派的步調一時已經趕不上新生代之要求，因而失去了群眾的支持。在此中層幹部群動搖，而基層群眾又難以掌握的情形下，開明主張的上層人物便成了浮萍，此與掌握了各種軍特組織的保守力量相比，便成了東坡詞所云的「四面垂楊十里荷，天氣乍涼人寂寞」。

乍看上去荷花盛開，可是天氣一變，便轉眼間人寂寞了。以中壢事件與高雄事件相比，二者之嚴重性不相上下，然而為什麼黨方處理的態度大有不同呢？即因在中壢事件時開明力量當家，而在高雄事件時保守力量強大之故也。

因此由中壢事件到高雄事件的兩年之間，黨外發展過速，態度過於強硬，削弱了黨內開明力量，遂使黨內主張強力鎮壓黨外的保守力量得以遂行其志，而成今日黨外殘破之局勢。然而黨內開明力量之衰落，自非可以全部歸罪於黨外之不能顧全大局，除了開明力量領導層的人際因素之外，我認為新生代國民黨員大量違紀競選蔚為風氣，對多年來提拔吸引這些黨員的開明派來說，當然也是一個重大的打擊。雖然情形還沒有嚴重到眾叛親離的程度，但是也使之成為有黨無羽，孤掌難鳴的無根之木，無源之泉。

新生代國民黨員為什麼會紛紛違紀競選呢？此又與近十年來國府提拔青年才俊的方法有關。

新生代黨員違紀競選的原因

年青人在台灣要跨入政壇，出任重要的職務，多年來有兩條管道可通：一條路是學者從政，名教授學而優則仕；另一條路是參加選舉，以縣市長、中央民意代表、省議員的資格為起步。

由台北市所選出的各級民意代表，外省人還有一席之地，除此之外，台灣選舉清一色是本省人的天下。而截至目前為止，外省籍的青人才俊還沒有一個是經由選舉而出任的。唯一與選舉有關的外省籍青人才俊是李鍾桂女士，可是她已擔任了教育部國際文教處長、太平洋基金會負責人，成名之後才參加選舉的。在一九七八年流產的選舉中間，因為國民黨要對抗陳婉真，她才被徵召出馬的。此與林洋港、張豐緒、高育仁、黃鏡峰、吳伯雄等等本省籍人士由當選縣市長而跨入政壇，所走的路子方向正好相反。

外省人固然無法由選舉而問政，本省人卻可以由學者而從政，例如連戰、趙守博等便是本省籍的博士學人。

選舉要爭取選票，學而優則仕要獲取掌權者的青睞，是完全不同的二條道路。

古人說「近水樓台先得月，向陽花木早逢春」，因此學者從政在濟濟一堂，粥少僧多的情形下，就會產生上品少寒門的現象。其中當然有極少數的幸運兒，例如曾擔任台灣省新聞處長，現任省府委員、中央黨部副主任級職位的趙守博，便是沒有家庭背景的人，可是他具有與謝東閔小同鄉的身份，當然對他的仕途也不是有礙的事情。

絕大多數學者從政的青年才俊，出身世家，而清寒子弟或無人事背景的人只有參加選舉，才能出人頭地。可是選舉已經變成了本省人的專利，因此外省人除了世家子弟之外，仕路已絕，只能替本省人在選舉中作參謀。而本省人要獲取黨的提名或支持，除了人事關係之外，也必須有足夠的財力，因為黨方通常並不負擔提名者的競選經費的，黨方多半不會提名一個財力不夠而因之可能落敗的人出來競選。因此即使是本省人要由選舉而從政，多半也必得有點身家財產才可以。張豐緒、高育仁、吳伯雄、柯文福等黨內當選過縣長的本省籍明日之星，都是有錢人家的子弟，並非偶然。

在學者從政靠家世，提名競選靠財力的情形下，沒有家世的外省子弟，有錢也只有望門興嘆，因為在傳統士農工商的觀念下，在具有政治背景的外省籍世家子弟供過於求的情形下，由學者從政，每有高不成低不就之苦，而選舉之途又絕不可能，他們自然不會有太多的從政機會。本省人比較幸運，因為本省籍的政治世家並不多，而其子弟又並不是個個都要從政，所以是供不應求。因此本省籍的青年即使不能經由學者之途從政，只要有錢，或有地方勢力，便可以經由選途而登仕版。

然而本省人與外省人中間，絕大多數的是無錢無勢的中產階級或清寒子弟，他們如果有了政治慾望，就只有獨自競選。本省人可以出面，外省人可以作參謀助陣，這就是一九七七年到今天，台灣許多年青人所走的道路。其中有些是不能獲得國民黨提名或支持，憤而脫黨或擅自競選的，例如許信良、張俊宏、蘇南成、陳鼓應、陳婉真等等。截至目前為止，這種獨自競選而當選的只有本省人，外省人嘗試著走這條路的寥寥可數，而且除了在七八年流產選舉中的陳鼓應、陳婉真聯合陣線之外，也不曾起過任何作用。

如果台灣仍然採用大選區，國民黨的提名或輔選對象仍然多以財勢而定取捨，那麼新生代本省籍黨員之脫黨或違紀競選之風潮定將難以遏阻。

許多國民黨人對許信良、張俊宏二人側目，便是因為他們是「叛黨份子」，這種對脫黨競選者之歧視，並不因為該人脫黨後之言行是否與黨方敵對而有不同。例如我曾經與高雄地區的一些國民黨從政黨員交換意見，當我提起外間有個謠言，說某人可能出任高雄市長的時候，他們表示反對說，國民黨內人才很多，為什麼找一個脫黨競選的人來做？

但是我必須指出，這些國民黨人對脫黨或違紀競選者的歧視，不但是短視，而且沒有瞭解到為什麼有這麼多人脫黨或違紀競選的原因。

在高層政治人事新陳代謝過於緩慢之時，現狀難以滿足新生代從政的欲望，因此在供過於求的時候，除了少數世家子弟的學者另有終南捷徑之外，大多數人只有通過選途而登仕版，而黨提名一來名額有限，二來非財勢莫辦，那麼許多人只有違紀競選了。

要解決這個問題，不在歧視與打擊脫黨或違紀者，而是在下列三點：

一、促成高層政治人事的新陳代謝，使得中下層不致滯塞。否則現任縣市長與民意代表上升無路，只有戀棧而求留任，那麼黨方就難以提名新人。新人從政又多須經由選舉。則選舉定必白熱化，而且有許多脫黨或違紀競選。目前，黨政高級主管職位多由六十歲到六十五歲者擔任，其中五十歲以下的青年才俊只有四十多名，而且副主管級的人士平均年齡比主管要大。因此在五年後，高層政治人事的新陳代謝將會加快許多，將會減輕選舉上的壓力。

然而在此五年內，至少會有二次選舉，即一九八〇年的中央民意代表增補選，以及一九八一年的縣市長、省縣議員、鄉鎮代表選舉。在此二次選舉中，原有的黨外雖然因為美麗島陣營之殘破可能一時消沉，但是黨內在提名與輔選上所有的困難仍然存在，黨外缺人，反而可能促使許多新生代黨員脫黨或違紀競選，為淵驅魚，使黨外增添新生力軍，移花接木而告復活。

二、不論為了黨方或黨外，以及台灣人民的福利，都應設法減少金錢在選舉中的份量。我認為，應該採用英國與日本所使用的小選區制度，不但可以減少買票的機會，也容易選出真正代表選區人民利益的自然民意領袖來，更可以節省競選費用，使中產階級與窮人有能力參政。

三、大幅度增加中央民意代表的增補選名額，一方面可以符合新生代從政的欲望，二方面可以促進議會的功能。

換句話說，黨方不由促進人事代謝、增加名額、縮小選區、限制選舉經費等治本的方法去著手，而只是斤斤於提名作業或打擊脫黨份子等消極做法，那麼新生代黨員違紀競選的風潮不但仍難遏止，而且黨方只會不停地在選舉期間製造出新的黨外人士來。

小　結

一九八〇年內將要舉辦的中央級民意代表增補選，不僅是新訂立的選舉法之試金石，而且因為正逢高雄事件餘波蕩漾之時，選舉結果將會影響到國民黨內權力分配與路線方向之取捨。七七年的選舉使開明力量受挫，目前保守力量當家，那麼這次選舉將是保守政策受到考驗的關頭。我判斷以黨外目前之缺少組織與名人，在新人輩出之時，可能會有票源分散的現象，即當選率會低於黨外得票率，然而黨外即使只是得票率高，例如高到七七年的百分之三十，對黨方來說已是難堪的局面了。

這次選舉的結果，將會決定八一年內黨方的政策，而八一年底縣市長等選舉之後，一直要到八四年才會有下一次的選舉。那麼台灣政局將有三年的休養生息。屆時冬去春來，黨內外雙方皆能放慢步調，衝突或可減低。然而能否平安渡過今年與明年的選舉，而不致有類似中壢事件之不幸衝突發生，是需要看黨內外雙方能否自己克制，共體時艱，而此等體認之能否建立，就要看黨方如何定案處理高雄事件了。至於吾人對審判之公開評論，在定案之前，先作保留，以免刺激雙方而使大局更難收拾。然而，海內外對軍法庭初審之判決多不滿意，然多蓄勢待發，等待定案，希望國府不要因為此種暴風雨前之寧靜而堅持原判，人心難聚易失，豈可不戒慎乎？

（編按：此文寄到付排時，台北傳來「高雄事件」判案已以維持原判而定案之消息。）

——筆名夏宗漢，香港《中報月刊》第六期，一九八〇年七月

東晉南朝僑人政權盛衰之觀察

——兼述荒傖對僑人政權的衝擊——

前言

每當中原大亂，天下不安之時，漢民族便向南方遷移，因而開發了長江與珠江流域。自從秦始皇大一統以來，中國史上為時最久的一次分裂便是東晉南北朝——由公元三一七年元帝渡江，建立東晉，到公元五八九年隋文帝滅陳，中國一共分裂了二百七十三年。在此期間，五胡亂華，中原殘破，漢族渡長江南移，例如今日臺灣本省人的祖先，便是在當時由河南遷移到廣東與福建的。

移民社會轉化而成土著社會，是由認同祖籍而改為認同居留地的過程，為時甚久，必須代換時移才能做到。第一代移民生長故國，認同祖籍，第二代及其子孫土生土長，已把杭州作汴州，認同了居留地。兩者認同對象雖有不同，其實同是懷土，只是生長的鄉土不同而已。此即漢朝人王粲登樓賦所云之「人情同於懷土兮豈窮達而異心」者也。然而在東晉南朝的二百七十三年間，由於北方長期動亂，所以漢人不斷南移，因此南方漢人有了世居的土著，追隨元帝渡江者的後裔與新來移民的三種。此套用臺灣所使用的名詞，便是有了本省人、外省人與反共義士；套用香港的名詞，便是有了粵人、上海人與難胞。在此長江後浪推前浪的情形下，新來移民乃成為社會轉化的新變數，他們對先來移民的後裔轉化為土著的過程有何衝擊？對包括了土著、先來移民的後裔與新來移民的整體社會有何影響？社會應該如何應付這種衝擊？凡此等等，是否可以在東晉南朝的歷史中獲得教訓？

梁啟超在其名著《國史研究六篇》中，收有〈歷史上中國民族之觀察〉，其間開宗明義有言曰：

> 世界眈眈六七強，方俎置我中國汲汲謀剖食日不給，而我於其間乃有所謂省界問題者，日益滋蔓，人人非之，人人蹈之，莫之為而為，莫之致而致也。吾於我國宦界商界普遍之習慣見之，吾於近東中留學界益見之。智識愈開進，關係愈複雜，而此現象愈顯著，嗚呼！其惡果未知所終極！
>
> 究吾之此論，其將喚起我民族共同之感情，抑將增長我民族畛域之感情，材而擇之，是在讀者。
>
> 本論所研究者，屬於學術範圍，不屬於政論範圍。

此亦即作者寫作本文之理由。

長江後浪推前浪的漢族南移史

東晉南朝疆域伸縮不定，此因南北時相交戰，互有勝敗，因此疆土屢有得失之故。南方全盛時代，是在劉裕北伐時，他佔領了關中，幾乎恢復了西晉的失土；北方全盛時代，往往攻到長江北岸，與南方隔江而治，至於本文中所說的東晉南朝或南方，其區域則是泛指淮河、長江、珠江等流域。

在此區域中，除了漢族之外，尚有蠻俚等少數民族，本文既然與少數民族無關，因此略去不論。在漢族中，以移入的先後去分，又有三種；即在公元三一七年元帝渡江前已世居南方的土著，史稱吳人或南人，本文中稱之為吳人；追隨元帝渡江的永嘉流人或其後裔，史稱僑人或北人，本文中稱之為僑人；廣義的北人或僑人也可以包括了第三種人——比元帝渡江要晚來的漢人，史稱荒傖，本文中沿用此名。因此南方人民的組成如下表：

- 南方人民
  - 蠻俚等少數民族
  - 漢人
    - 北人
      - 荒傖—晚渡江者及其後裔
      - 僑人—永嘉流人及其後裔
    - 吳人—世居的土著

以移入南方的時間來說，最早的應該是少數民族，可能遠在傳說中的黃帝戰蚩尤時代。漢人比較晚來，漢人中又以吳人在先，北人在後；北人中則僑人在先，荒傖在後。

漢民族何時移入南方？得看漢民族的定義為何？例如，春秋戰國時代是否有漢民族觀念？當時南方的楚、吳、越是否引北方諸夏建立的國家為同類？凡此等等問題之答案都能影響漢民族何時遷入南方之認定。可是不論我們如何認定，漢民族征服閩越的時間不會晚於公元前一三五年，亦即西漢武帝建元六年，西漢攻滅閩越國時。即史記所稱武帝徙其人於江淮間，盡墟其地者是也。

漢民族征服了南方的少數民族之後，就控制了南方的政權。在三國時代，定居南方的漢民族——吳人締造了獨立的東吳帝國；公元二二二年孫權稱帝，到公元二八〇年孫皓向西晉投降，南方的吳人獨立了五十九年。

西晉在公元二八〇年征服南方，三十七年後就喪失了黃河流域，元帝渡江南下，在南方建立了東晉。從此時起，南方的政權又一次落到較晚遷入的移民手中。吳人比少數民族晚來，可是在政治上統治了少數民族，原是後來居上。元帝渡江時，歷史重演，也是僑人後來居上。此後永嘉流人及其後裔控制了南方政權長達二百四十餘年之久，歷東晉、宋、齊、梁四代，一直到公元五五七年吳人陳霸先建立陳朝為止。

本文之主旨即在觀察此二百四十年間僑人政權的盛衰，以及荒傖對僑人政權的衝擊。

由吳人征服少數民族起，經由兩晉、南朝到隋朝統一，南方政權一向是後來者居上，漢民族遷入南方是長江後浪推前浪的，除了荒傖之外，新移民總是征服了移民的後裔——土著，為什麼荒傖是個例外，荒傖對南朝政治有什麼影響呢？

荒傖雖然自己不曾建立政權，但是在梁武帝時因為侯景作亂，而促使了吳人陳霸先的崛起，使得吳人政權取代了僑人政權，所以是成事不足，敗事有餘的。

荒傖為何在政治上失勢？

顧名思義，荒傖是句罵人的話。楊勇《世說新語校箋·雅量篇》，曾釋「傖」字如下：

> 傖，鄙夷之稱，亦曰傖人，傖父。
>
> 余嘉錫釋傖楚：「傖楚之名，大要起於魏晉之間，蓋南朝大夫鄙夷江、淮以北之人，而為之目者也。」

此處可補充一點，楚指今之江西境內，傖楚乃是吳人罵中州人的話。此示南方人罵北方人做傖楚原非限於晚過江者，即使永嘉流人亦在其列。然而在北人中間，早過江的也視晚過江者為傖人。而且渡江早晚自有差別，此不但能決定一個人的政治前途，甚至能改變其門第的地位。今以楊佺期與杜坦為證。

楊佺期系出弘農華陰楊氏，渡江之前，門第原在王謝之上，《晉書・楊佺期傳》說：

自云門戶承籍，江表莫比，有以其門第比王珣者，猶恚恨，而時人以其晚過江，婚宦失類，每排抑之。

又如《晉書・恒玄傳》云：

佺期為人驕悍，常自謂承籍華胄，江表莫比，而玄每以寒士裁之，佺期甚憾。

以楊佺期為例來說明晚過江者受排擠，或許並不妥當，因為他為人驕悍，而且婚宦失類，晚過江只是他受排擠的原因之一。至於杜坦的例子就能充分說明晚過江者受到了排擠。杜坦是杜預的後裔，在晉元帝渡江時，杜家避難去了甘肅，沒有渡江南下，一直到宋武帝劉裕北伐攻下長安後，杜家才隨劉裕南遷。

漢武帝伐匈奴，俘虜了一個名叫金日磾的貴族，他在被俘後初是作養馬官，後來成為漢朝的名臣。劉裕因為北伐所得的俘虜中沒有找到一個像金日磾的人物，乃生感嘆，杜坦與劉裕因之有一番對話，由此可以看出晚渡江的荒傖受南方政權排擠的程度。此段對話見於《宋書・杜驥傳》，杜驥是杜坦的弟弟。

上曰：「金日磾忠孝淳深，漢朝莫及，恨今世無復如此輩人。」

坦曰：「日磾之美，誠如聖詔，假使生乎今世，養馬不暇，豈辨見知？」

上變色曰：「卿何量朝庭之薄也？」

坦曰：「請以臣言之，臣本中華高族，亡曾祖因晉喪亂，播遷涼土，世葉相承，不殞其舊。直以南渡不早，便以荒傖賜隔。日磾胡人，身為牧圉，便超入內侍，齒列名賢。聖躬雖復拔才，臣恐未必能也。」

上默然。

前述對話中最要緊的是「南渡不早，便以荒傖賜隔」、「聖躬雖復拔才，臣恐未必能也」與「上默然」這三段。此示過江晚的荒傖之受排擠，是當時政界的風氣，就是皇帝想提拔荒傖中的才智之士，格於清議，也是愛莫能助，無法可想。而且妙的是宋武帝劉裕竟然啞口無言，默認杜坦的話不錯。這是為什麼《宋書・杜驥傳》中會說：

晚渡北人，朝庭恒以傖燕遇之，雖復人才可施，每為清途所隔。

這些晚渡江的荒傖所面臨的便是《梁書・羊侃傳》中的「北人雖謂臣為吳，南人已呼臣為虜」的尷尬局面。

然而朝廷中人事之昇遷，做皇帝的還不能當家作主，尚且要看看大臣集團的風色，在帝制時代，怎麼會出現這種局面呢？其實宋武帝劉裕已經是一個裁抑世族權力的皇帝，他本人出身於寒族僑姓，因為有軍功，掌握了槍桿子，搞了軍事政變才當上皇帝的。比起東晉那些沒有上過戰場的文弱皇帝來，他已經是個比較敢作敢為的皇帝，可是他還不能不默認被世族所克制的事實。

南方政權中世族的力量為什麼會這麼強大？在說明這點之先，亦須順帶說明一點，即是漢人的世族門閥在北方胡人政權中地位也很高，並不因為胡人征服了漢人，漢人門閥世族便告瓦解了。北魏孝文帝為諸王聘婚華北各世族，不過此或可以孝文帝推行漢化而作特例。可是其他的北方胡族皇帝亦每每以與漢人世族通婚為榮；例如北齊世宗為趙郡王聚滎陽鄭家女，趙王不樂，世宗說：「我為爾娶鄭述親女，門閥甚高，汝何所嫌，而精神不樂？」；北齊婁太后為博陵王納清河崔家女，勅中使曰：「好作法用，勿使崔家笑人。」凡此皆可證北方政權對漢人世族的尊敬。

僑姓世族由盛而衰的二個關鍵

東晉與南朝的二百七十三年間，僑姓世族政治力量的盛衰有兩大轉捩點，一是劉裕篡晉，二是侯景之亂。前者是寒姓掌握兵權而奪政權，後者是荒傖不能安身於世族社會而予打擊。

僑姓世族政治力量的全盛期，與東晉共始終。

東晉全靠宰相王導之力而建國，司馬家族的晉元帝做了個現成皇帝，所以當時有句話——「王與馬，共天下」。

東晉立國一百零三年，政權始終不出於王、庾、桓、謝四姓之手，因此僑姓世族的卿權極為龐大，皇權乃告衰落。

宋武帝劉裕出身於僑姓寒族，建國後每想裁抑僑姓世族的卿權。然而他所提倡的土斷檢籍政策，終南朝之世，始終無法全面推行。

東晉為了安插僑人，特設僑郡僑縣，以與吳人分治。程發軔《中國歷史地理·兩晉篇》云，僑郡僑縣至今猶可考其名者，郡有八十一，縣有二百三十六。僑人屬於黃籍，吳人屬於白籍；僑人不納稅、不編戶、不服役，而吳人須納稅、須編戶、須服役。因此僑人與吳人地位並不平等，而且造成了吳人投身於僑姓世族為其部曲賓客，冒充僑人以逃免稅役的風氣。

僑郡僑縣為數既以百計，本來已經使得地方行政系統紊亂，再加上吳人混充僑人以逃避稅役，使得國家人力財力均感不足，遂有土斷檢籍之須要，即裁撤僑郡僑縣與檢查戶籍。可是此舉有損於僑姓世族之利益，而且由寒族之劉宋皇室倡行，自可被認為是皇權裁抑卿權之策略，因此為僑姓世族所阻擾，此不但在宋武帝時行之無效，即使終南朝之世，為時一百多年，終不能成功，由此可見南朝僑姓世族政治力量之強大。

在東晉南朝二百七十多年裏，南方僑姓世族百代公卿，根深蒂固。可是到了唐朝，便有

「昔時王謝堂前燕，飛入尋常百姓家」的感嘆，原因何在？與南方的王謝等世族相比，北方的崔盧李鄭等世族在唐朝仍然保有了較高的社會地位，此由《唐書・高儉傳》之記載可知。

唐太宗命令高儉等人編修氏族誌，以分別高下，高儉仍以崔幹為天下第一，唐太宗改列之為第三，並且說：

我與崔盧李鄭無嫌，顧世衰，不復冠冕，猶持舊地以取貨，不肖子偃然自高，販鬻松檟，不解人間何為貴之。齊據河北，梁陳在江南，雖有人物，偏方下國，故以崔盧王謝為重。

這段話有兩個關鍵，一是「顧世衰，不復冠冕」，二是「梁陳在江南」，不復冠冕是指政治地位下降，然而崔盧李鄭等世族的社會地位還在，此所以高儉等編修氏族誌的時候仍然列崔姓為第一。

南方的王謝與北方的崔姓一樣地在唐朝已經不復冠冕，為何連社會地位都失去了，成為尋常百姓呢？唐太宗說是王謝之所以貴重，只為「梁陳在江南」，是「偏方下國」，這當然是北方人看不起南方人的表現。可是與梁陳同在江南，為何不說東晉與宋齊也是偏方下國呢？我認為在梁武帝時的侯景之亂，王謝等僑姓世族被屠殺甚慘，元氣大傷，因此梁陳兩代的僑姓世族人才甚少。此所以唐太宗看不起梁陳二朝的王謝門戶。因此不必等到北方征服南方，南方僑姓世族已由盛而衰，而其原因有二，即僑姓寒族之興起與荒傖之衝擊。

寒族興起之原因

寒族興起之原因，可以由文武二途分別論之。

就文官言之，世族任官悉在九品中之上三品，因此不近實務，勞榦《魏晉南北朝史》說：

> 南方世族，則一切有關事務之官皆不做，尤其王謝之氏族不做，外官只能做諸王之內史，甚至太守之職王謝都不做。
>
> 世族是照例不管事的……真是科員政治了。

也就是說名義上卿權重於皇權，以致世族之政治地位隆高，可是實際上的科員政治，又把世族的政治權力架空了。九品中正固然有助於世族人士之少年得志，很快出任高官，卻也使得他們不近實務，不能從基層做起，實權因之旁落。

然而秀才造反，三年不成，寒族雖然掌握了文事上的實務，若沒有槍桿子的支持，也只能久居下僚，不會產生寒族做皇帝的劉裕政權。因此寒族興起的主要原因是世族不能掌握兵權。

當時風氣，重文輕武，稱呼習戰者為傖楚，與晚渡江者同名。即使淝水之戰以前，東晉還被北方威脅，並未能有偏安局面的時候，南方社會就已經輕視軍人了。到了南朝，連軍人自己都羞稱將門了。

《晉書・王述傳》有一段記載，可以說明在淝水之戰以前，極須軍人效力的時候，南方社會不識時務而重文輕武之嚴重性。

> 桓溫欲為子求婚於坦之，及還家省父，言溫意，述大怒曰：「汝竟癡耶？詎可畏溫面，而以女妻兵也。」

桓溫門第不低，為子求婚於王家被拒，只是因為他是軍人。

在東晉與南朝的二百七十多年裏，僑姓世族少有戰將產生，就使軍權旁落。趙翼《廿二史劄記》說「江左世族無功臣」，他指的是世族中沒有「立功立事，為國宣力」、「禦武戡亂，為國家所倚賴」之功臣戰將。此當然是言過其實的誇張說法，因為二百七十三年間世族中豈無一個立功之戰將？淝水之戰中的謝安、謝玄與謝石便是出身於王謝門第的人物。然而大體言之，江左世族少戰將則是事實。南朝將帥世襲，而且將門的門第不高，自慚形污。掌握政權的僑姓大族，與吳人中的世族一樣，都是崇尚清談，重文輕武的。久而久之，遂使兵權軍功皆落於寒姓之手，才有了劉裕之篡晉。劉裕既然出身寒族僑姓，自然不願世族掌有實權，因此裁抑其部分權力。但是如前述《宋書·杜驥傳》中所引杜坦與劉裕的對話可知，僑姓世族的勢力在劉宋雖然已不如在東晉時之強大，然而亦足以掛制劉裕的皇權，使之不能任用荒傖。

對南朝僑姓世族政治權力最大的打擊，來自侯景之亂，上距劉裕篡晉已有一百三十年之久。

吳人政權仍然尊敬僑姓的社會地位

劉裕篡晉是軍權落於僑姓寒族之手的後果，侯景之亂則是荒傖與南方掌兵權者，合流所造成的。

劉裕篡晉，僑姓寒族做了皇帝，因而稍稍壓制僑姓世族的政治權力，此乃僑人內部的矛盾。侯景作亂與之性質大不相同，侯景之亂是荒傖利用僑人政權內爭，打擊了僑人政權，幾乎屠滅了僑姓世族中門第最高的王謝兩族。此與後來吳人陳霸先建立的陳朝之尊崇僑姓世族相比較，可以看出到了南朝時期，荒傖與僑人的矛盾，遠大於吳人與僑人的矛盾。

從劉裕到侯景的一百三十年間，共有宋、齊、梁三個朝代。此三朝之皇室雖然都是僑人，但是用人政策不同，宋齊秉承東晉之一貫政策——僑人掌握政權，摒棄南人與荒傖於政治勢力之外。即使帝王在南人或荒傖中間偶因愛才而有破格任用之意，格於清議，也愛莫能助。梁朝與宋齊不同，尤其是梁武帝時，南北區別漸漸消失，不僅南人勢力日以興起，荒傖也獲重用。因而促成僑姓政權澈底失敗的兩個關鍵人物——荒傖侯景與吳人陳霸先在此時之所以能脫穎而出，並非偶然。

然而值得注意的是當時僑人與南人的矛盾雖然已經存在了二百三十多年，可是以陳霸先為首的南人勢力並不全面排斥或打擊僑人。陳霸先所建立的陳朝統治了南方共有三十三年，其間吳人雖然取代了僑姓的政治地位，但是僑姓世族在社會上仍然保持了崇高的地位，吳人世族始終不能與之相並肩。例如陳國皇室雖是吳人，可是前後五個皇后中有二個是僑人。反過來看，宋、齊、梁三代僑人皇室中，宋朝前後共有九個皇后，都是僑人，梁朝有四個皇后，都是僑人；只有齊朝的十個皇后中有三個吳人與七個僑人，可是三個南人皇后中間有二個是皇帝還沒有發跡時候的配偶。

陳國皇室在發跡前婚嫁多吳人，做了皇帝以後則婚嫁多僑人。更有進者，皇帝的吳人親戚並不因此地位提高。《陳書・蔡凝傳》有一段記載，足以說明在陳朝時僑姓世族的社會地位仍高出於吳人。

> 高宗嘗謂凝曰：「我欲用義興公主婿錢肅為黃門郎，卿意如何？」凝正色對曰：「帝鄉舊戚，恩由聖旨，則無從復問，若格以簽議，黃散之職故須人門兼美，惟陛下裁之。」高宗默然而止。

這段對話的關鍵在「帝鄉舊戚」、「故須人門兼美」與「高宗默然而止」，陳高宗想任命義興公主的丈夫錢肅做黃門郎，徵求蔡凝的意見，不料被蔡凝反對掉了。蔡凝認為錢肅的門第不夠好。陳室是吳人寒族，帝鄉舊戚是指陳室沒有發跡以前在家鄉吳興的老親戚，那麼門第就不夠好了。

照道理說，吳人被僑人欺壓了二百四十年，吳人一旦做了皇帝，為什麼還要蕭規曹隨，尊從僑人訂下來的規矩呢？皇帝要任命一個親戚做官，卻因為親戚的門第不高而被大臣否決掉，這豈不是在講笑話嗎？在帝制時代，皇帝的親戚並不因皇帝而身價上漲，怎麼還是被人瞧不起呢？妙的是陳高宗默然同意蔡凝的說法，收回成命。照道理御口金言即是法律，天子無戲言的，豈有皇帝想任命親戚作官還得看看大臣臉色的道理？由此可見，陳朝雖然是吳人的政權，僑人世族的力量仍是很大，他們的門第仍然高過吳人，個中道理何在？

僑姓世族遷居江南，到陳霸先篡梁而建立陳朝時為止，已有二百四十年之久，因此所謂的僑姓世族早已歸化成為吳人，此時再去分別吳人與北人，或吳人與僑人，除了新移入的荒傖之外，已只是個中人士主觀的情緒性看法，事實上，永嘉流人後裔的僑人早已成為吳人了。因此陳霸先所建立的吳人政權，其行事手段與想法等等都與僑人政權並無不同，更且僑人吳人兩相融合，吳人的皇室以與僑姓世族通婚為榮。

可是荒傖如侯景，是生長在北方胡化了的漢人，他們與南方社會中的僑人及吳人都是格格不入的。因此荒傖侯景之亂對僑人的打擊，遠比吳人陳霸先建立政權要來的嚴重。

陳霸先建立陳朝，與其說是吳人取代了僑人的政權，不如說是吳人中的吳姓取代了吳人中的僑姓，而且僑姓也並未因之而降低了社會地位。

荒傖侯景與南方梁朝的三個矛盾

《梁書・侯景傳》記載侯景的出身說：

侯景字萬景，朔方人，或云雁門人。少而不羈，見憚鄉里，及長，驍有臂力，善騎射，以選為北鎮戍兵。

朔方在今天的綏遠省境內，雁門則在山西省，侯景是一個胡化的漢人，生長在北方。侯景追隨北魏的爾朱榮，初露聲名。北魏分裂成為東魏與西魏的時候，侯景轉而支持東魏的宰相高歡，擔任了南道行臺，專制河南。

河南十三州一方面是南北交界處，另一方面也夾在東西魏之間，是三國之間的要衝。侯景擔任了河南地區軍政主管長達十四年之久，舉足輕重。

公元五四七年高歡死亡，其子高澄繼位，掌握了東魏的軍政大權。高歡臨死的時候，告訴高澄說：

侯景狡猾多計，反覆難知，我死後，必不為汝所用。

高澄乃寫信召侯景進京，準備奪其兵權，消息走漏，侯景就向南方的梁朝投降。梁武帝發兵三萬北上支援侯景，可是高澄聽到了消息，先下手為強，攻擊河南。侯景就近改向西魏投降，西魏派兵救援，擊退東魏軍隊。梁軍到達之後，侯景有恃無恐，乃與西魏決裂，仍舊歸降梁朝。

梁武帝在公元五〇二年篡齊，建立梁朝，到公元五四七年侯景歸降時為止，已在位四十五年之久。在此期間南方國泰民安，而北方戰亂甚多，因此梁武帝久有反攻華北，一統天下的雄心。

當時北方的東西魏同室操戈，而東魏的高歡才死不久，侯景又獻地來降，使梁武帝決心乘機北伐，乃封侯景為河南王，派侄兒貞陽侯蕭淵明為元帥，與侯景配合，大舉攻擊東魏，雙方決戰於彭城（徐州），結果梁軍大敗，主帥蕭淵明被俘；侯景軍隊潰散，士卒都是北方人，不願隨之南渡，只剩了八百人，退守壽春。

在梁軍北伐的時候，東魏的高澄寫信勸侯景歸隊，表示既往不究，可以釋放侯景的妻兒子女。侯景回答說：

為君計者，莫若割地兩和，三分鼎峙，燕衛晉趙，足相奉祿，齊曹宋魯，悉歸大梁，使僕得輸力南朝，北敦姻好。

由此可知，梁武帝雖有一統天下之心，侯景並無北伐之意，寧願南北和好，和平共存，這是他與梁朝的第一個矛盾，此示荒傖雖然因為反對北方政權而南渡，並不一定人人真心支持南方之反攻。

東魏既然戰勝，侯景軍隊潰散，高澄就把侯景的妻兒子女統統殺光，以示懲戒。侯景乃向梁武帝要求與南方的王謝家族通婚。《南史・侯景傳》有下面的記載：

景請娶於王謝，武帝曰：「王謝門高非偶，可于朱張以下訪之。」景恚曰：「會將吳兒女以配奴。」

這一段話有兩點值得注意的地方，就是「王謝門高非偶」與「會將吳兒女以配奴」。侯景是荒傖寒門，雖然封了河南王，與王謝百世公卿的門第還是不配，這在南方人是不問便可知的事，可是侯景生長於胡化的北方，自認武功威名與高歡相類，與王謝相婚配並不自慚形污。其次在南方人心目中，王謝並非吳人，而是僑人，可是在荒傖的侯景心目中王謝也是「吳兒女」。由這兩點可以看出荒傖對南方社會的看法與個中人並不相同，相互格格不入。這是侯景與梁朝的第二個矛盾。

侯景雖然求婚於王謝而被拒，但是梁武帝仍舊允許他尚公主，與皇帝結成了姻親。此示即使在武帝心目中，皇帝的社會地位仍然不及王謝，只能與朱張同列罷了。

侯景求婚不遂，因之對王謝等僑姓世族極為痛恨，後來在他攻下了梁朝的首都建康（南京）時，大規模屠殺僑姓世族，以資報復。

前述侯景寫給高澄的信裏，另有一句話——「見誣兩端，受疑二國」，是侯景的夫子自道，這是侯景與梁朝的第三個矛盾，就是武帝用之而疑。

僑人政權內部矛盾使侯景得利

侯景叛亂固然是因為梁武帝要與東魏化敵為友，用他去交換被俘的侄兒蕭淵明，以致侯景先下手為強，倒戈相向。即使沒有蕭淵明事件，侯景仍然難以安於室，因為他與梁朝有了前面所說的三個矛盾，即：

一、北伐與否的不同。

二、荒傖與南人社會格格不入。

三、相互猜疑。

在此情形下，侯景與梁朝自難共享富貴。然而侯景北伐兵敗之後，部隊潰散，只剩下了八百個子弟兵，困居在壽春，原不足成大事。此所以當他造反的消息傳來的時候，梁武帝毫不在乎，等閒視之說：

是何能為，吾折箠笞之耳。

梁武帝的親信大臣朱異在事先也說，「侯景數百叛虜，何能為役？」

可是侯景的力量雖然有限，梁武帝卻沒有計算到僑人政權內部的矛盾，可供侯景利用，因而使侯景坐收漁人之利。

梁武帝早年無子，便收養了侄兒蕭正德做養子，後來武帝立自己的兒子做昭明太子，封蕭正德做臨賀王。蕭正德心存怨恨，侯景與之相互勾結，表示「歸心大王」，蕭正德想做皇帝，許為內應。而且梁武帝不知二人已有勾結，派蕭正德都督京師諸軍，防守要塞，梁軍主帥通敵，怎能不打敗仗？

如果南方社會內部沒有矛盾，那麼晚來移民的荒傖雖然與之格格不入，也難使南方社會不安；如果僑人政權內部沒有鬭爭，為數甚少的荒傖也難以使之衰落；侯景之亂促成了僑人政權之崩潰，與屠滅了僑姓世族的菁華，究其原因，仍在僑人政權中一部分掌握槍桿子的人士與侯景相結合。梁武帝、朱異、蕭正德等梁朝的實力人物都存著利用侯景的心理，認為幾百個荒傖又哪能造成大害的想法，終致養虎成患。

此與侯景個人的野心有關，與荒傖之與南方社會格格不入也有關，僑人政權內部的矛盾使有能力的荒傖脫穎而出，而動搖了南方社會的安定，與削弱了僑人政權的基礎，固然促成了吳人政權的陳朝興起，也使江南人才在劫後凋零殆盡，因此北朝之終於征服南朝，間接地也受侯景作亂之所賜也。南朝由梁武帝的中興氣象，盛極而衰，種下北勝於南的種子，便是受了荒傖侯景的打擊。

南朝僑人政權經歷四個朝代，維持了二百四十多年，不敗於吳人之爭權，而衰落於荒傖之作亂，讀史至此，豈可不三思而明辨其中道理乎？進而言之，吳人之所以能取代僑人政權，亦是受荒傖作亂之所賜也，因為如果沒有荒傖侯景之打擊僑人政治力量，吳人陳霸先也就無法取僑人政權而代之。

小　結

東晉與南朝的二百七十三年間，南方經歷了五個朝代，其中東晉的一百零三年是僑姓世族的全盛時代。宋齊兩朝的帝王雖然出身於僑姓寒族，但是朝廷仍由僑姓世族所控制，南人與荒傖不得晉用。梁朝帝室亦是僑姓寒族，不過因為二百多年的定居，永嘉流人的後裔與吳人的隔閡已少，分別也小，所以梁朝開始重用南人與荒傖，因而造成了荒傖侯景之亂與吳人陳霸先的興起。

僑人政權控制了南方長達二百四十多年，一直到吳人陳霸先建立陳國，吳人才取代了僑人的政治地位，但是僑人世族的崇高社會地位仍然存在。此示經過內部長期的同化與融合，僑人與吳人政治權力的轉移，並不會摧毀了原有的社會結構。反而是新移入的荒傖力量的衝擊，會破壞了社會的結構與安定。

促成吳人政權興起的原因，是荒傖對僑人政權的衝擊。荒傖與永嘉流人的後裔，雖然同樣被稱作僑人，但是已有南北文化上的隔閡。生長在胡化的北方之荒傖，例如侯景，不能適應南方的社會、文化與政治風氣，他們與永嘉流人後裔的差異，遠大於已經地方化的永嘉後裔與吳人之間的差異。

如果僑人政權的當政者不瞭解荒傖與永嘉流人後裔有名同實異的地方——名為僑人相同，實際上的觀念與行事方式並不相同，而且認為荒傖人數不多，不足成為大患，因而重用荒傖，內以之為政爭工具，外以之為反攻先鋒，那麼不但會破壞了原來已經漸漸產生的吳人與僑人之共同命運感，而且因為荒傖在社會上所造成的不安，其壓力不僅是加諸在吳人身上，也會加到僑人政權自己身上來，因而削弱了僑人政權的穩定性，反而會加速了吳人取代僑人政治權力的速度。南朝歷史顯示，沒有荒傖侯景的衝擊，維持了二百四十多年的僑人政權也不會輕易地被吳人陳霸先所取代，因為沒有侯景之亂，在中興氣象的梁武帝之下，陳霸先便不會崛起的如此之快。在侯景作亂之前，梁朝的兵權原來是在僑姓世族王謝子弟的王僧辨，以及梁室諸王手上，但是在國家有動亂時，王室或世族的名號爵位並不足以立功，立功與否是要靠將帥的作戰與應變能力來決定。當時誠如趙翼《廿二史劄記》中所言，江左世族已經久無功臣，在此世族缺少戰將人才的時候，動亂就只會造成吳人寒族或僑人寒族戰將之崛起。此於東晉末年之劉裕即然，於梁朝末年之陳霸先亦然。

僑姓寒族之興起，例如劉裕篡晉，只是僑人內部矛盾，新貴劉氏昇成世族，並不動搖僑人政權的基礎。吳人之興起，例如陳霸先之篡梁，只是已相融合的南方社會中吳姓取代僑姓的皇室地位，也不會使南方社會大為不安。可是荒傖對僑人政權及南方社會之衝擊，例如侯景之亂，使南方人才凋零，社會元氣大傷，而南方由兩百多年的南北對抗之平等地位，一落而為唐太宗所說的「偏方下國」，南方由梁武帝在位四十五年之中興氣象，一變而為吳人之地方氣息，其關鍵便在侯景之亂也。

荒傖對南方社會的衝擊，固然有助於吳人之取代僑人政權，然而亦有助於北方之征服南方，因此對南方的僑人與吳人來說，此皆為得不償失之事。南方僑人政權中先後想利用侯景反攻的梁武帝，以及想利用侯景於內爭以掌握政權的臨賀王蕭正德，雖然都自食其果，被侯景害死，可是梁朝與南方社會因侯景之亂而受到的傷害，卻不是梁武帝與蕭正德等決策錯誤者自食其果所能補償的。至於侯景本人，他雖然利用了梁朝內部矛盾而橫行一時，但是也終究兵敗身死。因此侯景之亂，只有北方政權是有利無害的，南方的僑人、吳人與荒傖則是皆受其害，以致與北方無法抗衡，雖然又偏安了三十三年，終於被北方所消滅，讀史至此，豈能不為南方官民三嘆也。

——《八十年代》第一卷第六期，一九七九年十一月

廠衛亡明論

——兼析明代特務權力過於龐大的原因

白錦衣衛鎮撫之官專理詔獄，而法司幾成虛設。羅織於告密之門，鍛煉於詔獄之手，旨從內降，大臣初不與知，為聖政累非淺。

——明史劉濟傳——

邇者皇親貴倖有所奏陳，陛下據其一面之詞，即行差官齎駕帖拿人於數百里之外，驚駭黎庶之心，甚非新政美事。

——明人周璽論治化疏——

明不亡於流寇，而亡於廠衛。

——清人朱彝尊靜志居詩話——

前言

明不亡於流寇而亡於廠衛，乃朱彝尊引沈起堂私撰之「明書」語。何謂廠衛？廠指東廠、西廠、內行廠；衛指錦衣衛。此四者都是明朝中央政府的特務機構。廠衛二字是中國歷史學者為明代特務機構所取的總代名，當時的特務機構之數目其實遠超過三廠一衛。例如南京、鳳陽等地的守備府；南京、蘇州、杭州三個地方的織造；廣東、福建、浙江三個地方的市舶司等，都兼任特務工作。清朝保留了織造，紅樓夢作者曹雪芹的父親曾經做過康熙、雍正時的江寧（南京）織造，替皇帝做特務工作。

特務工作旨在安定社會，鞏固政權，乃古今中外各國之所共需，為什麼明朝的廠衛反而被史家認為是亡國的原因呢？是不是物極必反了呢？為何會物極必反呢？我認為有下面的四個原因：

一、明朝的皇權不但壓倒了相權，而且與相權劃分不清，由宦官控制的廠衛遂能挾天子以令內閣。

二、宦官制度與特務組織相結合。

三、廠衛名義上是互相監視的機構，實際上因為人事之結合而互為表裏，內閣難以控制，而人民遂受荼毒。

四、控制廠衛的宦官們興趣超過其專業範圍，進而影響學術界與政界之風氣，遂引起學政兩界之反擊，而造成了閹黨與東林復社之黨爭，終至兩敗俱傷而亡國。

今分別引申如下：

一、明制皇權與相權劃分不甚清楚

宦官之為帝后親信，古今皆然，此乃朝夕相處，共同生活，因而近水樓台先得月之故，亦為人情之常。

宦官格於身份，雖受親寵，無法出任閣臣宰相等尊位，因此漢唐明等朝代都有宦官與宰相爭權的史例。宦官權力之高低當然受到皇權與相權間關係之影響。皇權愈大，則宦官攬權之機會愈多。

宋朝的相權在中國史上是最大的，因此宦官也最不攬權。明朝的皇權之大在中國史上是數一數二的，因此宦官專政的情形最為明顯常見。

俗語說：白頭宰相，中國史上的宰相多半是老年人，是多少年熬上來的，比起皇帝來，總容易有才華與閱歷些。皇帝的身份通常是天生的，而且生長宮庭，人情世故，民間疾苦，知道的少還不說，像明朝這種朝代，皇太子的教育往往很差，可是一做了皇帝就有了絕對的權力，怎麼會不出昏君？明朝除了太祖與成祖有開國氣象外，少有賢君。

明太祖開國時仿元朝制度，設有中書省，置丞相領之，然而在洪武十三年（西元一三八〇年），因為丞相胡惟庸謀反，遂罷丞相不設，把中書省的政權劃歸六部，以六部尚書分別掌理天下事。官儀上雖然以吏部為最尊，明人稱吏部尚書為冢宰，可是吏部尚書不能管其他五部事務，不能算是宰相。

然而即使以明太祖開國之君那樣能者多勞，也不可能全盤總攬全國政務，因此在撤除丞相的兩年之後，也就是西元一三八二年，便設置了內閣與大學士。

內閣在名義上是皇帝的秘書處，其成員享有大學士的名義，在明太祖時的名位只有正五品，比各部尚書的正二品要低得多，也與清制的大學士為正一品榮譽職性質不同。

明末的黃宗羲在《明夷待訪錄》置相篇裏，對明朝的內閣制度有所說明，他說：

或謂後世之入閣辦事，無宰相之名，有宰相之實也。曰：不然。入閣辦事者，職在批答，猶開府之書記也。其事既輕，而批答之意，又必自內授之，而後擬之，可謂其實乎？

我認為黃宗羲的說法只是由制度去看，內閣有無宰相之實，應當由實際上的政治操作去看。

內閣在名義上與制度上固然只有批答之權，而批答之意，又可能多自內授之，因此與其他朝代的宰相名實皆不相符。然而黃宗羲說的批答之意，必自內授之，也是以偏概全的猜測，今舉《明史·李東陽傳》的一段記載為例。李東陽是明武宗時的首相，當明武宗殺掉了權傾一時的大太監劉瑾之後，李東陽曾上疏說：

臣備員禁近，與瑾職掌相關，凡調旨撰敕，或被駁再三；或逕自改竄；或持歸私室，假手他人；或遞出謄黃，逼令落稿。真假混淆，無從別白。

此外與李氏同時在內閣的大學士劉健，在劉瑾仍然當權的時候，就也曾指出「邇者旨從中下，略不與聞，有所擬議，竟從改易」。也是暗指劉瑾之橫行（語見《明史·劉健傳》）。由李東陽及劉健的說法可以證明，像劉瑾這種擅改、代駁、逼令內閣批答的行為，至少在明武宗時候，以及明武宗之前，是很反常的。因此我認為黃宗羲說內閣批答，「必」從內出的這一個必字是過份的以偏概全。而且以明神宗初年張居正擔任首輔的情形去看，在他執政的十一年之內，他是有宰相之實的。

然而內閣既然是內府的秘書處，當然是要服從皇帝（內宮）的旨意，只要旨由內出，不論是出於宦官還是皇帝的本意，閣臣除了與皇帝當面問清楚之外，是沒有辦法阻止宦官上下其手的。然而閣臣要見皇帝並不容易。因為明朝的皇帝很懶，有些位是很少上朝的，例如明神宗就有二十多年不上朝的記錄。有些即使勤快些，可是為了特殊原因，也有長期不召見某一閣臣的例子，例如《明史·門達傳》有一段記載，說明英宗因為錦衣衛主持人門達的報告，以為當時的首輔李賢受賄賣官，乃半年不召見閣臣李賢。

換句話說，內閣與六部尚書不同，並無明確的法定行政權力，只是代替皇帝批答奏章而已。而內閣與皇帝或皇太后的關係是否和諧，也因人而異。那麼內閣雖無宰相之名，是否有宰相之實，就要看是什麼人入閣，當時是什麼樣的人做皇帝或皇太后，以及閣臣們與掌權的宦官們之關係如何了。明神宗初年，張居正擔任內閣首輔長達十一年，在此期間，相權極大，即是一例。

然而皇帝雖然有任免閣臣的絕對權力，而宦官又控制了皇帝或皇太后的耳目，皇帝與宦官並非可以稱心如意地行使任免權。前述李賢受了誣告，明英宗半年不召見他，而且表示要罷免李賢，專用另外一個閣臣彭時，可是始終沒有實行，原因即在彭時極力為李賢聲辯，說「李公有經濟才，何可去，去賢，時不得獨留。」皇帝格於清議，遂收回罷斥的決定。

因此明朝皇權與相權的微妙關係，也就是說宮內與內閣的權力分配，是因人而異的，並非一目了然，或一成不變的。

然而一般言之，皇權過大，宦官因親信而掌權，而且皇權與相權之劃分沒有成文規定，宦官一方面可以利用皇帝而影響閣臣之去留或任命，以與閣臣結黨營私，另方面可以利用皇帝個性上的弱點而把持政柄，挾持內閣。

此等乃宦官干政的必要條件，可是並非充份條件，並不能使宦官得以干政。中國各代皆多政治野心之宦官，然而此輩並非人人可以稱心如意的。明朝之所以有宦官之禍，即是在宦官與廠衛之兩相結命，使宦官除了在宮內控制帝后，影響內閣決策之外，在宮外也擁有遍佈全國的干政工具也。

二、宦官制度與特務組織相結合的原因

明代宦官人數有多少？因時而異，平均總在萬人以上。李自成攻破北京時，宮中宦官即有七萬人。清朝的康熙皇帝曾說明朝自萬曆以後，內監多達十萬人。

明制宦官可以蓄奴，因此除了十萬宦官之外，尚有為數可觀的家奴私臣。

明朝的特務機構，除了設在中央的三廠一衛之外，各地皆有其細胞組織，所須成員人數極多。然而特務組織除錦衣衛有世襲制度外，並沒有自設的養成訓練機構，只有向外求才。明朝末年錦衣衛就有五、六萬人。

宦官既為皇帝之親信，而且本身就有組織與紀律，雙方一拍即合。

其兩相結合之法定依據，則為明史刑法志所云之東廠提督「專用司禮秉筆第二人或第三人為之。」

明制皇宮內設十二監、四司、八局，而以司禮監為首。司禮監有太監九人，掌印者一人為首。

明人沈德符《萬曆野獲編》云：

> 司禮掌印首璫最尊，其權視首揆。東廠次之，最雄緊，但不得兼掌印。每奏事，即首璫亦退避，以俟奏畢，蓋機密不使他人聞也，歷朝即遵之。至嘉靖戊申己酉間，始命

司禮太監麥福兼理東廠。至癸丑而黃錦又繼之，自此內庭事體一變矣。

司禮掌印太監兼掌東廠，乃明朝政局轉變一大關鍵。因為司禮掌印太監原為宮內之首揆，而東廠乃監視全國之機構，若由兩人分掌，固然仍然可能聲息相通，總比一人兼任要少些流弊。因為司禮掌印太監原可以用宮內首揆的身份，挾天子以令內閣，但是若有因而失政處，東廠等特務機關還有可能上達民情，以求補救。然而司禮掌印太監兼領東廠，並進而因之可以有權任命其他特務機關首長，則內閣既受挾制，而民情亦將難以上達矣。劉瑾、魏忠賢等之所以能亂政，即在身兼此二職也。

三、錦衣衛與詔獄

明朝宦官可以出任東西廠、內行廠、各地織造、守備等首腦職務，然而有一個歷史最久、規模很大的特務機構——錦衣衛，宦官在名義上卻無法伸足其間。錦衣衛是明朝兵制的一個單位，一般的部隊在各地，有二衛直屬於皇帝指揮，錦衣衛是其中之一。

明朝的四大特務機構——三廠一衛中間，三廠純是特務性質，錦衣衛則是兼具軍事與特務性質的單位，在明初就兼負特務工作。明太祖洪武十五年（西元一三八二年），於錦衣衛中設置了北鎮撫司，專理詔獄。

詔獄是指特奉皇帝旨意而繫治獄之事，發源於漢朝。中國在唐朝以前，帝王均可左右司法，隨意輕重。秦漢皆有廷尉之官，主掌刑獄。然而漢制廷尉治獄之權有限，最後決定仍由皇帝與宰相坐而論定，廷尉不能專斷，而又有行寃獄使、御史等官兼具執法之責，以分廷尉之權。歷史上漢朝詔獄的名聲不惡，因此宋人王安石讀漢書有詩云：

京房劉向各稱忠
詔獄畢竟迹自窮

唐及其後，帝王仍可在重大案件中干涉司法，即法曹判人死刑者須上章請示。唐人劉餗的《隋唐嘉話》中有三條記載，由此可以看出初唐時帝王干涉司法的程度，已遠輕於秦漢了。第一條是：

貞觀中，有河內人為妖言，大理丞張蘊古以其素狂病，不當坐。太宗以有情，令斬之，尋悔以無所及。自後每決死刑，皆令五覆奏。

第二條是：

徐大理有功，每見武后將殺人，必據法廷爭。嘗與后反復，辭色愈厲，后大怒，令拽出斬之，猶迴顧曰：「臣雖身死，法終不可改。」至市臨刑得免，除名為庶人。如是再三，終不挫折，朝廷倚賴，至今猶懷之。其子預選，有司皆曰：「徐公之子，豈可拘以常調者乎？」

第三條是：

李侍中日知，初為大理丞，武后方肆誅戮，大卿胡元禮承旨欲陷人死，令日知改斷，再三不從。元禮使謂李曰：「胡元禮在，此人莫覓活。」李起謂使者：「日知諮卿，李日知在，此人莫覓死。」竟免之。

由這三條記載可以看出唐初帝后干涉司法之能不能成功，要看執法者有沒有守法不屈的精神，敢抵抗上面的壓力，此與唐以前帝王在法制上，無分案件之輕重，都有權干涉司法的情形自有不同。

在刑法方面，明律大體上是仿照唐律的，然而明代法制之敗壞，不在司法體系的三法司，而在詔獄體系的錦衣衛。

《明史・劉濟傳》有一段話：

> 自錦衣鎮撫之官專理詔獄，而法司幾成虛設。羅織於告密之門，鍛鍊於詔獄之手，旨從內降，大臣初不與知，為聖政累非淺。

如前所述，錦衣衛的北鎮撫司創立於西元一三八二年，即明太祖洪武十五年，那麼劉濟所說的法司幾成虛設的現象，在明朝開國時候就有了。

錦衣衛與北鎮撫司與明朝同始終，由洪武十五年到李自成攻入北京，除了建文帝時短短幾年之外，共有二百年之橫行。在此二百多年間，錦衣衛的成員人數由創建時的五百人，擴充到晚期的五六萬人。其中除了世襲之外，不足之數也有向民間招選的。錦衣衛的主管——都督或指揮使皆是軍職，宦官不能出任，通常是由勳貴擔任的。

錦衣衛之權力所以過於龐大，有兩個原因，一是可以任意刑求或拖延辦案，不必擔負法律責任。二是由調查到判刑，一以貫之。

首先就刑求言，明律倣照唐律，在司法系統中執法者若用刑過重，或以私害公，則依其情節輕重，須追究其責任。例如在枉法方面，明律「凡官吏懷挾私仇，故禁平人者杖八十，因而致死者絞。」可是錦衣衛的詔獄不受此限制，因為理論上說，錦衣衛是先請旨才辦案，如果抓錯了人，罪不在奉旨者也。又如淹禁不決，明律有責任之專條，「凡獄囚情犯已完……別無追勘事理應斷決者，限三日內斷決，應起發者，限一十日內起發，若限外不斷決，不起發者，當該官吏，三日笞二十，每三日加一等。」而錦衣衛詔獄也不受此限制，例如明神宗因為數十年不上朝，各級官員出缺者甚多，錦衣衛人手不夠，甚至有拘押了二十年還沒有上過堂問過案的犯人。

其次由程序言之，錦衣獄之可怕，便在由偵查（當時稱為緹騎）、拘捕（簽發駕帖）、審訊（錦衣獄）到判決與執行，全由特務工作人員一手包辦，成為三法司以外之獨立系統。到了明憲宗成化元年（西元一四六五年）以後，北鎮撫司審決案件後直接向皇帝報告，三法司固然無從干涉起，即使其特工長官錦衣衛指揮使也無權過問，因此北鎮撫司治理詔獄之無法無天，益為變本加厲矣。

時人陳顧遠著中國法制史，對明代法院組織中三廠一衛之酷虐，評之以「實為一代之羞」，甚為至評。《明書・刑法誌》描述詔獄之慘酷，有句如下：

> 五毒備嚐，肢體不全，其最酷者，名曰琶，每上，百骨盡脫，汗下如水，死而復生，如是者二三次，荼酷之下，何獄不成？

錦衣獄之慘酷既然如此，人人皆畏之如地獄，因此只要能夠送三法司，犯人莫不大喜過望。明末的瞿式耜在〈陳政事急著疏〉中指出，在明熹宗時，魏忠賢與崔呈秀當權的時候，便有這個現象。瞿式耜說：

往崔魏之世，凡屬凶網，即煩提騎，一屬提騎，即下鎮撫，魂飛湯火，慘毒難言，苟得一送法司，便不啻天堂。

當時魏忠賢以司禮太監提督東廠，而錦衣衛的兩個負責人——都督田爾耕與指揮掌北鎮撫司事許顯純，則名列魏氏門下五彪之中。

明朝之所以設立三廠一衛，職權重疊，原意便在相互監視，以防止特工濫權，例如東廠的主要任務之一便在監視錦衣衛。而當初以宦官督東廠，以勳貴指揮錦衣衛，亦未嘗沒有分而治之之意。然而行之百餘年，制度雖在，精神已為不同。到了魏忠賢時，久已東廠唯我獨尊，衛依附於廠，而內閣又依附於廠衛。情勢演變到了最當權的宦官——司禮監掌印太監，可以利用兼職——提督東廠的身份，內控制宮廷，外控制錦衣衛，進而用詔獄來鎮壓天下人心，而人心如何能服？乃至四海鼎沸，民生不安，學界政界風潮四起了。

四、學界、政界所以產生閹黨的原因

宦官與廠衛配合，進而干涉學政兩界，其所造成的政潮學潮，把王陽明的道學派與反王派之爭鬥，一變而為東林復社與閹黨之鬪爭。

梁啟超在其名著《中國近三百年學術史》中，對此點曾加分析，他指出反王派在形成閹黨之前原來可分為三類，即事功派、文學派與勢利派；事功派如張居正，他們覺得王派是書生迂闊，不切時務；文學派如王世貞，覺得王派學問空疏，乾燥無味。何況陽明這邊的末流，也放縱的不成話。

除了明朝之外，漢唐均有宦官干政，清末亦有具體而微的現象，然而讀書人與宦官相結合而構成閹黨，卻只有明朝才有，為什麼呢？漢唐的讀書人都是反對宦官者多，少有與之結合者，為什麼明朝的讀書人竟然會大量跑到魏忠賢輩的旗子下去了呢？梁啟超並沒有說明這一點。

更有進者，古今中外利益薰心的讀書人所在多有，而明朝何其多也？一朝一代的士風固然各有不同，但是明朝閹黨最盛的時候，士風都是王學當行，讀聖賢書，所學何事，怎麼會有那麼多人去依附魏忠賢這種人呢？其原因即在漢唐等代的宦官不論以人數、組織與權力來說都比不上明代，而宦官既然已經長期操縱明朝的政柄，又與王陽明派水火不容，才會造成這麼多人去依附宦官，形成閹黨而與王派做殊死鬬。宦官之所以能操政權，即在控制了特務，權力過於龐大，方能超出其專業範圍，干涉學界政界，進而與依附他們的知識份子組成閹黨，在學界、政界鬧出大風波，終至如梁啟超所說的：

當他們筆頭上口角上吵得烏煙瘴氣的時候，張獻忠、李自成已經把殺人刀磨得飛快，準備著把千千萬萬人砍頭破肚。滿州人已經把許多降將收了過去，準備著看風頭撿便宜貨，入主中原。結果幾十年門戶黨爭鬧到明朝亡了，一齊拉到。

梁啟超的這段話，可以用來作為「明不亡於流寇而亡於廠衛」說法之註解。

五、明朝如何能夠免於廠衛亡國之禍？

明朝廠衛濫權，荼毒人民，每多官逼民反之史例，是其亡國原因之一，已為史家所公認。所可爭議者，乃是廠衛在明朝亡國眾多原因中所佔的比重有多少而已。

吾人讀歷史而有此後見之明，當是言者何其易也，如果我們生在明朝，會不會比當時人較能看出廠衛濫權的嚴重後果來呢？也就是說，當時有沒有癥兆顯示出廠衛權力已經過於高漲了呢？

我認為此可分官方與民間兩方面去看。

就明朝政府中人來說，度量廠衛是否過於濫權的一個標準，可見於明史劉濟傳：

> 羅織於告密之門，鍛鍊於詔獄之手，旨從內降，大臣初不與知，為聖政累非淺。

也就是說特務機構有權策劃及處理政治性的重大案件，直接報告皇帝，內閣事先並不知道大獄將興，如此便是廠衛權力過大的徵兆。

然而這種廠衛專權，大臣事先不預聞詔獄的現象，民間並不知道。那麼用什麼樣的尺度在民間去衡量廠衛權力過大呢？我想在瞿式耜的〈陳政事急著疏〉中可以看出來，即是：

凡屬凶網，即煩緹騎；一屬緹騎，即下鎮撫。魂飛湯火，慘毒難言，苟得一送法司，便不啻天堂。

也就是說怕打官司的中國人，會有欣然移送司法審判的情形出現，便可以看出人民多麼害怕錦衣衛與北鎮撫司了。

特務工作實為安定社會，鞏固政權之所必需，即使今日號稱民主國家之英美日法等國亦各有其特務機構。既然國家不能沒有特工，那麼又如何免於物極必反，像明朝一樣的廠衛亡國之禍呢？今以英美法日與明朝相比較。此等國家之特務機構之所以不會亂政，便在下列原因：

一、英美法日等國的特務機構隸屬於政府，受國會之監督，並非像明朝一樣的專屬於帝皇一人。這一點，對從事特務工作的人士來說是有利的。明史顯示，凡是帝皇更易之時，掌握特務機構的宦官們不但不能繼續保持權力，而且往往有殺身之危。可是在英美法日等民主國家，從未有因為更易總統或者首相而殺害或貶退特務機構高幹的例子出現。為什麼呢？因為明朝的特務負責人是皇帝的私人親信，在一朝天子一朝臣的情形下，自難取得新皇帝的信任。而在英美日法等民主國家，特務高幹是替國家或政府做事，與當政者個人之進退無關也。

二、英美法日等國的特務工作者之權力及業務範圍限於其專業之內，不會在學界與政界構成派系，也就是不會有明朝末年的閹黨出現，因而不會造成政潮。

三、英美法日等國的特務工作者選自民間，既非像明朝的錦衣衛之世襲，也不像明朝東廠等其他特務機構之與宦官系統相結合。特工既然來自民間，而且各行各業都有，則特工系統整體的想法與民間之思想潮流相比，雖不中亦不遠矣。因為職業化的影響，古今中外的特務工作者莫不趨向保守，然而以今日之英美法日等國與明朝相比較，可以看出明朝之廠衛不但與民情相隔閡，遠過於今日的英美法日等國，而且明朝每有官逼民反的例子出現。我認為原因之一即在明朝廠衛的成員多非來自民間，多出自一個系統，其利益與民間不相合之故也。

四、英美法日等國的特務機構只有偵察、調查、拘捕的權力，可是沒有自設法庭審訊、判決與執行的權力。也就是沒有像明朝廠衛之享有辦理詔獄或錦衣獄的權力。易而言之，在英美法日等國，特工辦案不能不倍加謹慎，不但不能刑求取供，而且在逮捕人犯，移送法院公開審問之時，如果罪名不能成立，不但有損其機構之威信，而且承辦人員可能會受到內部的行政處分，此亦合乎中國法制史上追究法官責任之精神也，而明朝的廠衛不但可以有權辦理詔獄，而且刑求不必負法律責任。

五、明朝特務機構繁多，而且業務重疊，原意在互相監視，然而因人事之結合，終致衛依於廠，而廠中又以東廠為首，因而結成朋黨。英美法日各國之特務機構間業務多不相重疊，而以政府及國會為監督機關，即監督者並非特工專業人員，因此能免於特工結黨之害，但是也可能造成特工機構間彼此過份的競爭，而減低了整體效率。兩者之間，孰取乎中，非我們外行人三言兩語所能取決。

我們既非特工的專業人員，缺少專業經驗，對明朝廠衛亡國之禍，容易見其症候，難以處方下藥。然而我們雖然不知道如何改革明朝的特務制度，卻知道明朝的特務制度須要改革，而且吾人當知前車之鑑，不可重蹈覆轍。

六、小結

中國歷史上特務機構最為龐大、權力最無節制的朝代，莫過於明朝，然而明朝也是中國歷史上民變較多、政潮四起的一個朝代。由此可見物極必反，孔子說與其不遜也寧固，俗語說過猶不及，明朝廠衛亡國便是一例。

在明熹宗時代，魏忠賢以司禮監提督東廠，前後不過七年，卻是明朝廠衛為害最烈之時期。當時不但在政界與學界引起閹黨與東林、復社之爭鬥，而且民變四起，終成流寇之禍，滿洲也在此時坐大猖獗。魏忠賢掌權七年，動搖了明朝政權二百多年之根基，即在當時內閣依於衛，而衛又附於廠，廠則以魏忠賢為首也；也就是說特工控制了政府，而魏忠賢又一手控制了特工，便成了無人能夠節制魏忠賢的局面。

明人不暇自哀，而吾人哀之。王羲之蘭亭序云，後之視今，亦猶今之視昔。吾人讀史在於鑑往知今，庶幾能以明史為警惕，而免於廠衛濫權之禍，則國家幸甚，民族幸甚。誠如梁啟超言，東林、閹黨相爭不已之時，內有張獻忠、李自成磨刀以待，外有滿洲招降納叛，待機而動，則明朝之黨爭終必至於亡國而兩敗俱傷，同歸於盡而已矣。讀史至此，豈能不為明人三嘆耶？又豈能免於見不賢而內自省乎？

——一九八〇年六月二日

——筆名夏宗漢，香港《中報月刊》，一九八〇年；《中國人月刊》第二卷第七期，一九八〇年八月

陳文成命案

我對陳文成命案「新」的推論

一、沈君山與余紀忠透露的消息

一九八一年七月二日台灣的警備總部約談了陳文成先生，第二天早上陳先生被發現死在台大校園中，因而爆發了震驚台、美的命案。我寫的「陳文成案疑雲重重」是在同一年十月發表於香港的《中報月刊》，當時難作定論。在接近三十年後的今天出版本書之時，容我作一推論，不過在說明我的推論之前，先簡述我在寫完前文以後所得到的訊息。

1. 沈君山兄在讀了我的文章之後告訴我，他曾應警總之邀請，去觀看警總承辦人員與陳文成先生談話之錄影帶，他說：

(1)與已知陳君在警總停留的時間相比較，這些錄影帶加起來，少了兩三個小時。沈兄說警總的解釋是那段時間內陳君在吃午餐及晚餐，因此沒有錄影。

(2)以沈兄看到的那些錄影帶來看，陳君並未受到刑求。

(3)在上午陳君剛到警總時，問話者是一位尉官，可是後來則改為一位上校。

沈兄是物理學家，我問他對拙作中用牛頓力學定理計算出台大研究生圖書館不可能是命案的第一現場，他的看法如何呢？他竟然嘻嘻哈哈地勸我不要太注意細節，真是令人「吹漲」，使我十分生氣。而他的態度使我對警總的官方說法更為懷疑的了。

2.余紀忠世伯告訴我，事後警總內部檢討陳案，作出行政處分，凡是當天牽涉到此事者，自那位上校以下，全體一律從台北外調到花蓮。

二、王永澍及郭學周因此案而仕途受損

我後來得知，此事所引起的高層人事調動為：

(1)警總保安處長郭學周少將調任總部副參謀長。

(2)安全局長王永澍上將去職，遺缺由時任警備總司令之汪敬煦上將接任。

這兩點都須要解釋，讀者才能明白其人事獎懲昇降原因之所在。

(1)警總的保安處長與副參謀長都是少將職缺，在組織表上副參謀長的位子還要高些，可是兩者大為不同。處長是掌握實權的主管職缺，而副參謀長不祇一位，其實權全看其主管——即參謀長之委與。所以郭先生此次之調職是明昇暗降的了。

(2)警總保安處的前身是早期的保安司令部遊查組，權力甚大，專司台灣內部的治安，如抓流氓，捕盜賊等，其人事自成一個封閉的系統，在警總內部是一個獨立王國。

王永澍將軍早年曾任台灣保安司令部遊查小組之負責人，多年後之此時他雖然已貴為上

將國家安全局長，離開了警總，可是保安處仍舊是他的地盤，郭學周少將是他的人。

(3)是保安處邀約陳文成赴警總談話，因此陳案發生後，除了把牽涉到此案的承辦人員，如余紀忠先生所說者，自那位上校到士官全體外調去花蓮之外，郭學周少將及王永澍上將的仕途也受到連累。也因之明明是警總做錯了事，警備總司令汪敬煦上將反而昇官，而是安全局長王永澍上將下台，以示負責。此示蔣經國總統對特工系統（情治機關）的人事脈絡一清二楚，誰該為保安處之失職負責，他心知肚明，是瞞不過他的了。

三、我的「新」推論

上述的「新」資料，因為我得知時已在一九八二年棄筆從商之後，所以近乎三十年來我一直沒有機會發表因此而得之「新」推論，今乘本書出版之際，寫出來以供大家參考。

陳文成君是我台大數學系的學弟，比我低了五班，因此我在一九六六年出國以前並沒有見過他。據我們共同的朋友描述，陳君是一個甚為粗線條，講話大喇喇的人，有一位朋友開玩笑說，你如果在街上遇到此人，而且並不認識他，你就絕不會相信他是一個數學博士，還會以為他是個市井中的屠夫——殺豬的人。

一九八一年時，陳博士在美國賓州匹茲堡城擔任大學教授。此城有兩所著名的大學，即匹茲堡大學與卡尼基、梅龍大學，我一時已記不清陳君是這兩所著名大學中的哪一個之教授了，不過是二者之一是沒有錯的。

一九八一年暑假，陳君回台省親，七月二日警總約他談話，為甚麼呢？此因為陳君是匹茲堡台灣同鄉會的活躍人物，在一九七九年高雄事件之後，八〇年及八一年裏美國各地的台灣同鄉會風起雲湧地支持台灣島內的黨外活動，大家出錢出力。據說陳君此次曾攜帶一部分匹城同鄉會收到的捐款，回台去交給黨外人士，警總接到消息，乃予約談，以求查證。

本來這只是警總的一個例行公開的訪談，陳君已有美國公民的身份，又是名校教授、數學博士，大家見個面，彼此客客氣氣，打個馬虎眼，警總人員把公事上該做的做了，交代得過去就沒事了。

沈君山兄說陳文成先生自認有理，沒有犯法，在警總的訪談中間，乃侃侃而大談其政治理念。於是原先問話的尉官乃停止談話，報告上級，改由一位上校出面問話。

此示此時案情已經昇高了。

以下是出自我的判斷與推論。

警總保安處平時並非處理高級知識分子，或海外華人政治性案件的單位，其日常業務多為處理社會上發生的刑事案件，如抓小偷、捉強盜等等。儒家說「刑不上於大夫，禮不下於庶人」。在辦案時，保安處的人員常有打人的習慣。此時他們與陳君談話，言語不合，就動了手。陳君雙拳不敵四手，又是人在屋簷下，乃受了重傷。問案人員見狀慌了手腳，就把奄奄一息的陳君在黑夜裏運進台大校園中一丟，以求逃避責任。到了第二天早上他被發現時，尚未死亡，被送醫時，才因內出血過多而不治的。

也就是說保安處的中下級人員一時情急畏罪，不敢將陳君送醫急救，白白害得陳君丟了一命，也把事情搞大了。

依照這個推論，才能解釋警總先是公開約談陳君，派人派車去他府上接人，後來卻會鬧出命案的原因。即是警總本來沒有傷害他的意思，可是雙方大起口角之爭執，問案人員們一時氣憤傷了他，才會愈鬧愈糟，搞出人命案來了。

如果照此推論，是保安處的問案人員犯了大錯，與郭處長無關（不過他也可能參與了掩蓋「罪行」之努力），可是身為主管，他自須負監督不週之責。只是怎麼會連累到安全局長王永澍上將身上的呢？我還是想不通。我認為王上將之下台，此案只是壓死駱駝的最後一根稻草，可能還有其他原因，其來有自的了。

這是我對陳案「新的推論」，寫出來以供大家參考。

以上的推論是有缺點的，就是如何解釋鄧維禎兄弟兩人的說法——陳文成先生在離開警總後曾去看過鄧維祥君。我認為除非鄧氏兄弟改了口，就只有說大家信不信得過他們了。也就是說相信鄧氏兄弟的人，不會同意我這個「新」的推論，不相信他們的人，則不妨把我這個看法多作參考好了。

不過如果政府要重新調查陳文成命案，在二十多年後的今天還來得及，當時警總保安處的涉案人員既然至少有一位尉級軍官，那麼此人在今天尚為在世的機會是很大的了。

——二〇〇八年八月廿日於北美

陳文成案疑雲重重

——警總錯失致死乎？台獨予以制裁乎？

前言

很少人認為陳文成是自殺或意外死亡的，可是一般人的爭論並不是在陳案是否他殺，而是在兇手究竟是何方人物。

誠如匹茲堡大學的許倬雲教授所指出的，陳案他殺的可能性分為四種，即警總、極端支持國府的激烈份子、台獨的激烈份子與共黨的恐怖份子。理論上四種都有可能，不過目前在海內外華人之間比較流行的說法是兩種，就是：

一、台獨制裁說

二、警總在約談陳文成時用刑而過失致死的說法

採取台獨制裁陳文成說法的人，其立論可用報載許倬雲下面的一段話為代表：

陳教授在離開鄧宅後，可能又訪問了其他人，這些人為他所信任，卻因不滿他在警總交代了太多的事而突然把他推到欄杆之外，當晚有人曾見有二人上圖書館樓，雖然不能證明是陳，但相當耐人尋味，許教授說許多秘密組織都有懲處對外吐露太多真言的鐵律，但他不知道台獨組織有沒有那麼嚴密的紀律。

海內外華人中間有此想法的人不少，並非限於許倬雲一人。

採取警總刑求過度而意外致死的人的說法，大致如下：

警總約談陳文成當是例行手續，陳文成並非台獨的著名領袖，即使他是個台獨成員，想來也不會使警總官方要下令殺他，而且要殺他也不會笨到把他約談到警總去動手，落了痕跡。

可是陳文成的脾氣倔強，個子大喉嚨粗，是個粗線條的人物，因此原本是例行的約談變成了雙方鬧意見的衝突，而陳文成雙拳難敵四手，警總辦案人員乃不小心把他打死了，事後就把陳文成的屍體往台大校園裏一丟。

這兩個說法雖是南轅北轍，但是都肯定了陳文成是他殺的，在海內外都很流行，而且兩派的分野隱隱然與省籍有關，也就是說本省人多半認為是警總下的手，而外省人多半則認為是出於台獨的制裁。

省籍的意識是情緒性的，因此許多人在討論陳案時往往是先認定了一個答案，才去找支持這個答案的證據，而忽略掉不利於己說的證據。

本文的目的，與其說是在這兩種說法裏面予以選擇，不如說是在分別檢討與分析這兩種說法的證據是否充足。我個人則認為以目前已經公佈的陳案資料去看，實難以判定兩個說法究竟誰對誰錯，雙方都是可能成立的。

我認為這兩種說法能否成立，都必須以之各各與下列的證據查對：

一、鄧維祥證詞的可靠性

二、台大校園現場勘查報告

三、陳文成的驗屍報告

鄧維祥證詞的重要性

警總下手說與台獨制裁說有二個決定性的分劃點，就是：

一、台大校園是第一現場，還是移屍之處？

如果警總刑求而失手致死，台大校園應是移屍之處，而如果是由台獨制裁，則一般人認為陳文成是在台大研究圖書館五樓平台上突然被推下來，墜樓致死。

二、陳文成是不是活著離開警總的？

警總自稱是在七月二日晚上九時三十分派專車送陳文成回家。陳家住在四樓，上了二樓，陳文成表示已經到家，不須再送上四樓，警總的人就下樓回去了。警方專案小組的結案報告，採用了陳家當時在四樓睡覺的家人之證詞，認定陳文成並沒有回家。但是又採用了住在三樓的四個女學生的證詞，說在二日晚上九時三十五分左右，有一高一矮兩個男子從汽車上下來上樓，一直到這四個女學生在十一時十分從大門口上樓睡覺為止，那較高的男子始終沒有下樓。

這四個女生的證詞並沒有認定陳文成是那較高的男子，專案小組調查報告也未予作此推論。

陳文成沒有回家是確定的事實，因為在七月三日，也就是第二天早上六時，陳家因為陳文成一夜沒有回家，曾請內政部長邱創煥的小舅子，一位姓白的教授向警總打聽他的下落，據警總告知陳文成在七月四日可以出來，到了三日下午白教授又接到通知說陳文成在七月二日晚上九時三十五分已經離開警總了。此方面之經過，白教授已向《自立晚報》的記者證實了。

陳文成的父親陳庭茂認為陳文成不可能上三樓的，因為陳文成沒有大門鑰匙，警總發言人則同意陳文成沒帶大門鑰匙，但是可能在二日晚上九時三十分左右，另有人出入大門，因此陳文成與警總陪同他的人才得其門而入。

陳文成等二人如何進入大門的問題，因為是陳庭茂在專案小組調查報告發表之後才提出來的，所以報告中沒有加以解釋，不過那四個女學生一直在大門口與友人聊天，既然看到了一高一矮二個男人在九時三十分進門，就應該看到當時其他進入大門的人。我們沒有見到他們的全部證詞，只是讀到了專案小組報告中節引的部分，因此關於當時是否另有人進出大門，而使陳文成等二人能進大門一事，只有存疑。

因此警總自稱專車送回陳文成的說法，實不能證明陳文成是活著離開警總的，而因之鄧維祥的證明就成為唯一可以證明陳文成在七月二日晚上十一時還是活著，而且已經離開警總的證據了。

鄧維祥證詞的可靠性有多少？

陳文成在七月二日上午九時三十分被警總約談之後，到了七月三日上午七時三十分被發現陳屍於台大校園之前，除了警總人士的說法之外，目前只有鄧維祥一個人的證詞可以證明他是好好地離開警總的。

鄧維祥是陳文成在美國密西根大學留學時的同學，據鄧維祥自稱，七月二日晚上十一時到十一時三十分之間，陳文成曾到他家裏去，也談到了他被警總約談的事情。

因此主張並非警總下毒手的人，最有力的證據便是鄧維祥的證詞。當然在理論上警總仍然可能在陳文成離開鄧家後再下手的，不過如說警總官方決心殺陳文成，這是不符合情理的事情，即使最反對國府的台獨人士也沒有採取這個說法。他們的說法是陳文成離開鄧家後，被調查局殺害，理由是因為調查局與警總不和，乃故意殺害陳文成而栽誣警總。這不但是一個捕風捉影的說法，而且有此主張者亦為數甚少。因此我們可以說，鄧維祥的證詞的證明並非警總下手的最有力的證據。那麼推論是否為警總下毒手的時候，我們必須考慮鄧維祥證詞的可信度。

肯定鄧維祥證詞為可信的人，他們的說法也可以用許倬雲的話為代表。許氏自云在台灣和美國都曾聽到警總刑求致死的說法，而且在陳案初起之時，他也很難說絕對不是，但是現在他敢說是絕無可能，因為有了鄧維祥的證詞，而他認為鄧氏證詞可靠的原因，我綜合之如下：

一、鄧維祥是陳文成的同學，鄧氏向警總及記者都表示了陳文成去過他家。

二、鄧維祥的哥哥是鄧維楨，是一個成功的出版家，「而且在黨外還享有相當的名氣，是一個知名的政論家，因此鄧維祥不應受到警總的利用。」

三、由《聯合報》在七月十九日刊出的鄧維祥訪問記的看法，顯示鄧氏「是一個相當有原則的人，並且相當對他確定的事情負責，而對他不確定的，即使有利於警總的說詞，他也持保留態度。」因此許倬雲非常欣賞鄧教授說真話的風骨，並說他是一個難得的知識分子，也因此認為對於他說的話，不應當懷疑。

許倬雲是一位很傑出的歷史學家，也是一位著名的自由主義知識分子，以我對他的認識，我認為他是不會被警總利用，而故意說出違心之論去替警總辯白的，我相信他講的是出於他的真心話，現在有許多人因為陳案而攻擊他，懷疑他的品格，我認為這是過份，也是不瞭解他為人而起的誤會。

可是他所舉出來鄧維祥證詞可信的理由，歸根究底是看論者信任不信任的過鄧維楨和鄧維祥兩兄弟。這對許多從來不認識鄧氏兄弟的人來說，是不容易有所取決的。陳文成的父親陳庭茂否定鄧氏證詞的二個理由，即：

一、陳文成在警總談了十三個小時之久，出來後並未與家人聯絡，反而在隔了一小時之後，找鄧維祥長談，這是什麼原因？

二、七月六日鄧維祥夫婦到陳文成哥哥家陳文成的靈堂時，為什麼一直不肯在靈位前祭拜？

其中第二點，即靈前不拜的事情，鄧維祥已寫了一篇文章作了交待，說明他夫婦二人及兒子當時是在靈前捻香拜過，此為細節，我們不予討論。至於第一個理由確是許多人大惑不解之處，可是此並非鄧維祥能夠或應該由他出面解釋的，如果陳文成確曾不回家而去找鄧維祥，那是出於陳文成的心念，鄧維祥又怎能知道其中的理由何在呢？除非起陳文成於地下，是無法解釋這點的，因此這個理由不足以否定鄧維祥的證詞，只能使人懷疑他的證詞是否屬實。

鄧維祥訪問記錄發表日期含意

在討論我對鄧維祥證詞的疑問之前，我必須聲明我對鄧維祥等人士的品德人格等，並沒有足夠的資料來加以評斷。我只是用情理去作分析，如果有讀者因之而得出評斷當事人道德方面的推論，並非我寫作本文的目的。

陳案發生在七月三日上午，鄧維祥自云與警總晤談是在七月四日下午，鄧維祥接受了《聯合報》記者的採訪之日期在記錄中並未說明，因此並不確定，不過記錄見報之日期是七月十九日，以報界搶新聞的慣例去看，應該是在七月十八日所作的採訪。

在七月三日到七月十九日之間，警方對陳案的方向研判頗有改變。

七月三日案子剛剛發生的時候，台北市警局古亭分局的刑警認為是他殺成份居多。七月四日開始，屍體陳文成的身份與警總在二日曾與之約談的事實被公開了，警總也介入了調查，警方的態度乃改變成為在陳氏畏罪自殺與他殺二者之間徘徊不定，有一度甚至出現警總總司令與發言人各持一說的怪事。至於警總在此期間處理陳案的經過，不但在八月七日監察院的調查報告中受到明文指責，亦為國府朝野所不滿。

七月十九日晚上十一時，陳案專案小組公佈調查報告，排除他殺可能，認為是意外死亡或自殺，肯定了台大研究圖書館是第一現場。

鄧維祥七月五日起就成為新聞人物，可是警總予以保護，與外界隔離，一直到七月十九日《聯合報》獨家刊出訪問記錄，鄧氏才算公開打破了沉默。

在《聯合報》的訪問記錄裏面，鄧維祥認為陳案是他殺，而且他一聽到陳文成的死亡消息時，自云：

我的第一個感覺是非常憤怒，意思就是我認為是他殺，當然後來輿論也很多。但是我、他的朋友、他的家人都不容易接受自殺的結論。我也告訴警方向他殺的方向走。

鄧氏並且排除了非政治性他殺的可能，指出陳文成「沒錢、沒仇、沒有愛情糾紛……」同時在關於警總部分，鄧氏同意警總沒有必要殺陳文成，殺陳文成對警總沒有好處，「這是很合理的想法，絕大部分人應該是這樣想的。」

因此鄧維祥的看法是陳案乃政治性的他殺案，而且並非警總殺他，那麼在非楊即墨的情形下，便容易導致出台獨制裁的說法來。

我認為《聯合報》在七月十九日忽然把鄧氏的談話見報的原因，就是警方專案小組的調查報告當時已要公佈，而治安方面主張陳案是出於台獨制裁的人士，知道專案小組將以陳氏為自殺和意外死亡的理由來結案，乃先發制人在小組調查報告將要發表的當天早上，讓《聯合報》有機會刊出獨家採訪，希望藉著鄧氏的話把這份小組報告逼得胎死腹中而不能公佈。今試論如下。

治安方面自殺結案與台獨制裁說的內爭

照情理去看，鄧維祥在七月二日晚上見到了陳文成，是證明陳文成好好地活著離開警總最有力的證據，那麼警總為什麼反而要把他與新聞界隔離了呢？既然已經隔離了十多天，又為什麼忽然給《聯合報》一個獨家呢？有些人認為這是鄧維祥與警總串通的證明。他們的說法是如果讓鄧維祥召開記者招待會，與新聞界普遍接觸，那麼鄧維祥的說法可能會被追問出馬腳來，對警總來說不如把鄧維祥安置在一個可以控制他與新聞界來往情形的環境裏，讓警總選擇了與警總關係良好的《聯合報》來作獨家採訪。

可是反過來說，也可以解釋成警總擔心鄧維祥不合作，所以不願他與新聞界來往。

因此我認為此不足以證明鄧維祥與警總是串通的。

鄧維祥的哥哥鄧維楨所主辦的《政治家》雜誌，在八月號裏全文轉載了《聯合報》採訪鄧維祥的談話記錄，因此我認為鄧氏兄弟已經肯定了《聯合報》的記載是正確的，也就是說這個採訪固然是在警總保護下讓《聯合報》獨家做的，但是《聯合報》的記載並沒有歪曲了鄧維祥的意思。

依照《聯合報》所刊出的記錄，鄧維祥的看法是陳案屬於政治性的他殺，而且絕非警總下手。既然此為鄧氏的真心，而非《聯合報》的歪曲，那麼警總為什麼要把這樣一個對自己有利的證人隔離了十五天之久，而且為什麼只讓《聯合報》採訪，不多讓鄧維祥與其他新聞界人士接觸，因而任由坊間警總下手的說法廣為流傳呢？

我的看法是鄧維祥的證詞是指向台獨制裁說的，可是國府決策層在考慮到美國朝野及海內外華人對陳案的政治反應之後，不願意把案子導向台獨制裁的說法，而希望用自殺或意外死亡的說法來迅速結案。因為台獨制裁說便是指陳案為兇殺案，不但緝兇偵破需要時日，而且既為他殺，警總也可能成為許多人心目中的涉嫌者。美國國會為了陳案召開了聽證會，美國重要的新聞報紙刊物如《紐約時報》、《華盛頓郵報》、《洛杉磯時報》、《基督教科學箴言報》、《新聞週刊》、《美國新聞》及《世界報導》、《時代週刊》等紛紛以社評或新聞方式利用陳案大做文章，來討論台灣的人權問題。因此陳案若成為凶殺案，未能迅於結案，就可能影響到國府向美採購武器的交涉。因為美國國會及輿論界中頗有人主張美國引用〈台灣關係法案〉中間的人權條款，以人權為口實而拒售武器給台灣。

因此國府決策層在此內外多艱之時，雅不欲在陳案上節外生枝，而想早早結束。

可是對當事人的警總來說，陳文成若是自殺，就表示警總在約談時沒有處理的好，否則陳文成有美滿的家庭，學業事業都有成就，身體健康，正是年青有為之時，為什麼在警總約談後會突然自殺？那麼警總裏面承辦此案的人士也脫不了我雖不殺伯仁，伯仁因我而死的政治干係。

一方面為了洗脫外間流傳的警總刑求致死的說法，二方面也為了洗清本身的政治責任，三方面更因為擁有陳文成在警總的談話錄音及筆錄可以證明陳文成絕無「畏罪自殺」的理由，警總裏面有部分人是會主張把案子推向台獨制裁的方向，而他們手中的王牌就是鄧維祥。

因此我認為鄧維祥之被隔離，並非整個治安方面上上下下都在設法控制他的言論，而是警總內部一些主張台獨制裁說的人士瞭解到他們的主張一時佔了下風，如果讓鄧維祥早露面多開口，治安方面及政府決策層裏面主張用自殺結案的人士，是很可能把鄧維祥的話曲解運用而說成陳文成要自殺的，例如警方在七月五日第一次公開引述鄧維祥的談話中，就把鄧氏的證詞改為支持陳文成是要自殺的說法的，而且結案的調查報告，也引此曲詞為陳文成可能自殺的唯一理由。因此主張台獨制裁說的一部分警總人士乃把鄧維祥凍結起來，等到必須用的時候才公開打出這一張牌。可是到七月十八日，局勢已經明朗，警方專案小組在第二天將要公佈調查報告，用前述警方歪曲鄧維祥的話來支持陳文成自殺或意外死亡的說法而結案，也就是說主張台獨制裁說的人在治安方面內部的辯論上已經輸掉了，逼得他們打出鄧維祥這張王牌，把鄧維祥偏向台獨制裁說的證詞公之於眾，甚至自暴警方之醜，讓鄧維祥指出警方歪曲了他的話而造成陳文成可能自殺的印象，以求迫使專案小組的自殺說胎死腹中，在當天下午拿不出調查報告來。

我認為這是鄧維祥被警總隔離了十多天，而他的談話卻忽然在七月十九日見報的理由。至於為何是《聯合報》得了獨家呢？一方面當然是因為導演此幕好戲的某些警總人士與《聯合報》主事者之間的私交。可是我判斷，也有不得不然的理由，因為這幕戲既然是出於治安方面少數派的安排，在以寡擊眾，以下犯上的情形下，也不可能順利地用鄧維祥公開招待記者的方式來演出的。而且何時上演，警總裏主張採用台獨制裁說的人士是否必須用訴之於公眾的方式來挾民意以自重，也是並非事先就可以預知的。換句話說，不論由事先保密，發表的時間及方式必須機動等因素去看，牽涉的人愈少愈好，而且所有的當事人必須能夠互相密切配合，才能搞這種新聞突擊式的奇襲。

至於鄧維祥本人，只要他是深信陳文成並非自殺的，是應當樂於有機會出來反對警方以自殺來結案的。我們不能因為他在這幕戲中扮演了角色，就懷疑他是編劇與導演，與警總裏主張台獨制裁說的人士在合作串供。而且《聯合報》雖然在七月十九日刊出他的訪問記錄，但是什麼時候做的訪問卻沒有說明，而且刊出及訪問的日期也不應完全由他個人決定，所以我認為他的證詞可信度與刊出的日期是無關的。

警總在七月十九日下午把專案小組即將發表的調查報告用調卷方式調走，以致專案小組被迫的在當天晚上十一時的颱風之夜召開記者招待會，發表報告，很引起台灣新聞界的責難。如果以我上面的推論去看，我認為警總此舉並非如某些人所推測的是在檢查報告內容，因為在報告製作過程中警總對其內容應該是瞭然於心的。我認為此舉乃是警總內部的台獨制裁說派人士在當天早上《聯合報》發表了鄧維祥談話，搞了個新聞突擊之後，發現調查小組仍將照著原定的自殺或意外死亡說去結案，乃用調卷方式去阻礙其公佈報告，希望能拖到七月二十日早晨，以作最後的努力，而警方調查小組的人員也明瞭警總調卷的用意，所以雖然是在颱風之夜的晚上十一時，由警總拿回報告後便立即召開緊急記者招待會，把報告公佈，造成以自殺結案的既成事實。

許多人以為把陳案造成了自殺結案，是警總得到的勝利，我認為此對擺脫警總刑求致死的污名來說，固然使警總得了些便利，可是對警總內部主張把案子推向台獨制裁說的人士來說，自殺結案不但是一個大挫折，而且可能因為約談處理不當，談話內容不妥等政治關係，與前述種種的在治安方面內爭裏以寡擊眾，以下犯上的行為或企圖，將使他們受到行政上的處分。

由鄧維祥談話內容看其說法之可信

我認為要考查鄧維祥說法的可靠性，外證是無法搜集的，當時如果只有陳文成與鄧維祥兩人在場，既無六耳，我們又從何知道鄧維祥說陳文成來過他家是不是真話呢？因此我們只有從內證著手，研究一下鄧維祥談話的內容。

誠如前言，鄧維祥的說法是陳案乃政治性他殺案，而且並非警總下的毒手，因此他的證詞有助於台獨制裁說。

假如是台獨制裁陳文成，就必須發生在陳文成離開鄧家之後，而且也必須是陳文成主動去找兇手的，否則以時間去計算，台獨除非在警總辦案人士裏面有了內線，否則不可能那麼快就知道陳文成在警總的談話內容而加以制裁的。

此事既然發生在陳文成離開鄧家之後，鄧維祥當然不應該知道而加以說明，鄧維祥的談話裏只能佈些伏筆，鄧氏說：

他說他來看我，是要告訴我，他在警總的談話內容，關於我的部分是安全的。

陳文成既然在警總約談了十三個小時，就不會只談鄧維祥一個人的事，他如果會為了要告訴鄧維祥他在警總談話的內容不會連累鄧氏而連夜去看鄧維祥，那麼當然也可能為了同樣的理由去看別人，尤其是應該去警告那些可能被他連累的人，因此就會產生出被那種人制裁報復的說法來，也是合符常理的事情。

這個說法有一個比較輕微的不合情理處，就是陳文成應該儘快去警告可能被連累的人，而不是先急著去看不會被連累的鄧維祥，不過鄧維祥並沒有明言陳文成在離開他家後又去拜訪別人，所以我們不能因之而懷疑鄧維祥的話，只能用作懷疑台獨制裁說的一個理由。

鄧維祥是在七月四日下午與警總晤談的，警方隨即公佈了他的部分談話，而且把話安排成了暗示陳文成可能「畏罪自殺」，與七月十九日公佈的訪問記錄中鄧維祥的講法剛好相反。因此問題是鄧維祥從七月四日至七月十九日，他的說法有沒有改變？是警方原先斷章取義，歪曲了鄧氏的話，還是鄧氏改了口？我認為警總有鄧氏在七月四日所寫的五張紙的筆錄，如果鄧氏改了口，警總當可予以駁斥，所以大概是警總改了他的話，由此也可以證明，在警總及警方的內部當時主張用畏罪自殺來結陳案的是佔了上風的。

可是鄧維祥在七月十九日發表的談話中間，是不是比七月四日他在警總所作的第一次談話有了增添呢？我認為是有的，證據是有關陳文成在鄧家寫了一封英文信的事情。鄧氏在訪問談話中說，陳文成「進門後就找東西吃，然後寫信。」「很快就寫好」，「郵票是早就貼好的，是寄往美國地區的郵資。」這封信下落不明，在美國及台灣都沒有人找到這封信，引起了大家很大的興趣。如果陳文成是寫了這封信，那麼不但可能是他在世上最後的手跡，而且可能有助於解開他死因的謎團。國府監察院在八月七日發表了陳案調查報告，其中有關這封信的部分，解釋了郵局的作業程序以說明為何來不及查扣此信，理由是「警方訪問鄧維祥後始知悉有此信件，時間是在五日晚九時至十一時，故縱欲追查，在時間上已有所不及。」

這是一個非常有趣的線索，鄧維祥既然在七月四日下午與警總人員晤談了一個小時，寫了五張紙的筆錄，而警方卻在七月五日晚上九時至十一時從訪問了鄧維祥才得知有這一封信的存在。可證鄧氏七月四日的筆錄裏沒有提起過這一封信，也可以證明七月十九日發表的鄧氏訪問談話裏是包含了一些七月四日第一次筆錄中沒有的資料。

考證學講求版本，刑事學重視初供，我們認為警總應該公佈鄧維祥在七月四日所寫的五張紙的筆錄，那麼不但會有助於我們認清鄧維祥證詞的可信度，而且也應該可以由此前後兩種說法的異同而看出台獨制裁說衍生而成的過程。

在治安方面採用了自殺與意外死亡的說法之後，這封信便失去了重要性。可是如果採用了台獨制裁說，一封陳文成在離開警總後連夜趕寫與寄去美國的英文信，便可以使人產生許多聯想，何況萬一幸而被郵檢單位扣了下來，治安方面能拿出一封死無對證的信來，其內容很可能會敲定了台獨制裁說吧，當然這些既然沒有發生，現在都只是推測之辭了。

我認為鄧維祥的證詞是為著台獨制裁說而發的，因此與警方採用的自殺或意外死亡說不同，因此給讀者一個有說真話有風骨的感覺，但是如果警方也採取了台獨制裁說，那麼鄧氏談話裏面的兩個伏筆——一封信及陳文成為了通知鄧維祥他在警總談話不會連累鄧氏而走訪，就會成為警方與大案的利器了。

我雖然看出了鄧氏談話之間的伏筆，《聯合報》發表他談話記錄日期的涵義，他說話中間有關一封信的疑點，以及他七月四日在警總筆錄與七月十九日發表的談話內容有所不同，可是我也承認這些都只能削弱鄧維祥證詞的可信度，還不足以全面否定他的說法。

以目前我所能看到的資料來說，我認為一個人相信不相信鄧維祥有關的說法，主要的還在他信不信任鄧維祥這個人，我個人是沒有足夠的資料去判定的。

現行的台獨制裁說不能成立

假設陳文成是被謀殺的，那麼台大校園是不是第一現場呢？也就是說陳文成是不是在另外一個地方被殺死，然後才被移屍於台大校園中間。

因為台大校園在晚上是關上校門不許車輛進出的，除非兇手是有特殊的背景，一般人是不方便搬動屍首進入校園的。所以如果是台獨制裁了陳文成，台大校園應該是第一現場，這一點是一般主張台獨制裁說的人所同意的說法。

這一派的說法是陳文成與他熟悉的兇手在台大研究圖書館太平梯上談話，兇手因為不滿陳文成向警總交代了太多而突然把推到欄杆之外。

假設這是陳文成致命的原因，也就是說他是在台大研究圖書館的太平梯平台上被人推下去，墜樓致死。讓我們來研究一下警方驗屍報告與現場勘查的報告，看看有沒有這種可能。陳文成屍體前胸肋骨多根折斷，背脊柱斷了三節，也就是說前後都受了重傷。如果台大研究圖書館是第一現場，而非移屍之處，那麼陳文成從五樓平台落到地上，至少要碰撞兩次，才能造成前後均有骨折的重傷。由五樓平台到陳文成陳屍之處唯一可以造成兩次踫撞的情形，就是警方專案小組報告中的說法，陳文成由五樓平台墜下，肩膀撞到二樓平台突出的外側，造成前胸骨折與肩骨的折傷，再翻落地面的水泥水溝上，背部著地而造成脊柱摔斷。這個說法並不被大眾所採信，因為陳文成除了肋骨、肩骨與脊柱的折斷之外，恥骨也破裂而且骨折，這是法醫驗屍報告予以列出而未加解釋的傷勢，也是前述「兩次碰撞說」無法解釋的傷勢。

假設我們暫時同意法醫的研判是正確的，也就是說陳文是由五樓平台落下，撞到二樓平台然後落地。我們來計算一下，他可不可能是被推下來的？

根據專案小組的調查報告，由五樓平台到二樓平台的距離是九公尺四十公分，陳文成落下時是肩膀碰到二樓平台，假設陳文成開始從五樓平台落下時是站著的，他身高一公尺六十八公分，肩膀大約離腳面約一公尺五十四公分，所以他在五樓平台上時肩膀離落下後撞到的二樓平台約十公尺九十四公分，依據牛頓力學的計算，他垂直方向落下而且撞到二樓平台外側的時間是一點四九秒。二樓平台外側比五樓平台外側突出零點三九公尺（三十九公分），他身體離開五樓平台後就不會受到水平方向的外力，因此在一點四九秒的時間裏，他身體在水平方向的移動距離如果要保持在三十九公分之內，他在五樓開始落下時的水平方向速度不能大於每秒鐘二十六公分。

一秒鐘走二十六公分的速度比包了小腳的女人走路還慢，怎麼可能是他突然被兇手推出欄杆去的水平速度？

換句話說，如果陳文成是被推出五樓平台的，他在落下時就不可能撞到二樓的平台，因為二樓平台只比五樓平台突出了三十九公分，距離太短了。只有他在慢慢跨出、跌出或被幾近垂直地拋下平台去的情形下，他身體的水平速度方可能在每秒鐘二十六公分之內，而使他在落下時能撞到二樓平台。

可是他如果不撞到二樓平台，只是由高空落地，就不能有落下時兩次碰撞的機會而造成身體前後都有骨折的重傷。

也就是說如果陳文成是他殺的，台大研究圖書館應當不是第一現場，而是移屍的地方。而且屍首是可能被從高空丟下來的，也可能是被放在地上的。至於欄杆上的纖維、手上與褲子的鐵鏽、二樓平台剝落的水泥等所謂現場的證據，只要警方決以自殺或意外死亡結案，並非不可能作些安排的。

根據以上的力學計算結果，我認為現在流行的台獨制裁說是不成立的，也就是說陳文成在台大研究圖書館五樓平台上被兇手突然推下致死的說法是不成立的。

但是這並非是表示陳文成絕不可能是被台獨制裁的，因為只要是他殺，理論上講起來，任何方面的兇手都可能是移屍到台大校園裏的，只是台獨方面比警總方面難做到些罷了。

結語

一般人對警方專案小組之以自殺或意外死亡方式結案，不能感到滿意，一方面法醫們對陳文成傷勢成因不能提出完滿的解釋，例如恥骨破裂可能從高處落下而造成的嗎？另一方也是警方提不出來陳文成何以要自殺的理由，這一點國府監察院在警方專案小組發表報告之後，也提出了「委員等亦認為自殺是可能性極小」的認定。而所謂的意外死亡更是匪夷所思，陳文成在警總約談了十三個小時之後，半夜裏不回家或與家人聯絡，一個人跑到台大研究圖書館五樓上去做什麼呢？

我個人與一些物理學家們在研究了陳案專案小組的報告後，對警方提出的二次踫撞說頗表懷疑。因為在五樓平台落下到二樓平台，加上陳文成的身高，共有接近十一公尺的高度，他身體在水平方向只能移動在三十九公分之內，才會撞到二樓平台，可是在撞到二樓平台後到落地，只有三點九公尺的高度，水平方面卻須要移動了一點六五公尺之多，才會符合陳屍的位置。二樓平台在理論上是水平面而非斜面，那麼對一個幾近乎於垂直落下的物體，為什麼在踫撞時產生了如此巨大的水平方向力量呢？這是我們深表懷疑的理由。但是因為我們沒有去現場測量蹓撞面的斜度，不知道人體蹓撞到的部分的彈性係數，也不知道陳文成的肩膀撞到二樓平台時身體的姿態，因此我們只能懷疑，而無從予以否定這個說法。我們希望台灣方面能在現場做些實驗，提出充份的數據來支持這個二次踫撞說法，否則難以使我們信服而予採信。

截至目前為止，以我所能看到的資料來說，我認為陳文成案是他殺的，而且台大校園應該是移屍之處，可是在坊間流傳的兩種說法裏面，也就是警總失手殺死或台獨予以制裁之間，究竟是那一種是合乎事實的，我認為其取決之關鍵在鄧維祥的說法可不可信。如果陳文成在七月二日晚上是去看了鄧維祥，那麼警總在約談時失手殺死他的嫌疑就沒有了，如果鄧維祥在說謊，那麼警總就很難證明陳文成是活著離開警總的了。

——筆名夏宗漢，香港《中報月刊》，一九八一年十月號

其他有關台灣的政治性案件

國府應該釋放白雅燦

——白雅燦並未觸犯戒嚴法——

台灣警備總部拘捕白雅燦的理由是他違犯了選舉法規及戒嚴法。這兩點理由都不成立。違犯選舉法規者，應該由選舉監督小組及總選所處理，警總並非二者之成員，根本無權干涉。況且對於違犯選舉法規者，監選者最多只能取消其候選人或助選人資格，禁止其競選或助選活動，或在事後提出訴訟，無權當場拘捕之。

因此警總拘捕白氏的第一個理由，說他違背選舉法規，是非法越權的拘捕。

至於引用戒嚴法來拘捕白氏，有下列的重點須要討論：

一、在戒嚴法中有警戒地域及接戰地域的劃分。條文原文是，「接戰地域指作戰時攻守之地域。」「警戒地域指戰爭或叛亂發生時受戰爭影響應警戒之地區。」海內外批評國府濫用戒嚴法，一戒就是二、三十年，即使我們承認國府目前在台澎金馬仍宣佈戒嚴並無不當，但是遊人如織，旅館林立，權要富賈居息之所的陽明山目前當非接戰地域，只是警戒地域，應是無可疑問的事情。

戒嚴法對最高司令官干涉司法業務，在接戰地域與警戒地域有不同的規定。錄之如下：

第六條：戒嚴時期，警戒地域內地方行政官及司法官處理有關軍事之事務，應受該地最高司令官之指揮。

第七條：戒嚴時期，接戰地域內地方行政事務及司法事務，移歸該地最高司令官掌管。地方行政官及司法官應受該地最高司令官之指揮。

易言之，在警戒地域中，最高司令官不能干涉司法官處理無關軍事的業務；而白雅燦散發傳單，其內容既與國防無關，又不是在要塞等屬國防部管轄的土地上散發，更未聚眾攜械，形同叛亂，我看不出最高司令官如何有權自行拘捕之？

二、即使有人硬要說台澎金馬都是接戰地域，因此警總有權拘捕違犯戒嚴法者，接著的問題是白雅燦有沒有違犯戒嚴法？

如果陽明山是接戰地域，那麼戒嚴法第八條所規定的十款可以適用。然而以白氏之案情去看，在十款中，內亂、外患、公共危險、偽造貨幣、殺人、妨害自由、強盜、綁票及毀棄損壞等九款明顯不合用，唯一可能的是妨害秩序，但是翻開刑法有關妨害秩序之規定，比照白氏提出的廿九條要求之內容及他一人單獨散發傳單之事實，他既未公然聚眾，圖為強暴脅迫，或施暴；也未強止擾亂合法聚會；未曾煽動他人犯法或抗拒法令；未曾參加以犯罪為宗旨之結社（至少未曾因散發傳單而參加）；未曾煽動軍人不守紀律；未抗拒徵召入伍；未意圖漁利，包攬訴訟；未冒充公務員；未冒用公務員服飾等；也未意圖侮辱中華民國而公然損壞國徽國旗等。總結說來，他沒有犯上妨害秩序罪。

再比照戒嚴法，除了第八條外，其餘條文並未另行列舉軍事機關有權在接戰地域內自行審判的罪行。

因此，我認為：

一、即使白雅燦犯了法，也不是犯了戒嚴法。

二、即使白雅燦犯了戒嚴法，警總也無權拘捕，因為陽明山是警戒地域而非接戰地域。

三、即使警總比附戒嚴法第七條之規定，以陽明山為接戰地域而拘捕白雅燦，也無權審判之，因其行為並未觸犯戒嚴法第八條所列出者。

綜合以上，我希望國府能說明下列兩點：

一、拘捕白雅燦的法律依據何在？

二、準備以軍法審判還是司法審判他？若是用軍法，其依據何在？

截止目前為止，以我們在海外對此案之瞭解，及我與學習法律的中國朋友們研究商討案情與法律的結果，我們認為白雅燦的廿九條要求，及散發傳單的行為，並沒有觸犯中華民國法律處。

除非國府能提出新的證據，以目前我們所知的案情，警總所援用的選舉法規及戒嚴法，都是不適用於白案的。

如果國府提不出新的理由，我們認為國府應該釋放白雅燦案的在押人員，並予以適當的賠償，及處分濫行拘捕他們的警總人員。

——紐約美東版《星島日報》沙上痕爪專欄，一九七六年一月十二日

人民有權表達意見

——評白雅燦的廿九條建議——

七五年十一月廿七日本報第一版頭條新聞，報導台省青年白雅燦被國府拘捕的消息，並且刊出了他向蔣經國所提出的廿九條要求。

對於這件事，我認為國府應該釋放白雅燦，因為白氏所提出的廿九條並無犯法之處。

此廿九條可分九類，評之如下：

壹、有關蔣氏家族者：即一、公開蔣經國個人資產。二、公佈蔣中正遺產稅額。三、蔣經國何以不乘坐國產汽車。四、為何不召蔣經國在美女兒女婿回國，共赴時艱。五、澄清有關蔣經國兒子蔣孝勇非法進入台大就讀之傳言。

我認為一、二兩條，蔣經國應該公佈，但是沒有法定的義務必須公佈。並且蔣經國如果要公佈，我希望國府其他政要們也當效法之。儘管蔣經國並無法定義務去公佈，白雅燦要求他公佈，卻並不犯法。因為蔣中正與蔣經國既然是公職人員，納稅人自當有權提出此類要求。第三條是枝節性的問題，行政院長，一如其他公職人員，並無義務非坐國產汽車不可，雖然在情理上是應該儘量使用國貨的。第四條的要求是過份的，不能因為蔣經國是公職人員，就必須要求其子女留在國內。老百姓的子女可以出國，公職人員的子女，只要合法，仍可以出國的。我們不能因為蔣經國的地位，把他的子女突出，要求他們非留在國內不可。同理，第五條的要求是正當的，蔣孝勇如果有非法進入台大就學的事實，白雅燦作為納稅人，對國立大學不合規章或法令行事，有權過問。只是就法理言之，蔣孝勇既已成年，蔣經國不能為其行為負責。白氏應向台大提出質問，或循法律手續對付蔣孝勇及台大。

貳、有關社會福利政策者：十一、建立全國免費醫療服務。十二、建立失業津貼制度。十三、擬定全國性房屋計劃。十四、擬訂全國性福利計劃，包括老年津貼制度。十五、立即協助眾多風濕及腦中風病患。十六、廢除國內現行「不人道」的最低工資法。

此中列入第十五條，有點不倫不類，而且與十一條及十四條重覆。第十六條中不人道三字，如果白氏原文有的，而不是新聞報導時加進去的，也不妥當，因為此是情感性的批評字眼，因批者標準而異。白氏提出這一類的六條，並不犯法。

我的批評是，這些條目用意雖好，但除了第十六條外，都是增加政府支出的項目。除非有財源，很難齊頭併進，一齊做到。至於第十六條，法定最低工資是為了要保障勞工的，目前的毛病是最低工資定的太低，有等於無，因此不是要廢棄此法，而是要修改其內容。

除十六條外的五條，評者最多只能說白氏是不切實際的大炮，不能說其有此等主張是違法。

叁、有關人事進退者：二十、解釋為何五台籍人士均為五院副院長？廿一、為何不指派台籍人士任國防部長或警察首長？廿七、指派郭雨新、康寧祥等出任友好大使。

國府並無友好大使的官職，廿七條不明其所指。至於二十及廿一兩條，是個政治問題，人民有權提出來，但是政府無法定義務作回答。如果白雅燦是立法委員，而且在會場中提出此質詢，則蔣經國容或必須答覆之。

我的看法是人民有權過問政府人事之進退，至少有權提出建議，但是無權指派或干涉。白氏提出此三點要求，並未犯法。

肆、觸及省籍問題的：（其實叁項的三條亦可歸於此類）廿六、邀請彭明敏及其台獨運動人士回台。十八、就電視播映台語節目，布袋戲等舉行全民投票。

廿六條白氏及任何人均可作此建議，廿七條則只有電視公司的股東及經理人員可以決定節目份量之多寡，全民投票不適用於此。但是民意可以，也應該，反映到電視公司官股代表的意見上去，只是用全民投票並不妥當，也無法定根據。

伍、有關國府決策者：六、蔣經國應擔負國府與泰斷交責任。（未列項）與俄建交。（未列項）和中共貿易。廿二、建議放棄過份依賴美國的單一路線。

第六條，台泰斷交如果台方是有處理不當的話，台方主事者自當負責，我們不清楚國府是有處理不當，以及是否應由蔣經國負責。不過，澄清這兩點的責任在國府，而不在提出詢問的白氏。我不明瞭的是，在台灣外交兵敗如山倒的今天，白氏為何特別看重台泰斷交一隅？

其餘三條，任何人有權建議，雖然有些不切實際。而且以中蘇及美蘇競爭之現況，要同時做到台蘇建交，台中貿易，同時保有對美及對蘇的外交關係等，是不可能的。

陸、有關內政上的弊病者：七、解散國民黨內特權階級擁有的企業。八、公佈青年公司濫用一千二百萬美金公款內幕。九、迅速調查中央青果市場貪污案。

我認為這些是應該做的，國民有也權要求執政者注意於此的。第八條的青年公司案，並非濫用公款，而是商人賄賂公職人員，套取公家行庫的貸款。第七條則須注意，有是先官僚後資本的，有是先資本後官僚的，不能一體視之。

柒、有關政治犯及相關問題者：十九、解釋為何不釋放所有政治犯？廿三、解除長達二十六年的戒嚴令。

二者都是國府應該做的。

捌、讓全民表決國民大會應否解散：白氏似乎很喜歡用全民表決來處理問題，上至國民大會的存廢，下至電視公司的節目分配，他都主張用全民表決。這一點，我的看法如下：

國民大會之存廢，事關憲法，法無規定以全民表決可以修改憲法。因此，除非連根拔，把整個憲法都丟了，只用全民表決來對付國民大會是說不通也辦不通的。何況，在立監國大之中，為何白氏獨重國大？是否著眼點在兩年後的總統選舉，希望能由台灣人民直接選舉？

我不願去推測其動機，只能說白氏這條主張法無依據，而且是為善不卒，除病未盡。

玖、建議蔣經國多做國外旅行。

關於這點，無可置評。一個國家的執政者並不一定須要到國外旅行才能有世界觀的，但若能到國外看看，只要事實上的環境能許可他旅行，當是有益於其個人觀點之進步的。

綜合以上九項廿九條，我看不出來白雅燦有什麼犯法之處。

由白雅燦的廿九條建議看去，他是一個很注意世局及台灣前途的人，在大多數人民漠不關心國家大事的台灣，是須要這種關心時局的人的。雖然他的建議有些是非常瑣碎與不切實際的，但是並沒有犯法。

二次大戰期間，英國有人主張與德妥協，被英國政府控告，法院判決政府敗訴，其理由是人民有權表達意見，即使是錯誤的意見。

何況在許多人心目中，白雅燦是對多錯少呢。

台灣各報對白雅燦事件一句不提，反而由海外的中英文報紙加以報導，不知島內的新聞界及政論界是否會感到慚愧？

——紐約美東版《星島日報》沙上痕爪專欄，一九七六年一月二十二日

求證與釋疑

——國府應該答覆白雅燦的廿九條詢問——

白雅燦因為在競選時向蔣經國提出廿九條詢問，被國府以軍法判處無期徒刑；《台灣政論》月刊副總編輯張金策最近被控告在四年前，他擔任宜蘭縣礁溪鄉鄉長任內，貪污了四千元新台幣（一百美元），被判十年有期徒刑。

國府這種鎮壓政治異己者的手法，太過分了。

國府新聞局長丁懋時對白案的說明中有言：

白雅燦早年即受叛徒蠱惑而萌顛覆政府之犯意，去年五至九月間，撰寫荒謬文字，煽動國人以行動抗拒政府，並以暴動要脅政府解散民意機構，意圖以非法方法變更國憲，破壞國體。稍後於十月間，竟公然要求與蘇俄建交，與中共談判，甚至主張由現仍在國外從事叛亂活動之叛徒回國，製造變亂。白雅燦復將此項顛覆陰謀撰成「聲明書」，複印四萬餘份，分送中外機構及人士，並在道路分發，逐戶傳寄，是其著手實行叛亂，已屬不爭之事實。

因此國府判處白雅燦無期徒刑的理由是：

一、他早年有顛覆政府之犯意。

二、七五年五月至九月間撰寫廿九條文字。

三、並且將二項中的文字印發四萬份，分送中外人士。

我認為第一項是莫須有的罪名。因為所謂「犯意」二字，是未付諸行動的思想，而思想並不犯罪。翻遍中華民國的六法全書，以及任何民主自由國家的法典，找不出一條或一句可以因思想而處罰人民的法律。思想必須付諸言行，才會牽涉到合法或犯法的問題，如果一個人亂作白日夢，一腦子的奸淫亂盜，縱有「犯意」，旁人無從查覺，他也沒影響旁人，如何付之於法？佛家有誅心之論，耶穌說見色起意者之犯奸淫之惡，這都是玄學中的論題。以「犯意」二字來處罰白雅燦，實是深文周納，這比柏楊起訴書中的罪名之一——他曾讀過魯迅作品，還要荒謬。

請問國府有何證據證明白雅燦早年有顛覆政府之犯意？

有人說白雅燦曾在一九七一年被警總拘押過一百二十天，由此可見早年即有顛覆政府之犯意，此是不通之論。《阿Q正傳》中有人問阿Q為什麼被槍斃，犯了何罪，另外一個旁觀者說由阿Q之被槍斃，可證明他犯了死罪，此是因果倒置的可笑立論。並不是每一個被警總拘捕過的人都是有罪的，何況白雅燦在一九七一年只被拘押了一百二十天，以國府對待政治犯之寧可錯殺一百，不可放過一個的手法，可見當時警總並未查覺他早年的「犯意」，否則在七一年他就會被判重刑了。

國府第三個理由，即白氏發四萬份聲明書，所以構成罪名，是因為第二個理由，即此聲明書之內容，依國府之觀點，是犯了內亂罪。否則其他競選者亦散發傳單，並未犯罪。因此在國府所公佈的理由中，真正關鍵的是廿九條聲明書。

關於白氏的廿九條，我曾在本欄評析過，認為其內容並無觸犯中華民國法律處，此次國府認為他犯法的有三點即：

一、公然要求與蘇俄建交。

二、與中共談判。

三、主張由現仍在國外從事叛亂活動之叛徒回國，製造叛亂。

以上三條是錄自報載國府新聞局長的談話。以下是錄自白雅燦聲明書相關三條的原文：

二十八條：為何蔣經國先生在台灣愈形孤立的國際局勢下，不策動台灣與蘇聯的外交關係以箝制美國、中共共同出賣台灣，宰割台灣的陰謀？

二十九條：為何蔣經國先生對中共在海外封鎖台灣對外貿易生路的打擊的惡劣做法不敢面對現實，採取直接與中共談判的辦法，以期早日解除台灣對外貿易發展被束縛的危機，增強發展台灣經濟，而提高我一千五百萬台灣住民生活水準。

二十六條：為何蔣經國先生不召請在美國的台灣獨立份子彭明敏先生等返回台灣，以期建立國際共同一致承認的政府，並減少今後台灣愈形孤立國際局勢的阻力。

比照白氏原文與國府的官方聲明，我認為二者大有差別：

一、白雅燦並沒有主張台蘇建交，而只是以詢問方式責問蔣經國為何不以俄國來牽制中美，白氏所云的外交關係是泛指的，建交只是外交關係的一種。

二、白氏所詢問的中台談判，是經濟方面，只限於海外市場競爭問題，而國府含混地說白氏主張國共談判，使不知情者以為是談判統一問題，而實際上白氏所云經濟方面談判的假設是大陸與台灣長期保持分裂，若已統一，又何必談判彼此間在海外市場的競爭問題？

三、白氏詢問何以不召彭明敏等回國，其結論並不是如國府所說的要製造叛亂，而是要國府與台獨和平合組新政府，以爭取國際支持。

我個人並不同意白氏在此時提出這三點要求，我認為：

一、國府在對美關係未到絕望關頭，是不會聯俄的。而且即使要聯俄，也是能做不能說的，事先一定會極端忌諱此點的，現在言之實太過早。

二、除非中共採取溫和路線，接受台灣與大陸長期分裂之遠景，中台談判海外市場不可能由台方片面需要而展開。這不是蔣經國單方面願不願意，能不能做，就可以推行的事。

三、即使國府與台獨合流，組成新政府，未必如白氏所希望的打破台灣外交孤立。我認為台灣外交劣勢是因中共大陸國勢日增，以及中共在國際上力壓力而造成的，與台灣內部政權之組成無關。

以上是就可行性來批評白氏的建議，並未牽涉到應不應該聯俄、國共談判及國台合作保台的問題，此等既是謀略性的手段，應否實行多為主觀立論。

蔣經國可以答覆為什麼不應該與俄來往，不與中共談判或不召請彭明敏等之理由，但是以法律觀點言之，白雅燦提出問題，不可視同其主張。

其次，即使白雅燦不是以問句方式來提出主張，他也沒有犯法。國府認為此三者是違背既定國策，其實對人民有約束的是憲法中規定的基本國策，除此之外，都只是政府一時的決策，此非不可被疑難或改變者。以史實言之，在現行憲法制定與頒行之後，中華民國政府於此三方面均曾有與白氏主張相似的決策，例如：

一、〈中蘇友好條約〉一直到國府遷台後才廢棄。俄國大使館一直伴隨國府自南京遷至廣州，國府與俄絕交是在遷台之後。

二、在大陸撤守之前，國共曾多次談判內戰和平解決問題。

三、國府近年來曾召請居留日美的台獨份子返台，例如辜寬敏與邱永漢等等。這些人在返台之前，一如今日的彭明敏等，對國府言也是「居留海外意圖顛覆政府的叛亂份子」。

由此可見白氏所言者，國府在行憲後都曾做過，試問為何政府能做，人民反而不能問？

查閱中華民國憲法中有關基本國策的規定，可有一字一句提及不可與俄建交，不可與中共談判，不可召台獨份子回國的條文？當然沒有，而且如果有的話，國府早已如前述在三方面各自違憲過了。因此國府所云白氏所觸犯的反共抗俄等之國策，實非憲法規定之基本國策，而是政府之政策，此政策實因人時地而改變，也必須受民意左右。

民主國家改選國會之目的，即在將政府之政策接受民意之考驗，如果在野之候選人連政府之政策都不能質難，那又何必與執政黨競選呢？難怪台灣的選舉，國民黨每次都獲得大勝，因為人民不能由候選人政策性的意見加以取捨。黨外黨內的候選人乃成大同小異，則執政黨佔了組織與權力之優勢，自易取勝。

白雅燦的廿九條要求並未犯法，我在本欄曾指出國府拘捕與處以無期徒刑的理由根本不成立。而此次國府新聞局長所發表的談話，更證實了我的看法。

最可笑者乃是國府所云的拘捕與審判白氏均依法定程序辦理。我曾在本欄指出，以戒嚴法而在非交戰地域拘捕其行為與軍事無關之人士為非法，而以軍法審判未觸犯戒嚴法第八條者之平民亦為非法。更有進者，國府聲稱其審判白氏為公開審判，但是為什麼在七五年十一月舉行的公開審判，到七六年一月才由英國的報章首次揭露其判決，二月中旬台灣島內的新聞界才由新聞局長的記者談話會中獲知白氏已被判處無期徒刑呢？如果不是國際上及海外華人對本案的關心，迫使國府公佈「公開」審判的結果，我們相信「公開」審判的秘密將隨著白雅燦冤沉海底。

此是「公開審判」的秘密，抑是秘密審判的公開？以前述各日期去比較，可見國府在判決後四個月才宣佈其刑期，則所云公開審判也者，實是自欺欺人，欲蓋彌彰之事。

國府拘禁了白雅燦，並沒有回答他提出的廿九條詢問，甚至國府在海外的外交新聞宣傳等工作人員也無法為之作答。那麼判白氏重刑，又有何用？反而使人覺得是惱羞成怒，無辭以對，企圖一抓了事。

我請國府拿出證據來支持拘捕與監禁白雅燦的理由，目前只拿莫須有的早年「犯意」與撰發廿九條聲明書來指控白雅燦，難令海內外心服。

我更希望國府能答覆白雅燦的廿九條詢問，其中若有不便、不願或不能答覆者，亦須明言。問題既然已被提出來了，海內外與白氏有同樣疑問者甚多，拘禁白氏，難釋眾疑。民無信不立，望國府主政者三思之。

——紐約美東版《星島日報》沙上痕爪專欄，一九七六年三月十五日

陳菊風波猶未息

——評台灣政壇因陳菊自我檢討而起之分歧

陳菊今年廿九歲，台灣宜蘭人，是台灣黨外人士領袖郭雨新的小同鄉，在郭雨新出國前，曾擔任郭氏的私人秘書達九年之久。

一、陳菊何許人也？

郭雨新在七七年內離台赴美並且一度宣佈角逐國民大會總統候選人提名，是海外日僑的領袖之一。陳菊一方面是他在台的聯絡人，二方面也積極參與島內的政治活動。《選舉萬歲》在台灣被警總查禁之後，由陳菊運送到美國出版，她並且寫了個海外版的後跋。美國哥倫比廣播公司（CBS）最近在美國放映了一個專輯，介紹台灣的政治局勢，其間，訪問了以現任立委黃信介為首的黨外人士，陳菊不但參加了集會，而且大膽發言，引人注目。

陳菊與各種國際人權組織一向保持聯絡，因此她在台灣與美國關心政治的人群中，知名度較高。

七八年六月十五日，台北警方在陳菊的家中，以檢查戶口的名義，搜到了一些文件，警總至今並未公佈各種文件之名單，我們所知道的是依據七八年七月七日的《中央日報》之報導，按照警總發言人段家鋒少將之說明，當時北市警局人員所搜出的是「歷年已經釋放叛亂犯名單及反動不法文件、書刊多種」，警局人員並未當場拘捕陳菊，她在第二天即隱居逃亡。

美國的台僑社團一向與陳菊保持聯絡，所以她失蹤的消息，在六月二十日以前就傳到了美國，引起各種謠言。

當時許多人誤認為她在十五日已被警總秘密拘捕，而將因她興大獄，甚至島內也謠傳姚嘉文律師將是下一個被捕者。

根據警總在演出捉放曹時所公佈的資料，陳菊是在六月廿三日被「尋訪到部」，所以她從台北躲到彰化，警總只花了八天時間就查出了她的下落，效率甚高。

二、尋訪到部與拒傳緝捕之不同

在七月七日陳菊發表「自新」的聲明之前，官方對陳案的說法是她因為拒傳而被警總緝捕，然而在七月七日釋放陳菊時，警總的說法卻改為她被「尋訪到部」，易而言之，警總並未拘捕過陳菊，只是找她談話。

尋訪到部是一個新名詞，此表示警總在全省追查陳菊時，並非因她犯了罪，而只是受台北市警局之請求，去「尋訪」「不知去向，無法連繫」之陳菊「到部」。

警總由拒傳緝捕的說法，一改而為尋訪到部，有前倨後恭之不同，原因在國府既然決定釋放陳菊，當不願因緝捕二字而節外生枝，授人口實。

陳菊被捕使黨外陣營人人自危，姚嘉文、王拓、林正杰等等沒有出任公職的黨外人士謠傳都是黑名單者。然而在雨過天青，陳菊被釋放後，因為她發表了自我檢討的談話，而且公開指責郭雨新，使黨外人士在鬆了一口氣之後，又因之而大起爭執。

三、陳菊之自我檢討使黨外人士分裂

如果警總拘捕陳菊之目的，是如外傳之在於阻擾黨外陣營之聯繫，以便黨方在本年底的中央級公職人員增補選中，能予各個擊破，那麼警總釋放陳菊，手段與拘捕背道而馳，卻異曲同工，使黨外陣營分裂。

因為陳菊做了公開的自我檢討，使得島內外反對國府的台籍人士起了分裂。

對陳菊有深厚瞭解的人，認為以她多年來之忠於原則，冒險犯難，擔任黨外陣營聯絡人之危險任務，她不是一個在短短十二天拘留中就容易改變立場的人。這些人認為她與國府妥協，應當是為了防止國府利用此案而興大獄，使黨外陣營在七八年大選之前受到重大的打擊。他們以傳聞中黑名單上列為榜首的姚嘉文為例，如果隸籍彰化的黃順興放棄競選連任立委，原籍彰化目前在台北執律師業的姚嘉文將返籍競選立委。如果警總所搜獲之文件，依照國府之尺度與法律，足以使國府有藉口興大獄，這一派人的看法是在大選前，陳菊應該犧牲自己的名譽，而替黨外陣營保存元氣，棄車保帥。

另一派人士則認為陳菊應該拒絕妥協，寧為玉碎，不為瓦全，而把國府與黨外陣營的衝突升高，如此雖然犧牲了陳菊，妨礙了黨外人士參加七八年底的大選，但是有助於削弱國府在人民與國際間之聲望，一時之失，不足計較。

我對這兩種說法，都不同意，我認為陳菊只是個偶發事件，可大可小，而且妥協是由國府主動提出的，並非陳菊之要求。

陳菊與警總妥協了，是事實。妥協的原因何在，目前並無定論。然而不論是贊同與反對她的人，都沒有研究，主動求取妥協的是國府還是陳菊？

四、陳案乃是可大可小的偶發事件

我們認為以陳菊個人之力量，即使她主動要求以自我檢討來恢復自由，仍是力不從心的。如果陳菊有如此巨大之實力，國府也就不會「太歲」頭上動土。二十多年來黨外人士反對國府之言行，遠超過陳菊而從未被警總尋訪到部者實多，例如高玉樹、郭國基、郭雨新、李秋遠等等，都是國府迄未拘捕過的，看在眼裏怨在心裏的黨外實力人物。

陳菊在黨外陣營只是一個聯絡人，消息靈通，接觸面廣，但是並有群眾基礎。由台北市警察局在青田街搜獲文件時，並未當場拘捕陳菊去看，可知那次搜檢真的是在查戶口，並非事先有計劃的對付陳菊，否則警方搜到了文件，正好有藉口抓她。而由陳菊在寫給臨檢人員其長安東路地址及電話號碼，允許隨時聯絡後，即安然離開現場去看，這些被搜獲的文件也非「惡性重大」到治安人員一目了然，當場可決定她是否犯法，必須予以拘捕的程度。

因此我們認為陳案是個可大可小的偶發事件，並非國府有計劃地要藉此興大獄。但是因陳案而落入國府手中的黨外文件，將更有助於國府之應付黨外人士。

陳菊聯絡員之身份既然已經暴露，而有關其聯絡工作之資料，亦已被國府取得，她今後在黨外陣營之活動自必效用大減，因此釋放她，對國府來說，害處不大。

但是我們認為促成國府釋放她之原因，並非在陳菊今後政治活動效用不如以前之高，而是在國際之壓力。國府對某些手無寸鐵一無作用之政治犯，亦不寬假。例如被黨外人士認為神經有點毛病的白雅燦，並無群眾基礎，亦無活動能力，卻不因他今後不足為害而被國府釋放，至今猶在服處無期徒刑。

我們認為陳菊被釋放的原因，首在此案是可大可小，並非國府預謀興大獄。次在國際之壓力。

陳菊補捕後，國際大赦協會、中華人權協會、台灣人權協會等人權團體，分別致電蔣經國總統，要求釋放陳菊。郭雨新與幾位美國台僑團體領袖也曾去華盛頓之中華民國大使館，與陳岱礎公使會談，要求國府釋放陳菊。然而最值得國府考慮的是舉世注目的俄國沙侖斯基案，因為沙氏被俄共拘捕的原因，與陳菊的行為，如出一轍。沙氏與美國《洛杉磯時報》之駐俄記者來往，提供俄國政治犯名單與消息，擔任俄國人權運動與鐵幕外之聯絡員，他在俄國所扮演的角色，與陳菊在台灣類似。在美俄關係因沙案與其他人權問題而陷於空前低潮，在卡特總統高唱人權外交之關頭，陳菊案之爆發，對台美關係自非有利之事，而在此「中美關係正常化」呼之欲出的微妙時刻，國府自不欲因陳案而失去國際之支持。因此我們認為國際對陳案之注意與抗議，是使國府主動釋放陳菊的重要原因之一。

五、小結

黨外人士為了陳菊接受妥協條件，提出自我檢討，而有贊同與反對之分歧，是犯了見木而不見林之毛病。

陳菊如果抱著寧為玉碎而不為瓦全之決心，拒絕國府提出的妥協條件，雖然我們並不認為因此而使國府興大獄，但是這只有使台灣更為孤立，使政府與人民之矛盾更為擴大，對全體台灣居民，包括政府中人與黨外人士來說，都是利少害多的。

西諺云，政壇中人，須察其行而非觀其言，言行並不一定必然全相符合。陳菊在此時此地所作的自我檢討，是否出自其真心，目前只有一個方法可以驗查出來，就是讓她在國府勢力到達不了的地方，離開台灣，夫子自道。如果她繼續留在台灣，我們只有假以時日，由她今後的言行去作長期的觀察，才能判斷她是否真正改變了立場，還只是權宜脫身之計，目前任何人因之而起爭執，都是無法得到定論，浪費時間，對台灣人民爭取民主政治是無益之事。

一九七八年七月廿一於美國

——香港《明報月刊》，一九七八年八月十日

陳菊以出國為宜

編者先生：

陳菊被捕於六月廿三日，被釋放於七月六日，其間共有十二天。在黨外人士中，陳菊一向是擔任奔走聯絡的居中人，因此由她所掌握的資料很多，她又曾擔任了郭雨新的秘書達九年之久，所以在警總拘捕陳菊後，謠言四起，許多人認為此舉乃一方面表示政府與郭氏已經公開破裂，二方面表示政府在年底舉辦中央級民意代表選舉之前，將利用陳案而擴大打擊面，全面對付黨外人士。

警總釋放了陳菊，使前述的謠言不攻自破，大有助於中華民國民主國譽之維護，是一個明智的舉動。如果陳菊在六月十五日被警總約談時，未曾拒傳，而使警總不致於演出捉放曹之局面，對台灣爭取民主國家支持之努力，當更為有利些。我們並非當事人，自然無從判斷陳菊拒傳之理由，但是如果警總以往處理類似陳菊案件之政策一如此次之寬大，我們相信也就不會造成拒傳與捉放之局面。

陳菊在她親筆所寫的談話中說：「十天的日子裏，我有太多的感受了，截然不同的兩個世界，我親身體驗，破除我許多誤解和成見，我得到精神和生活上的禮遇，也能夠以平等的立場與所有朋友們溝通。我知道，我錯了。」

如果陳菊個人因為這十天的生活經驗而破除成見，那麼其他既無類似之生活經驗，就難有類似陳菊的轉變，而會認為警總是在國際輿論與海外人權組織之壓力下，政治解決陳案，更進而懷疑陳菊在警總舉辦的記者招待會之談話，與其親筆的書面談話，是人在屋簷下，不能不低頭的違心之論。

因為警總不可能約談所有海內外的批評者，對每一個人作十天的談話，所以唯一可以取信世人，使大家相信陳菊不是在做違心之論的辦法，是讓陳菊出國，在警總力量不能達到的地方，現身說法，說明她在警總十天生活的心路歷程，以及她自認今是而昨非的原因。

民無信不立，人言可畏，在中央級民意代表改選之前夕，與其讓世人懷疑陳案是政治解決，她在作違心之論，以及讓陳菊留在國內參與選舉，而使政府面臨縱虎容易擒虎難之窘局，不如讓她出國。

郭雨新及其追隨者，在國內可能是立場激烈，在海外則是與台獨派矛盾，而是國內外政治尺度與風氣不同，在國內的急進言行，在國外仍算是保守的。因此即使陳菊出國後，故態復萌，政府除了面子上不好看之外，實質上並無太大損失。況且陳菊可能是真心改變態度，而政府可以因之大收宣傳功效呢？

因此讓陳菊出國走一趟，對警總來說，雖然是一個須要考慮得失的情形；如果她出國後又反了口，政府就很尷尬了。然而不讓陳菊出國，不但不能取信世人，而且反而顯得警總心虛，而且她在國外頂多作個溫和的反對派，對政府來說，值得冒此風險。

為了爭取民主國家對台灣的支持，也為了維護陳菊與警總的名聲，我們認為警總只要問心無愧，而且有把握是真正以義利而說動了陳菊，使之回心轉意，並非是以權勢、人身安全或擴大案子，拘捕更多的黨外人士來威脅她作出違心之論，而且如果陳菊願意出國，就應該讓陳菊到國外來現身說法，向海外人士說明她被官方說服的理由與經過。

阮大仁寄自加州

——《時報周刊》，一九七八年九月三十日

國府應該釋放陳映真

讀完了劉紹銘編的《陳映真選集》，感觸甚多。按照附文——尉天聰寫的〈木柵書簡之二〉，陳映真大約是在一九五六年畢業於成功中學。因為尉氏說陳在中學低他一班，而他在一九五八年唸大學三年級。倒算回去，陳映真大約比我高四班，現在正是壯年，最能發揮才華，替中國文壇大放光采的歲月。然而，他在六十年代末期因為參加了「讀書會」，戴上了紅帽子，被國府判了十年刑。這似錦年華，在鐵窗中渡過，於陳映真，於中華民族，都是莫大的損失。

這次國府宣佈減刑，政治犯中除了參加共黨而且有實際顛覆行為者之外，應獲得寬減。海外知識分子最關心的有三個人——李敖、柏楊、陳映真，他們的刑期是否削減了？

李敖與柏楊較為國人所知，而且被捕時間較為晚近，陳映真入獄已有六、七年以上了，已超過刑期三分之二，按照減刑條例，他這次應當可以獲得釋放。

因為國府並未公佈減刑人名單，我希望國府駐美負責「文化」或「新聞」的人員能報導一下這三位「名犯人」的現況，他們有否列名於此次減刑者中，如果沒有，請解釋一下個中的原因何在？

陳映真的小說讀之令人感到難過，人生真的是如他所寫的痛苦？無望？他的作品中充滿了死亡、性的苦悶、心理的挫折，但是在一片灰暗裏面，他總透露了一線生機，即使是死亡，仍有來生可期待。

他的文筆並非無瑕，但是有強烈的個性，中國小說家很少能在短篇中深刻地描寫出人性的衝突。出國前，我嚮往於三十年代的名家，來美後，有機會拜讀他們的名著，很失望。除了老舍的《駱駝祥子》，巴金的《家》之外，（春秋兩部就太重複「家」中的事了，拖的太長，有些嚕嗦了。）我所讀過的，總有好幾十本吧，都不高明。當年在台灣因為讀不到，不免把他們高估了，因此反覺失望。

倒是散文與詩歌，三十年代，甚至更早些，民初的作家們，確是比我們這一代要高明的太多了。

若以小說家論之，能像坐牢前的陳映真這樣水準的，別說當代，就是三十年代，甚至古代，中國人中間並不多。然而，這些年來，陳映真在獄中，不能發表作品，怎麼不使我為之痛心？

每次看到《中央日報》刊出力捧蘇俄作家如索盛尼辛的文章，想到陳映真他們，我就有啼笑皆非的感覺。

這些年的牢獄生活，希望能像蘇俄集中營之有助於索尼辛的觀察人生，使陳映真的寫作角度更廣，人性體會更深。

扼殺人才已是罪惡，埋沒天才則更不可恕。自建安到東晉，當政者迫害文人是頗受歷史家非議的。我們能有才氣如陳映真之高者，實在不容易，希望國府不要扼殺了他的創作生命！也請當政諸公想想史筆之譏評！

為了中國文壇，國府必須釋放陳映真。按照減刑條件，國府應該釋放陳映真。

——紐約美東版《星島日報》沙上痕爪專欄，一九七五年八月五日

台灣也有「黑五類」？

—以王曉波為例—

中共的作為，我最不滿意的是黑五類與紅五類之分。以階級成份來批判一個人已不公平，而罪及子女更是沒有道理。我們評估一個人，應該取決於他的言行，而不是物以類聚，一網打盡，因他的職業、教育、家世、財產、親友等等來作論斷。

國府並沒有使用紅黑五類的名詞，也沒有全面實施這種制度，但是因親友之罪而橫連無辜的案例是有的。

有一位姓劉的著名數學家，他的父親在台灣電力公司總經理任上，有計劃切斷電力供應，配合「共匪」進攻台灣之「叛亂行為」，被國府處死刑。劉君當年申請來美留學，因之備受國府刁難，耽誤了好些年才能成行。現在他已在麻州一間著名的大學擔任正教授，是留美數學界中的佼佼者。然而他的弟弟，在台大比我高一班的田徑選手，仍是不能出國。這位田徑明星的岳父是四星上將，曾官至總統府參軍長，背景不可謂之不夠強硬，但是沾上了「匪諜案」，就難過關了。

劉氏兄弟因為出名，他們的事情較為眾所知，其他因親友連累而受國府歧視的想必不少，眼前就有一個人。

前次台大哲學系解聘風波中的四位教授，三位已有新職，只有王曉波一人尚無著落。王君的父親曾任國府憲兵特高組長，因為王的母親匪諜案牽累而入獄。當他的母親被處死刑時，王曉波才是六七歲左右的小孩子。因為王君本人「言行激烈」，他從台大哲學系出來之後，沒有人敢僱佣他，他只能做做兼差式的零工，靠太太教國中的薪水過活。最莫名其妙的是台灣竟有些人說毛澤東的批孔揚秦、崇法抑儒是學王曉波的。這頂紅帽子飛的真是離譜，荒謬透頂。王曉波在台大哲學研究所得碩士學位時，他的論文題材是研究荀子思想，大約他在孟子與荀子之間，尊崇荀子而批評孟子。（他的論文我無緣讀到，此是由拋紅帽子者的妙語中所得之印象。）這篇論文發表在批孔揚秦數年之前，就算是看法近之，也是偶合而已。儒法之爭已近千年，尊崇荀子的學者中國自古有之，難道王先謙等古人都是呼應毛澤東不成？替王君戴紅帽子的人真是胡說八道。

王曉波在台灣既無法謀生，最近美國有一家大學給了他兩年獎金，准他入學讀研究院，國府卻刁難他的出境申請。

以王君身為匪諜之子，家無恆產，本身又有「過激言行」，當然不容易找到出境時的保人，更難找到舖保——合法登記的商家行號作保人。他的妻子自願留在台灣，一方面是因為一份獎學金在美難以養家，而她在台北又有教職，另方面她是作為擔保。

國府難以用民族主義與中共抗衡，民生方面則二者各有千秋，因評者之立場而分上下，國府唯一比中共要能號召海內外華人的是民權方面。王曉波本人沒有犯法，他在台灣不能謀生也非政府之錯，而是社會上一般人之怕事，觀念保守，但是他得到了獎學金而不能出國留學則是國府存心刁難。這對國府在爭取海外民心方面是不利的。台灣沒有黑五類這個階級性的名詞，但是有身受「黑五類」式觀念之害的個例，王曉波便是一個。

為了王曉波，也為了國府，國府應該允許王曉波出國。

——紐約美東版《星島日報》沙上痕爪專欄，一九七五年九月三日

由陳明忠案之反響談談海外華人人權運動

陳明忠案之所以引人注意，乃在海外誤傳他已被國府判決死刑，這個消息是由國際大赦協會日本大阪分會首先披露的。國際大赦協會的名譽很好，消息一向可靠，然而以陳案的發展來看，大赦協會有關陳明忠被處死的消息是錯誤的。

大赦協會說陳將在十一月廿四左右被判死刑，國府警總軍法庭卻在十一月廿七日宣判陳案，十三名被告中五人無罪釋放，一人交付感化，七人判刑八至十五年，陳明忠的刑期是十五年。

有些人認為國府在海外抗議陳氏被處死聲中，國際壓力之下，重新審判陳氏，予以減刑。我認為此說可能性甚小，因為同案的被告有十三人之多，而且此次一律從輕處分，並非陳氏一人被寬減。況且十一月十日左右初審，廿七日即覆判，時間短促，又非由覆判庭判決，於程序亦不合。覆判應當是被告們個別提出的要求，因為無罪的五名及被交付感化的一名不會要求覆判的，則此次一案十三名被告同時宣判，應當不是覆判。

另有一個說法是此次遊行及國際壓力，使國府畏於物議，予以輕判，這是可能的，也是我們很難證實的。

這一次的遊行，據說是在匆忙中籌備發起的，以致許多關心台灣人權與民權問題的團體與個人都來不及參加。有些被邀請列名為發起人的團體，認為組織者所草擬的文件並非就事論事，而是廣泛地攻擊國府，他們覺得對陳明忠來說，恐將產生雖曰愛之，其實害之的後果，只會造成一個烈士，更使左派有藉口攻擊國府的理由，因此拒絕參加。

有些平素反對國府的台灣人團體，包括台獨在內，因為陳案牽涉到中共，而遊行的組織者又有強烈的政治色彩，因而袖手旁觀，拒絕參加。他們認為台灣歷年來拘捕了許多台籍政治犯，遠的不說，近者如顏明聖、楊金海、黃華等等，重大的案件如《台灣政論》月刊之被迫停刊與被撤銷登記，海外左派團體從未參加任何抗議遊行簽名的舉動來支援這些被迫害者，反而冷嘲熱諷地批評抗議者與國府談政治犯的人權民權問題是過於天真，為什麼左派這一次對陳明忠的命運忽然熱心起來了，不惜花費數以萬計的美金在《紐約時報》刊載廣告為陳明忠而向國府呼籲？他們認為此足以證明陳明忠等確是與中共有關係。

我不同意前述因為左派組織遊行而多杯葛的看法，我認為民權與人權的爭取應該是不分派系與政治觀點的。不論任何人只因閱讀書籍而被判死刑，是不合情理與不人道的處罰，我們都應該為他們的處死而向當局提出抗議。我很高興知道陳氏並未被判死刑，雖然我不知道為什麼國府從輕處分包括陳明忠在內的十三名被告，但我們不能不承認以國府一向採行的量刑標準，屬匪諜案性質的陳案，五名被告不予起訴，一名交付感化，其餘七名刑期不超過十五年是量刑不重的。

當海外左派為陳明忠提出抗議時，我覺得他們應該反省下述兩點：

一、「閱讀中國書籍，關心國家大事有罪嗎？」這個問題問的很對，但是不應限於台灣。在中國大陸，人民能閱讀台灣或海外出版的書籍嗎？能自由地公開討論國家大事嗎？以江青與張春橋的地位，進口了外國影片，供私人欣賞，也能成為被清算的罪名之一。李一哲關心中國大事；天安門前為紀念周恩來，擁護四個現代化路線，關心國事而被四人幫鎮壓的萬千群眾，至今未被平反，他們有罪嗎？左派為何不替他們而向中共提出抗議？

二、許多人之拒絕參加遊行，理由即在此次遊行的組織者左傾色彩太重，他們認為這是政治性的活動，而非單純的為了陳明忠的人權在呼請。海外左派平日杯葛民權與人權運動，認為人權與民權是資本主義西方社會的產物，堅稱與國民黨談政治犯的人權與民權問題是與虎謀皮，現在又忽然出爾反爾要為陳明忠的人權向國府呼請，如何自圓其說而使人覺得不是在借題發揮？

人權運動之阻礙即在各政治團體之自掃門前雪，同樣是反對國府壓迫政治犯，左派不同情採取分裂主義的顏明聖、黃華等。而台獨也就不會為了閱讀中共書刊且主張統一的陳明忠奔走了。這種因政治立場而相互杯葛的現象，只有使力量相互抵銷，而使民權運動無法發展。中國與台灣處理政治犯的制度是大同小異的，例如秘密拘捕、秘密審判與秘密處決政治犯，司法不獨立，黨控制政府與特工等，認同二者中任何一方的左右兩派，都是採取了雙重標準為己方辯護而嚴責對方。這樣只有使民權與人權運動成為政治鬥爭的工具，而使群眾看不起民權與人權運動。遠自孫中山先生起，中國即有高言民權者，至今無成，主因在民權運動組織始終不能脫離政治色彩，在群眾間建立不起信譽來。我希望有志於中華民族人權與民權運動者能有所警惕，超然於政治之外，不為任何一個政治團體的利用與迷惑。

——紐約美東版《星島日報》沙上痕爪專欄，一九七六年十二月二十一日

柏楊、柏楊，君在何處？

作家柏楊因文字而遭禍，海內外深為不平，屢屢為之向國府請命，其中以孫觀漢先生奔走最為努力。

最近海外流言，柏楊在七六年一月因減刑而出獄，但是被勒令永遠不許離開綠島，至少直到八月中旬，他仍在綠島居留。

此說令人難以置信，因為不論是戒嚴法、刑法、軍法等國府使用的法律，都沒有俗稱為充軍，亦即流刑與遣刑的規定，也就是說受刑人在服刑期限完畢後，應當與一般的人民一樣地享有居住及遷徙的自由。即使是受緩刑宣告、或假釋出獄、或以刑法第八十七條而受保安處分者，亦應當以其未犯罪前原居地、或其近親居留之地方為保護管束的場所，以柏楊言應當是台北市。

刑法第八十七條規定，因精神耗弱或瘖啞而減輕其刑者，得於刑之執行完畢或赦免後，令入相當處所，施以監護。期間為三年以下，而且須經法院宣告。

軍法無類似保安處分的規定，不可以在犯人服刑期滿後予以保護管束，限制其居住及遷徒的自由。

柏楊是被軍事法庭判處徒刑的，他在減刑出獄後，政府無權禁止他離開綠島，我希望國府能澄清流言，說明柏楊目前家居於何處。

綠島是一個偏僻的離島，人口稀少，俗稱火燒島，當地人民生活環境之惡劣，由此俗名可知。柏楊如果有行動自由，一定不會願意定居在綠島。如果柏楊在出獄十個月後的今天，乃被迫滯留在綠島，那麼所謂的減刑又有什麼意義？

如果柏楊是下落不明，不免使人對國府的統治感到恐懼，而羅斯福總統在二次世界大戰時曾說，同盟國對抗納粹法西斯為了使人民有免於恐懼的自由而戰。如果柏楊仍然滯留在綠島，會使人懷疑國府減刑是名實不符，而古人又有明訓——民無信不立。

為了柏楊、為了國府的聲譽、也為了海內外關心柏楊的安全的群眾，我希望國府允許柏楊發表一篇短文，向海內外說明一下他目前的處境。

十月十五日星島刊載了一批在七八月間被國府逮捕的政治犯名單，包括了台籍立委黃順興之女黃妮娜在內的十五名工商界人士，前些時候顏明聖、楊金海、黃華等之被捕，使人感覺到國府在大赦政治犯宣佈減刑後，又恢復了鐵腕統治，這種時寬時緊的遊移不定，反映出決策圈意見分歧，步調不齊，而柏楊之明放實囚，更使人覺得國府根本沒有走向民主的意圖，希望國府有鑒於此，恢復柏楊的自由，並昭告世人，以釋天下之疑，平四海之憤。

——紐約美東版《星島日報》野草集專欄，一九七六年十月三十日

為柏楊請命

——兼評國府自取國人告洋狀之辱——

關於柏楊的下落，我在幾個月前的野草集曾發表了〈柏楊，柏楊，君在何處？〉當時我是由極可靠的消息來源獲悉柏楊在七六年三月刑滿獄後，至少到七六年八月為止，仍留在綠島，因此提出君在何處的疑問，希望國府能澄清這個大家關心的問題。時隔數月，國府並未就此作任何表示。

七七年五月一日的英文《紐約時報》及《星島日報》分別刊載了有關柏楊現況的消息，《星島》提到了他在刑滿後「仍」留在綠島的傳言，國府駐紐約的新聞處在五月六日正式致函《星島日報》，要求更正。

參照新聞處的信函及中華社所發表的消息，重點是在否認柏楊之獲釋放，是國府因應美總統卡特的人權外交之故。其理由是柏楊之獲減刑乃在七五年七月，根據之法令為「中華民國六十四年減刑條例」，遠在卡特入主白宮之前。

柏楊之獲減刑，是國府因蔣中正逝世而大赦政治犯，獲減刑者並不限於柏楊一人，自是與卡特人權外交無關，這一點，我是同意國府新聞處的解釋的。但是柏楊在出獄後所受的待遇是否與卡特的人權外交有關，仍是疑問。此外，柏楊是否被軟禁在綠島一段時期，還是在出獄後立刻獲准定居台北？到了台北後是否立刻在中國大陸問題研究所任職，還是賦閒了一段時期？他在中國大陸問題研究所的現職，是由政府安排的，還是他自己的選擇？他曾否試著申請別的工作？他今後是否還有發表作品的自由或機會？他被禁的作品是否會被解禁？這一連串的問題，仍是海內外同情與關心柏楊者的疑團。

因為國府之封鎖消息，才使各種有關其對待政治犯手法嚴酷的傳言風行，而因為國府之漠視中國人之反應，無意予及時澄清傳言，才使其在處理政治犯方面之信譽破產。以柏楊出獄後滯留綠島之傳言為例，我在數月前的《星島日報》提出了疑問，希望國府澄清流言，當時我並未認可或否定這個傳言，只是指出這個傳言的存在。國府新聞處並未立刻澄清此事，等到五月初《紐約時報》及《星島日報》提及柏楊在刑滿後留在綠島的傳言，國府在數月前不予置理，而此次卻立刻要求更正，我認為所以有此前倨後恭的不同，是此次英文的《紐約時報》也刊載柏楊消息之故。海外華人對陳明忠案與王幸男案的反應，有人指責是告洋狀。《中央日報》曾刊出卜瑞世等人的文章，對海外華人之支援陳明忠、王幸男者在《紐約時報》登廣告、招待外國記者、發表英文公開信等行為大表不滿。我認為人必自侮然後人侮之，國府主管新聞與宣傳的決策人士應該自我檢討。以其處理柏楊滯留綠島之傳言為例，只因《紐約時報》之介入，而國府乃有前倨後恭之不同，使群眾會感覺到國府怕洋人，怕告洋狀，而漠視了中國人的反應，此乃為淵驅魚，國府實是自取國人告洋狀、揭家醜之辱。

此外我必須指出新聞處致《星島日報》的函件，並未澄清柏楊在刑滿後曾否滯留綠島的傳言。因為新聞處只是說柏楊「現任職」於台北的大陸問題研究所，並未說明由什麼時候開始任職，它否認了《星島》所說的柏楊於去年被假釋，但「仍」被困於綠島的說法，卻並未說明柏楊是否在刑滿後，「曾」被困於綠島與否？這不是在咬文嚼字故意找新聞處的麻煩，而是「曾」與「仍」的一字之差，乃是問題之核心。即柏楊之獲減刑，雖然遠在卡特入主白宮之前，毫無疑問地與卡特的人權外交無關，但是如果柏楊「曾」滯留綠島，那麼他何時獲准定居台北、出任現職，這兩個關鍵時間是在卡特倡言人權外交之後？還是之前？即柏楊減刑出獄固然與卡特人權外交無關，但是在出獄後的遭遇，能回到台北，出任現職，是否與卡特的人權外交有關？希望國府能夠澄清此點。說明柏楊何時離開綠島，何時出任現職，其間柏楊的境遇如何？

不論如何，柏楊能安全回到台北，有一飯之所，已使我們關懷他境遇的人鬆了口氣，心中掉了一塊大石頭。但是古人說：「即使犬馬，亦謂有養。」有一飯之所，一蓆之地，並不是一個作家的理想國。作家必須要有創作的自由，出版的自由，否則不成其為作家。柏楊既已刑滿，固且不論其入獄是否冤屈，至少目前他已恢復了公權，可以享受憲法保障的各種自由權，包括出版、言論、遷居等，如果國府不允許他發表新的作品，仍禁絕他舊的作品，企圖扼殺他的寫作生命，我就希望國府能像蘇俄放逐索盛尼辛一樣，允許柏楊出國，讓他能享受他應有的言論與創作的自由，在國外自生自滅。

中共能允許陳若曦出境，蘇俄敢放索盛尼辛，我們倒要看看國府如何對待柏楊以及其他著名的政治犯作家們如李敖、陳映真、黃華、李荊蓀等人。

嚴家淦、蔣經國等國府要人近年屢次以四大公開、大有為政府為標的，一個公開而且有為的政府，應該不怕人民在國內的批評，也不應該害怕允許批評者出國的。

——紐約美東版《星島日報》野草集專欄，一九七七年五月二十一日

直言遭忌乎？官逼民反乎？

——談談楊金海、顏明聖、黃華之被捕——

七六年七月廿六日，國府以涉嫌叛亂活動的罪名，拘捕了台灣政論社副總編輯黃華。七月廿七日，警總軍法處以意圖非法顛覆政府的罪名，處楊金海以無期徒刑，顏明聖以十二年徒刑。

顏明聖是高雄政界反國民黨的後起之秀，曾任楊金虎市長的秘書，大權在握，時有地下市長之稱。後因楊金虎夫婦賣官案而入獄，他在褫奪公權期限內，在七三年當選了省議員，因而被取消其當選資格。七六年的立委增補選，顏氏以最高票落選。楊金虎是前任高雄商會會長，是以財力支援顏明聖政治活動的有力人士。

以高雄歷年來的政治實況言之，由早年民社黨籍的余登發的當選高雄縣長，楊金虎當選高雄市長，李源棧、顏明聖等之當選歷屆高雄市籍的省議員，以及此次顏氏以最高票落選，可知大高雄地區一向是有一股支持非國民黨人士的力量。

而且歷屆選舉中，都有人指責國府主辦選舉不公平，以種種舞弊方式打擊非國民黨人士。這種指責，在七六年的立委選舉中，以郭雨新與顏明聖的落選，以及康寧祥得票過低等為最甚。許多人認為是國民黨在競選時予以阻擾及打擊，而在開票時又動了手腳，所以致之。

我個人認為除非抓到明贓賊據，在法律上言之，我們無法對國府提出指控。但是以政治觀點去看，民無信不立。即使國府是清白的，主辦選舉並沒有舞弊，然而使海內外人同此心，皆以其必有舞弊為理所當然，那麼政府的信譽既已破產，是否有證據，反而是次要的了。

因為只要海內外均以選舉不公平為事實，不但選舉徒然流為形式，無法代表民意，因為反面的批評絕不能使候選人當選。反而使之有牢獄之災，那麼只有歌功誦德的人敢出來競選了，於上下交相阿諛讚美，皆大歡喜，而且使反面意見必須從其他途徑來表達。

孫中山先生在奔走革命之前，曾上書李鴻章謀求和平改革。康有為、梁啟超在亡命海外之前，曾有百日維新的努力。唐才常在發動自立軍武裝起事之前，曾是清廷湖廣總督張之洞的上賓。

之後，暴力革命才能風行。由於三級議會之失去功能，才使法國大革命一發而不可止；由於清廷之假立憲而使溫和人士失望，各省立憲黨人乃轉而與革命黨合流，一舉而社清屋。

我們不清楚楊金海、顏明聖與黃華曾否參加了「叛亂組織」與有否意圖顛覆國府，因為國府在處理政治犯這類事件上已失去了信譽。即使國府公佈了證據，包括犯人的自白書在內，都使海內外懷疑證據的可靠性，是否屈打成招。凡是讀過柏楊的「自白書」及其自述撰寫「自白書」的經過者，當有此疑。況且國府在處理政治犯時多半是不公開其判決的證據，例如白雅燦案，據政府有關人士的私下解釋，其罪證並非共有廿九條質問書一種，白氏一共撰寫了五種文件，但是我迄今未見到國府公佈其餘的四種文件。在政府秘而不宣罪證的情況下，要大家只靠《中央日報》或官方發言人簡短的談話來同意政治犯是有罪的，自非我們良心與理智所能允許。

我的態度是除非一個人被證明是有罪的，他是無辜的。當政府處罪政治犯時，是政府的職責向海內外昭告犯人的罪狀，而不是犯人的職責向海內外辯白其為無辜。這個原則適用於任何政府，並不因其思想路線不同而有分別。

因此我們應該向國府提出要求，公開其判處政治犯如柏楊、李敖、白雅燦、顏明聖、楊金海等等的罪證。同樣地，我們也應要求中共公佈其對政治犯的罪證。例如中共中央認為天安門事件是鄧小平一手指揮的，因而將其罷官，但是中共中央迄今未曾提出人證物證來支持其對鄧小平的指控。

目前既然缺乏具體證據，我們並不認為顏明聖與楊金海是罪有應得的。然而即使他們是有意圖叛亂的事實，我們也應該觀察其心路歷程，是不是因為和平緩進的改革、公平選舉以反應民意的制度受到破壞與阻擾之後，他們才轉採暴力路線呢？

官逼民反是句老話，卻有至理在焉。

我們既然不明瞭楊金海、顏明聖、黃華等之罪證及其素行，對他們是否有罪以及其心路歷程自是無法揣想，但是下面兩個問題是不免悶在心中，不吐不快。

如果他們是無辜的，是不是因為直言遭忌呢？

如果他們是有罪的，是不是因為官逼民反呢？

——紐約美東版《星島日報》野草集專欄，一九七六年八月十六日

談談台灣人民的人權問題

——由美國國會舉辦台灣人權聽證會說起——

由於美國國會舉行了台灣人權問題聽證會，使美東僑界及國府都注意到了台灣人權問題。其實顧名思義，台灣人權問題原本不干美國的事，美國國會在法律上根本無權過問這個問題。然而美國國會有權干涉美國對台灣的外交、軍事、財經關係，因此它雖然不能也不必直接過問台灣人民的人權問題，卻能使國府聞弦歌而知雅意，有一葉知秋之感。

有人因之主張美國「約束」國府，也有人主張美國國會舉辦中共大陸人權聽證會，我都不同意這些意見。首先，站在民族主義的立場去看，要外國政府干涉中華民國或中華人民共和國的內政，雖然是為了中國人民的人權，用意至善，總不是理直氣壯的事。其次，誠如此次美國國務院中國科科長李文所陳述，台灣雖然尚有政治犯，但是近年來，大方向是走向開放社會，人權與民權問題比以前要受重視。這一點，我在《明報月刊》創刊一百號紀念專欄（七五年十二月號）發表的長文〈蛻變中的台灣——十年來的回顧與展望〉中也曾指出來。那麼美國能與以往更為獨裁專制的國府水乳交融，自然不會去「約束」比以前開明的現政權。

況且以東亞各國言之，只有日本與新加坡比台灣要更民主自由，其他不論是「共產」集團的北韓、中共大陸、越南、高棉、寮國等，或「自由」集團的南韓、菲律賓、泰國、馬來西亞、印尼等，都遠比台灣要漠視其人民之人權與民權。不論從那種角度去看，美國政府如果要「約束」東亞的獨裁政府，倡導人權，台灣的國府不應該高居魁首。第三，以中共大陸言之，主張美國國會也辦理中國人權聽證會者，不明白台美與中美關係之不同。國府因為是以小事大，台灣有求於美國者遠多於美國之有求於台灣。因此美國國會能利用台美關係去脅迫國府注重人權問題，目前中美關係仍是未定，真是牽一髮可以動千鈞的微妙關頭，美國國會及美國政府不會為了大陸人民的人權問題而去吹皺一池春水的。

美國國會舉辦台灣人權問題聽證會，理論上並非在干涉台灣內政，而是在研估美國政府對國府的支持是否符合台灣人民的利益，是在檢討美國的政策。但是此舉實質的政治意義極為廣大，國府對此事的重視，可由《中央日報》公佈了最近蔣經國在行政院會中對台灣政治犯問題所作的談話為證。

國府能因美國的關係而較前重視台灣人民的人權問題，雖然是後知後覺，值得檢討，但是對台灣人民言，這仍是個好的轉變。

許多替國府申辯的人，往往以台灣與中共大陸相比，認為台灣人民遠比大陸人民要享有更多的人權與民權，而不滿於海內外對國府的指責，認為並不公平。固然台灣人民是比大陸人民要享有更多的人權與民權，但是我必須指出的是人權與民權的維護，並不是可以用五十步笑百步，或者是百分比來衡量的，而是要就每一個案子，每一個人的人權與民權來討論的。況且台灣獨立於中共大陸之外，對中華民族的好處之一，是在能保留一塊土地，不受毛式共產主義的控制，能使華人社會有機會實行一種不同於中共的政制體系。因此我們不能說國府比中共民主，比中共更重視人權民權就夠了。因為如果兩者都是獨裁專制，只是五十步與百步的分別，那麼我們為什麼要繼續維持台灣廿八年來的獨立狀況？難道是只為了使台灣人民比大陸人民能享受了多一些、非常有限的人權與民權，我們就應該干冒民族長期分裂，國際勢力控制台灣的危險？我認為只有在台灣人民能享有完全的民主自由，華人能在台灣建立起一個完全民主自由的社會，而且在長遠的將來，能替大陸人民提供一個民主自由國家的榜樣的情況下，台灣獨立於大陸之外才是對中華民族利多於害的。因為有了這種認識，我們才會對台灣的人權與民權問題求之較切，而且並不以國府比中共較為重視人民民權與人權而滿足。

——紐約美東版《星島日報》沙上痕爪專欄，一九七六年六月三十日

請國府公佈在押「叛亂犯」名單

國府行政院長蔣經國在七六年十二月廿六日國大年會預備會議中致詞，提到了台灣的政治犯問題，他說：

自民國三十八年到現在，二十八年來，歷年因叛亂罪被判刑現仍在服刑的人犯，全部是二百五十四人，而最近三年來，民國六十三年二十一人，民國六十四年四十一人，民國六十五年即去年三十三人，三年來總共是九十五人，除了其中只有一人因罪行重大且不知悔過被判死刑之外，其餘連同以前在監執行徒刑的人犯總數二百五十三人中，判處無期徒刑的二十七人，判處十年以上有期徒刑的五十八人，判處五年以上有期徒刑的一百一十一人，判處一年以上有期徒刑的五十七人。

實際情形如此，但是現在國際間有少數人士，未察是非，誤解我們政府依法處理這些事件，是侵犯人權，事實上我們希望真相公之於世，任何國際機構，只要是對我們出之善意，我們都願意接受隨時進行查證！

蔣氏所列述的統計數字，指出現在以叛亂罪而在監的有二百五十四人，海外的反應是覺得人數很少，但是截至目前為止，沒有人能提出一份名單來說蔣氏扯謊，隱瞞了政治犯人數。然而就保障人權與民權的觀點來說，並非只有目前在押的人犯是大家應該注意的，曾服刑而已被釋放的政治犯，如雷震與陳映真等人，或被拘捕而未及審判，即已因病或自殺死亡的人，如前《新生報》謝姓女記者等，他們是否有冤情，在拘捕、調查、審判、服刑、刑滿出獄後，其人權與民權是否得到合理的保障，也是國府與關心台灣的人們應該注意到的，蔣氏這次並未說明這兩類人數多少。

我認為國府應該公佈在押的二百五十三人的名單，列出他們每個人的罪名罪行、被捕日期、審判日期與刑期。因為國府要取信海內外，證明蔣氏說的是實情，並非必須接受外國機構的善意查證，如果在名單公佈之後，海內外沒有人再提出更多的政治犯的名字來，則台灣有八千名政治犯的說法不攻自破矣。否則像目前這樣的只列舉數字，籠統言之，而海內外並無一個知道超過了二百五十三個在押政治犯的人，那麼大家都是只知道三、五個名字，而猜測總數當在萬千以上，蔣氏闢謠的用意不但不能達到，尚且因為二百五十三人數字過低，不能取信於人，反而授人以攻擊的藉口，因為以常理言之，國府有龐大的特務憲警系統，有綠島、泰山等政治犯監獄，若只有二、三百個在押政治犯，豈不是獅子搏兔，人力與財力的運用方面，都不很經濟嗎？

國府坦言有叛亂犯在押，而且在近三年中，處死刑的只有一名，無期徒刑的只有二十七人，比起中國大陸來，在人數與處分上確有不同。而國府又表示歡迎接受國際機構善意的查證，這是中共不會做的，中共封鎖大陸的消息到了不合理的程度，以去年的唐山地震為例，中共在一月裏才透露死亡六十五萬人，受傷者十五萬人，如此重大之傷亡，中共竟拒不接受任何外來救災援助，而且能封鎖消息達四五個月之久，可見海外要知道中國內情，實在不容易。

國府在處理政治犯方面之遭受國際與海內外華人之指責，有些是咎由自取的。因為國府通常不昭告海內外有關政治犯之案情及處理經過，遂使口耳相傳，謠言四起。以陳明忠案言之，國際大赦協會大阪分會誤傳其已被判死刑的消息，所以能在海外造成風潮，便是因為一般人心目中的國府並不亟亟於維護人民的人權與民權。如果國際大赦協會說美國、英國、法國、西德、日本、瑞典、丹麥、加拿大等等國家中有人因為政治理由而被拘捕，人人必視之為謠言，更不要說那些國家中有政治犯被處死了。蔣經國說台灣是保障人權，厲行法治，是民主自由的社會，這不是夫子自道便能取信於人的，而是要有長期的實政來作證明的，只說不做，口惠而實不至，久而久之，連夫子自道都不會有人聽了。

我認為在台灣內部沒有人權與民權組織以監督政府的現況下，國際大赦協會等國際組織應該接受蔣經國以行政院長身份所發出的邀請，派遣知曉中文與國語，瞭解國府法典制度與實況的專家們去台灣調查政治犯問題，以明事實真相，並維護台灣人民的人權與民權。

最後，容我重申前言，希望國府公佈目前在押的二百五十三名「叛亂犯」的名單，例舉其罪名、罪行、被捕日期、審判日期與刑期。我更希望海內外的華人在國府提出名單後，各就一己所知的政治犯名字，仔細查證，看看有沒有遺漏，如有遺漏，請公開表示意見。只有如此，才能證明蔣氏所言的是否實情。民無信不立，望國府主政者三思此言。

——紐約美東版《星島日報》沙上痕爪專欄，一九七七年一月十八日

評國府減刑條例

——寬減台獨而堅決反共——

春秋之義，立法貴嚴而責人貴寬，因其貶褒之罰以制賞罰，亦忠厚之至也。

——宋人蘇軾〈刑賞忠厚之至論〉

赦之可偶一為之耳，若屢有為之，則殺人者皆不死，是可為天下常法乎？

——宋人歐陽修〈縱囚論〉

一九七五年五月三十一日國民政府頒佈「罪犯減刑條例」。自蔣中正先生逝世之初，國府即宣稱將有減刑措施，因為條例方才製訂與公佈，因此我原則上雖然贊成減刑，迄未評論之。

由傳統的恩賞刑罰觀念去討論減刑，蘇軾（即蘇東坡，公元一〇三六年—一一〇一年人）的〈刑賞忠厚之至論〉主張用刑從寬，加賞惟重。歐陽修（一〇〇七—一〇七二年）的〈縱囚論〉則認為赦減罪刑是居上位者求名，故意標新立異，逆人情而沽譽的做法，不可取，即使要做，也是可一而不可再。

這兩篇論文寫於九百多年前，可以用作中國人對減刑正反兩面傳統的看法。其文章皆為不朽之作，是我們練習寫作議論文的人應當細讀的。

國府此次減刑，依條例去看，既有「為追念總統　蔣公仁德愛民之遺志，予罪犯更新向善之機，制定本條例。」的明文，還是中國傳統上的國有喜慶大喪，大赦天下的做法。那麼我們能不能用蘇東坡或歐陽修的論點去看呢？

我們能不能稱讚國府是刑賞忠厚，或者指責國府是釣名沽譽，故示寬大呢？

古人對刑事犯、民事犯與政治犯有沒有劃分？減刑時有否差別待遇？歐陽修批評唐太宗釋放死囚是過份的，問題是唐太宗有沒有非予釋放的必要？是不是象徵著國策的改變？

在回答這些問題之前，我們先分析一下條例中不予減刑者是那種人？有下列四類：

一、共黨分子而有內亂外患罪之實際行動者。

二、部分貪污犯。

三、聚眾出沒山澤，抗拒官兵者。或軍人結夥搶劫者。

四、強姦而故意殺被害人者。殺人犯。殺直系血親尊親屬者。

上列之說明是我根據《聯合報》航空版所刊載的減刑條例全文，比照六法全書逐條翻述而得的，因為條文原文只有法律條項，而無內容，例如第四項的強姦而故意殺被害人者，在減刑條文中是「刑法第二百二十三條」，這種報導對手頭無參考資料者很不方便。但是若因此而有錯誤，希望高明指正。

對第一類及第二類，我提出批評如下：

一、在政治犯中寬減台獨份子，對共黨份子特別嚴格。在我們反對處罰政治犯的人看來，雖然覺得做的不夠徹底，人權仍受侵害，然而也必須承認總比一個不減要好。國府此次對台獨網開一面，明顯地指出其方向是拒絕與中共談判，國台合作保台。

我還是要指出的是許多政治犯被戴上不同的帽子，當時只是憑主辦者的「自由心證」，然而今天因帽子不同，減不減刑很有關係。例如李敖的罪名是幫助或同情台獨，柏楊則是紅帽子，在我們看來，他們兩個都是因為批評時政而入獄的，帽子紅不紅，只是入其罪時的藉口。他們是出名的例子，不知有多少人在當年入獄時是被莫名其妙的按上了個罪名。現在鐵案如山，能否寬減，全憑當年問案老爺的大筆一揮，實在不公平。

我希望國府在寬減政治犯時，能設立一個複查小組，把在押的政治犯之案情複閱一遍，從新歸類，儘量從寬。

二、貪污犯依〈戡亂時期貪污治罪條例〉言，有第四條（六項），第五條（三項）與第六條（四項）等規定，這次不予寬減著為犯第四與第五條者，若是犯第六條者則可依甲種辦法減刑。

此點漏洞甚大，因這三條規定的分劃非常含糊，今以中外注目的王正誼案為例。

王正誼在行政人事局長任內兼任公教住宅興建委員會主委，因收受巨額賄賂而被判無期徒刑，目前已進行了二審。

他可能獨犯的罪行有：

㈠第四條第四項。「建築或經辦公用工程……收取回扣……」

㈡第五條第二項「利用職務上之機會詐取財物者。」

㈢第五條第三項「對於職務上之行為要求期約或收受賄賂……」

㈣第六條第三項「對於主管或監督之事務直接或間接圖利者。」

若以㈠㈡㈢言，王氏此次不能獲得減刑，但是若以㈣言，則可獲得「無期徒刑減為有期徒刑十五年」以及「有期徒刑、拘役或罰金減其刑期或金額三分之一」的寬待。

我能瞭解貪污未遂犯，或包庇他人貪污者之獲得寬減，例如犯〈懲治貪污條例〉第七條或第十三條至第十六條者。但是我認為犯第六條者之獲得減刑會造成漏洞。

王案只是一例，此處是原則性的討論，要減刑就得公平。

若以減刑對象的限制去看，國府這次減刑有政治作用，對台獨寬大，而堅決反共。此是因台島內外之政情故而。

軍人結夥搶劫、強姦殺人等罪犯之未予寬赦，是因為近年來這類案件頗多，使社會頗為不安。殺害直系尊親屬者，即通俗所謂的忤逆子，不能獲得減刑，是因傳統思想，關於這兩類，我無異議。

大致來說，我是贊成國府減刑的，尤其是政治犯之獲得寬減。

我認為根本不應該有政治犯或思想犯。

蘇東坡說：「立法貴嚴而責人貴寬」。國府這次減刑是好的。國府用蔣中正「仁德愛民之遺志」為此次減刑的理由，是可笑而且落伍的封建思想。況且，如果統治著真能德化人民，歐陽修對唐太宗釋囚的批評是正確的，他說：「罪大惡極，誠小人矣。及放恩德以臨之，可使變而為君子，蓋恩德入人之深，而移人之速，有如是矣。」「太宗施恩德於天下，於茲六年矣，不能使小人不為極惡大罪。而一日之恩，能使視死如歸，而存信義，此又不通之論也。」

我不相信儒家那種上行下效、以德化人的那一套想法，如果有人要主張減刑是為了追念蔣中正之遺志，我借歐陽修的語氣問一句，為何在蔣氏生前，其「仁德愛民」並未使之年年減刑？

——紐約美東版《星島日報》沙上痕爪專欄，一九七五年六月二十三日

希望國府不是在唱戲

——欣聞陳映真等政治犯出獄——

國府最近釋放與減刑一批政治犯，其中包括了著名的小說家陳映真，這是值得我們稱讚的，希望能更進一步，在軍法覆判李敖、魏廷朝、謝聰明三人時能做到公開與公平。

為了陳映真的案子，我曾在本欄批評國府，要求釋放他。現在陳君已經出獄了，使我們在海外努力於維護中國人人權者頗感欣慰。

好些人曾問我，在海外寫政論有什麼影響力，對國內，不論是台灣或大陸有何助益與效用？我想書生之見，隔靴搔癢，效用與影響是有限的。只有在執政者內部意見分歧，相持不下時，或許有一兩撥千斤的功效。若不是其內部有力者與我們看法相同，只憑著我們無兵無權者的呼喊，是會石沉大海，毫無迴響的。

政府事情做對了，是應該的，原本不須我們稱讚，政府做錯了事，卻須要我們去批評。此非與政府為難，而是其權力既得自人民，執政者又因之而有權勢俸祿，那麼在鐘鳴鼎食之餘，「吃誰的麵包唱誰的歌」，花納稅人的錢只有多替出錢人服務，與多接受批評。

我們在海外者，既不納稅給大陸或台灣的政府，又不出力於建設，原本無權干涉其政務。只是因為執政者過於壓制其內部人民之言論，使批評之責任落在我們身上。若內部有言論自由，以其人民切身之了解，根本輪不到我們說話，而他們的批評也一定會比我們要中肯與高明。

我們很少看到英、美、法等國家的人在外國僑居而評論其祖國政治，更不會在外國發表高見。

三十年代中國直道而言的論政者往往寄身於租界，報章雜誌也使用外商名義在租界當局登記，例如魯迅長期住在上海租界內，《申報》曾使用義、日等國商人名義。史實證明這些論政者與報紙是愛國的，他們托蔭於洋人，是受到中國執政者過度的壓制。

清朝末年亦是如此，鼓吹革命的報紙如《民報》、《民立報》等亦在租界發行，而反滿的文壇主將如章炳麟、鄒容等便寄身其間。

現在我國沒有租界了，我們這一代的知識分子只有在國外才能直道而言，以盡對民族與時代的責任。

對執政者的稱讚，我們在適當的時候應該做，但是我個人認為應盡量避免，我認為在大陸與台灣，已經有太多的溢美之辭，國共都有龐大的人力與財力來為自己宣傳，來攻擊對方。我們在海外能有機會說自己想說的話，應該批評國共的錯誤，抱著與人為善的心理去討論國事。

我不想去分析或猜想這次國府寬減政治犯的原因。我認為這是好的開始，但是並不是功德圓滿。因為：

一、這次仍有未減刑者，例如李敖、柏楊等。

二、以前造成枉抓無辜的制度——秘密調查、拘捕、審判、執行均是秘密進行，而且是由特務機關經手，而非司法警察。又如濫用戒嚴法，往往因之以軍法審判，不但過嚴，而且難以做到公開與公平。這種坑人的制度不改，那麼這次減刑不過是使牢房空些出來，以後還會有無辜者被抓進去填空檔的。

病因不除，病菌不滅，一時溫度減低，燒得低些，又有何用？

三、減刑並不承認犯人無罪，而是政府表示寬大。

四、出獄者今後的安全保障，是不是生活在特務制度的陰影下，現在還看不出來。

因此目前我只能，也只想稱讚國府的是「好的開始」，更希望國府能徹底修正現行的政治犯處理過程與制度，一切非軍人身份的犯人均由司法機關經手，明確規定非司法警察機關的權力，並不許其濫用權力。

為善不卒，譬如為山九仞，功虧一簣，是很可惜的。況且國府要號召海內外華人，目前唯一能比中共要有力的是民權與人權之保障。

民主與自由是一種意識，是日常生活的一部分，不是喊喊而已，偶而想到該做一下時就做一下的。

這一次國府是不是真心走上民主自由？我們只有拭目以待，觀其後效。而且不久將要開庭的李敖案會是一個重要的指標。

希望國府是真心走向民主自由，這次不是唱戲給人看而已。

（編者按：此文發排時，傳自台北的消息，李敖等已被重審減刑，詳情看廿三日本報。）

——紐約美東版《星島日報》沙上痕爪專欄，一九七五年九月二十四日

國家圖書館出版品預行編目資料

放聲集
第一輯：台灣民權與人權

阮大仁著. – 初版. – 臺北市：臺灣學生，2010.12
面；公分

ISBN 978-957-15-1507-6 (平裝)

1. 臺灣政治 2. 公民權 3. 人權

573.07 99020770

放聲集
第一輯：台灣民權與人權

著作者：阮大仁
出版者：臺灣學生書局有限公司
發行人：楊雲龍
發行所：臺灣學生書局有限公司
臺北市和平東路一段七十五巷十一號
郵政劃撥帳號：00024668
電話：(02)23928185
傳眞：(02)23928105
E-mail：student.book@msa.hinet.net
http：//www.studentbooks.com.tw
本書局登記證字號：行政院新聞局局版北市業字第玖捌壹號
印刷所：長欣印刷企業社
中和市永和路三六三巷四二號
電話：(02)22268853

定價：平裝新臺幣五〇〇元

西元二〇一〇年十二月初版

57301

ISBN 978-957-15-1507-6 (平裝)

臺灣 學生書局 出版

臺灣研究叢刊

❶	日據時期在臺「華僑」研究	吳文星著
❷	臺灣史研究	黃秀政著
❸	臺灣早期史綱	方　豪著
❹	臺灣史探索	廖風德著
❺	三重埔的社會變遷	鄭政誠著
❻	清代臺灣方志研究	陳捷先著
❼	海峽兩岸編寫臺灣史的反思與整合	陳木杉著
❽	日據時期臺灣儒學參考文獻（全二冊）	林慶彰編
❾	明清臺灣儒學論	潘朝陽著
❿	歷史視野中的地方發展與變遷 ——濁水溪畔的二水、北斗、二林	張素玢著
⓫	禮俗・記憶與啓蒙：臺灣文獻的文化論述及數位典藏	林淑慧著
⓬	臺灣歷史辭典補正	張錦郎主編
⓭	放聲集　第 1 輯：台灣民權與人權	阮大仁著